大鱼文化传媒　大鱼文学

愿我如星君如月

如

星

君 如 月

小红帽萌妹

著

河北出版传媒集团　花山文艺出版社

图书在版编目（CIP）数据

愿我如星君如月 / 小红帽萌妹著. 一石家庄：
花山文艺出版社，2016.9（2020.3重印）
ISBN 978-7-5511-2779-0
Ⅰ. ①愿… Ⅱ. ①小… Ⅲ. ①长篇小说－中
国－当代Ⅳ. ①I247.5
中国版本图书馆CIP数据核字(2016)第068213号

书　　名：**愿我如星君如月**
著　　者：小红帽萌妹

策　　划：张采鑫
责任编辑：董　舸
特约编辑：胡晨艳
美术编辑：许宝坤
责任校对：齐　欣
封面设计：颜小曼
内文设计：颜小曼
出版发行：花山文艺出版社（邮政编码：050061）
　　　　　（河北省石家庄市友谊北大街330号）

销售热线：0311-88643221/29/35/26
传　　真：0311-88643225
印　　刷：三河市华东印刷有限公司
经　　销：新华书店
开　　本：710×1000　1/16
印　　张：16
字　　数：180 千字
版　　次：2016年6月第1版
　　　　　2020年3月第2次印刷
书　　号：ISBN 978-7-5511-2779-0
定　　价：45.00元

目录

Contents

目录

Contents

目录
Contents

/ 愿 我 如 星 君 如 月 /

第一章
陆莘透就像一个噩梦，
缠绕着她整个青春。

———————

"琰姐，今晚7点整，熙和路云顶公馆5018室，我和老同学们都说了，你记得准时到哟！"

林琰琰盯着张霄的短信，不住地懊恼，真不知道是否应该答应张霄的这个邀请。

张霄是她的高中同学，她已经好些年没回A市了，与很多同学都断了联系，这两年虽然回了家里，可是她也尽量龟缩着不去见任何熟人，没想到某一日下班回来的路上还是碰到了张霄。

张霄自告奋勇送她回家，缠着她闲聊，末了邀请她参加同学聚会。她也不好明面拒绝，当然，参加同学聚会她也有一些目的——当人穷得连饭都快吃不起的时候就顾不上脸面了吧！

林琰琰摸着手中的信用卡，最终还是搭乘电梯上到云顶公馆，在服务员的指引下往5018室总统包厢走，路上碰到了两个熟悉的女子在闲聊。

"你说今年的同学聚会，林琰琰会来吗？"长发及腰、双手抱臂的女子说道。

另一名鬈发女子巧笑倩兮："你好像很盼着她来，怎么，这么多年还放不下跟她较劲儿的心思？"

"有什么好攀比的，就她家现在的境况，拿什么跟我比？"

"也是，瞧她当年嚣张的样子，还以为自己是公主呢，谁知她爸在外面养了个小三，私生女都跟她差不多一样大了，她爸爸宁可要小三母女俩也不要她们，后来她们家败落成那个样子，也挺惨的。听说她回了A市两年也不敢联系老同学，要不是今晚张霄提起，我们都不知道她回来了。"

"真不知道张霄现在还巴结她干吗！不过也好，我真想看看她现在的样子，就不知道她今晚敢不敢来！"

"放心，她会来的。"

"为什么？"

鬈发女子意味深长地斜睨了她一眼："你也不想想今晚的饭局谁买单！"

长发女子惊愕，鬈发女子便得意地远去了。

前面两个女子，长发女子是高中时的班花，本来林琰琰与长发女子是闺蜜，后来对方莫名其妙与她敌对，总想着与她较劲儿；鬈发女子是班花的死党，林琰琰上大学以后就没跟她们联系了，还以为家里的事没人知晓，却不想这两人对她的身世如此清楚。

林琰琰握紧拳头闭了闭眼，深呼吸过后她又毅然往前走。这就是生活，无论多么糟糕总还要继续。

她来到总统包厢，推门进去看到群魔乱舞。张霄本来正在唱歌，一看到她立刻大喊："琰姐来了！"

一瞬间，所有的人都静止了。

林琰琰笑着上前打招呼，男生们还很热情，女生们则高冷地坐在一边。

在高中时，她有一定的地位，基本上一提她的名字附近的几所中学没人不怕她的，张霄喜欢叫她"姐"。

入座之后张霄捧着酒上来："姐啊，你总算来了，太给我长脸了，他们都不信我能把你给拉来。"

"琰琰，我敬你一杯，好久不见你越来越漂亮了！"另一个男生说道。

"去去去，拿什么破红酒，琰姐只喝白的，拿一瓶白干来还差不多。"

林琰琰终于摆手："张霄，别招呼了，我已经很长时间不喝酒了。"

"哟，琰姐，从良了？还是走低调奢华路线了？"张霄夸张地惊呼。

"是够低调奢华的，这GUCCI包都过时了！"忽然，一道冷冷的女音响起，像墓地里抽出的一丝冷气，一下子打破了这热闹的场面。

众人望去，正是班花。

女生们禁不住好奇地看林琰琰的手包，男生们则安静了。

林琰琰高中时所就读的外国语学校在当地有"贵族学校"之称，里面都是有钱人家的孩子，爱攀比，八年前小三母女俩没有上门，她的家境还好，可是现在……林琰琰没想到她拿的这一款很低调的手包还是被看出来了，来参加同学聚会她就想结识一下老同学，拯救她业绩为零的窘境，为了融入这个圈子她是做了一些虚伪的掩饰，可还是被拆了皮。

林琰琰抬眼静静地注视着班花，班花则倨傲地回视她，那眼里有炽烈的光芒，还像当初暗暗跟她较劲儿时候的眼神。没想到八年了班花还是放不下，是因为一个男人吗？

可想起那个男人，林琰琰都觉得好笑。

鬈发女生笑眯眯地走到林琰琰身旁坐下，拉着林琰琰的手笑着说："琰琰啊，别跟嘉嘉一般见识。嘉嘉嫁了傅二公子生了个大胖小子以后，极得老公和公婆的宠，她关注点就和别人不同了。你这手包虽然过时了，也不是什么高级定制款，还一用用好几年，一定对你很有意义吧？"

真是笑里藏针啊。

傅二公子在本市是有名的高富帅，傅家的龙图集团在当地是数一数二的地产企业，鬈发女生这炫富的方式是有点儿可笑，以为这样一番话就能把她打垮吗？她林琰琰要是这么脆弱，这些年来早就倒塌无数次了。既然这些人要在物质方面胜出她，那她非要在别的方面略胜一筹。

林琰琰起身，刻意忽略对方的敌意走到班花面前伸出手："嘉嘉，好久不见了，恭喜你嫁得如意郎君！"

班花显然没想到林琰琰会来这一招，用看怪物一般的眼神看着她。林琰琰的表情真诚自然，态度不卑不亢。在场的同学看来，林琰琰表现十分大度，班花和鬈发女生倒显得小肚鸡肠了。

张霄哈哈大笑，将林琰琰扯到一边说："琰姐还是比较霸气啊！琰姐啊，我跟你说，甭理她们，奕奕和雯雯嫁得比她们好多了，真正的少奶奶才不屑于显摆呢！还有二狗子、企鹅、波波他们都自己开公司了，干得很不错，连我们这些拼爹的人都羡慕。陈亮跟他爹到厅里去了，正春风得意呢，还有啊，以后开车被罚什么的，提怪兽的名字，准没人扣你分儿！"

林琰琰总算是听出点儿端倪了，问："二狗子和企鹅他们都干哪一行的？"

张霄比了两个手指头："这个你知道吗？"

林琰琰摇摇头。她今天来就是找企鹅的，听说企鹅跟她从事相同的行业，攀交情拉拉合作什么的应该有戏。

就在这时，包厢外忽然走进来一个人，林琰琰以为是企鹅外出打电话回来了，却看到一个男同学神色匆匆地跑进来大喊："张霄，张霄，陆哥来了，已经乘电梯了，快到了！"

男同学们很惊讶，女同学们都兴奋了，没嫁人的理理头发，嫁了人的也都按捺不住。鬈发女生甚至双手握拳两眼放光地问："是陆莘透学长吗，如今长安集团的少总裁？"

"是的是的，把我点的那两瓶红酒拿来，来点儿high的音乐，还有陆哥喜欢啥，都来点儿！"

林琰琰神色一慌，陆莘透？陆莘透为什么会来这里？

张霄忽然拍了拍林琰琰的手道："琰姐，其实你要找的人就是陆哥啊。陆哥家里就是干风投的，你有方案找他，准能拉得项目！"

林琰琰大惊，她是急着找项目，可是再急也不会找陆莘透的，张霄这不是坑她吗？就冲以前的那些事，她八辈子都不想再见到陆莘透了！林琰琰心里的火气噌噌噌地往上冒，也不知是包间里的浊气烘出来的还是着急冒出来的。

张霄和几个男同学已经出门去了，没过一会儿大门打开，外头走进来几个西装革履英俊挺拔的人物，除了点头哈腰的张霄和陪衬的几名下属，领头的就是陆莘透了，那张邪气飞扬的脸，化成灰林琰琰都认识！

林琰琰下意识地背过身去，她听到所有的同学都往陆莘透的方向凑去了，这个男人还跟当年一样，走到哪儿都众星拱月。她听到同学们的恭维声和男人愉悦的浅笑声，她最终起身，朝包厢里的卫生间走去。

外头的音乐声很大，一阵阵敲击着林琰琰的心脏，她躲在卫生间盯着镜子里女人苍白的脸，即使浓妆艳抹也掩饰不了她的惨白。

陆莘透就像一个噩梦，缠绕着她整个青春，她已经很努力地想要忘记，可还是无法从那深深的痛苦和伤害中走出来，每次想起陆莘透或者听到他的名字，她都像溺水一样窒息难受……

也不知过了多久，直到张霄敲门，她知道她应该出去了，不论再糟糕的环境她总要面对，她必须挺过去，这么多年了她已经走过来了不是吗？

林琰琰掏出口红，狠狠地描摹自己的唇，她不知道自己为什么要这样做，但是紧张和害怕的时候她喜欢把自己装扮得不伦不类，好像这样才能认为不是自己，从而不再害怕。最终她把自己化得妖艳鬼魅才走了出去。

外头大伙儿正在玩游戏，音乐声很大，可陆莘透还是有感应似的微微侧过头来，穿越兴奋的人群和跳动的灯光，将目光直直锁定在她身上，一双妖娆的眼睛犀利深沉，暗藏火焰。

陆莘透走上前来，林琰琰十分紧张，暗暗握拳。陆莘透嘴角扬起痞痞的笑，摄人心魂，他忽然伸出手来朝她道："好久不见，林琰琰，没想到在这里遇到你！"

他的嗓音就像恶魔之音，轻易把她顽强的伪装击得粉碎。

林琰琰盯着那只手，修长、洁白、骨节有力。这是一双好看的手，可曾经却像魔鬼一样狠狠地掐着她的脖子，即使她努力挣扎，苦苦哀求，他也只是眯眼冷漠地看着她；曾经她渴望着这一双手拥着自己，可盼了多年，他却揽上了她妹妹的腰。当年，陆莘透就这么当着她的面揽着小三的女儿，宣誓："这是我爱的女人，如果你对她怎么样，我一定让你下地狱。"

这样的男人，这样的初恋，她还有必要见吗？也许她来参加这次同学聚会就是自取其辱的笑话！

林琰琰冷漠地看着他，最终从沙发上拿起自己老旧的包，默然走出去。

"你就这么不想见我吗？"陆莘透转过身子，痞痞一笑。

张霄很狗腿地上来打圆场："琰姐啊，陆哥难得来一趟，你也难得见一面，大家坐下来好好说话嘛，毕竟同学聚会，你看好多话咱们都还没说呢！"

"如果你把我请来就是为了见这个人渣一面，那就没必要了！张霄，我们几年的同学感情我也不想说什么，感谢你的招待！"

林琰琰想走，可是陆莘透的两个保镖忽然拦住了门口。

陆莘透摇晃着红酒杯悠然地走到林琰琰面前，用轻得只有两人听得到的声音说："妈妈死了，爸爸为了小三抛弃你们姐弟俩，家里生意败落连房子都抵押了，奶奶生病需要照顾，弟弟是个败家子。你在景辉风投公司做事，低级销售人员，底薪1500，扣完五险一金剩余900元，连续3个月业绩为零，面临失业的危险。26岁了银行存款3位数……林琰琰，你说你还剩什么，你的人生已经完了，呵呵……"

林琰琰抬头狠狠瞪着他。

陆莘透慢悠悠地喝了一口红酒，以极尽优雅矜贵的方式彰显他的优越感，好像他是天潢贵胄，而她是被他踩在脚底下的人。

"我知道你想干什么，你的眼里充满了愤怒。我可以给你一个机会，让你实现你想做的事。"

林琰琰仍是冷冷地盯着他。

陆莘透忽然把她拉来凑近自己，在她耳边轻柔地说："你跟我玩一个游戏，输了喝一杯白酒，你要是喝得赢我，我就让你做最想做的事，如果你输了，就留在这里，无论我做什么都不要跑。"

林琰琰刚要挣扎，陆莘透又说："你以前不是很能喝也很敢玩吗，敢不敢拼？"

林琰琰盯着他近在咫尺的脸，即使这张脸多么英俊，五官多么立体，眼神多么魅惑，她也觉得丑陋无比。她多么想一巴掌招呼上去或者泼一瓶硫酸让他彻底毁容，真的恨一个人恨到骨子里的时候，也许真的能够做出这么疯狂的事吧。

林琰琰忽然笑了，声音很清冷，可又淌着莫名其妙的兴奋，很低沉地说："真的赢了，你可以让我做任何一件事吗？"

"当然，即使我在你心里是个人渣，但是我什么时候说话不算数呢？"陆莘透慢慢捋着她额前的头发，语气轻柔得就像对情人诉说。

他一定是觉得她想钱想疯了，但是比金钱更让她渴望的是一巴掌甩到他脸上，再用酒瓶子砸烂他的头，正好喝醉了酒壮胆，醒来怎么样不管，反正她已经爽过了。

"好！"林琰琰答应了。

陆莘透扬唇一笑，松开了她回到场地中央的桌子旁，张开双手以示欢迎。

林琰琰走上去，张霄似乎意识到了什么，拍掌撒欢鼓动大家以示期待。

陆莘透命张霄摆开骰子，张霄还没有动手，两旁的美女更乐意伺候，于是红袖添香更显风流。陆莘透还命跟随的男秘书奉上手套，人渣就是人渣，玩个游戏还戴手套，显得多高端。

林琰琰沉下心等候着，直到白酒已经摆开了，满满搁了半边桌子，杯子就用包厢里的茶杯，不大不小，但50度的高度白酒，即便一杯下肚也够呛了。

林琰琰要了一杯牛奶，陆莘透还毫不介意地伸手做"请"的姿势，一副很绅士的样子。林琰琰当然也不会客气，不过她总觉得陆莘透笑看她喝牛奶的样子有些古怪，一副阴谋算计的模样。

喝完牛奶摇骰子猜数，林琰琰赢了，陆莘透爽快喝酒，一杯白酒下肚他喝得跟白开水一样，末了还舔舔嘴角，眯眼邪魅地盯着她。

林琰琰面无表情，沉下心玩第二局，第二局又赢了，陆莘透继续喝，周围的人没一个敢鼓掌的，只有张霄偶尔还为她打打气。第三局，林琰琰输了，身旁的美女叫得比国足进球还开心。林琰琰也爽快，仰头就灌下，也不拖沓，喝完之后唇有余香喉咙却很苦，她微微皱了皱眉，这点儿酒还是能顶住的。

也不知玩了多少局，林琰琰开始头晕发热，眼前的人影也晃成了两三道。毕竟是高度白酒，酒量再好这样一杯杯喝下去也扛不住，她只希望她比陆莘透撑得久一些。

她仔细看着对桌的男人，只见他背着光，面色模糊，双眼黑漆漆两点闪着微弱的光，正似暗夜里遥远的星辰。也不知谁把包间的灯光调成闪动型的，满天的星辰摇曳，晃得她越加头晕。

林琰琰开始苦笑，躺在沙发上。

陆莘透走上来，双手撑在沙发两边低头望着她，语气轻柔而嘲讽："为什么这么恨我？"

林琰琰睁眼幽幽地望着他："你又为什么这样对我？"

陆莘透没有回答，薄唇只是抿上了无情的笑。

林琰琰看到他颈上晃动的星形坠子，那还是她的妹妹林子说送给他的，想起林子说的名字她都觉得讽刺。

"死生契阔，与子成说，执子之手，与子偕老"，那是她的父亲对另一个女人的承诺，是他与小三的爱情结晶。

她曾经无比痛恨这个名字，可是她最爱的男人当年搂着小三女儿的腰，低声呼唤："子说……子说……我喜欢你！"每一次呼唤都像在她心上插刃，她败给了林子说，不论家庭上还是感情上都输得这么彻底。为什么她这么恨陆莘透，陆莘透明知故问吗？

林琰琰沙哑着声音道："再喝一杯酒，最后一杯，一局定胜负！"

陆莘透倒是爽快，仍是轻柔地说："好！"

周围的人还以为陆莘透与林琰琰之间有感情，否则陆莘透为何对她这么轻柔，简直像对情人一般。单身的女生娇嗔忌妒，结了婚的都觉得可惜，毕竟提起A市矜贵公子，谁比得上陆莘透呢？即便校花嫁的傅家二公子，比起陆莘透来还是差了一截儿呢。听说陆莘透今日出入也是为了林琰琰而来呢，也不知林琰琰哪里来的这么大面子。

最后一局摇骰子的是张霄，林琰琰已经没什么力气了，这个游戏很简单，可是她连最后一局都快玩不起了。她隐隐约约说了一个数字，后来听到众人的欢呼声和张霄迟疑的声音："琰姐，你……你输了……"

输了吗？输了。林琰琰瘫在地上，背靠在沙发上，忽然一阵干呕。

陆莘透举着红酒杯走来，蹲在她面前："还能喝吗？"

林琰琰紧捂着嘴压抑即将吐出来的酸物，看着陆莘透的眼神都充满憎恨。

陆莘透说："你知道我为什么这么对你吗？"他拉开她的手，拿着纸巾轻轻

地替她擦拭嘴角。

旁边鬈发女生吃味地说："陆哥为什么对林琰琰这么好，不会是喜欢她吧？"

陆莘透举着红酒杯站起来俯视林琰琰，眼里极尽讽刺，忽然笑着回答："我为什么对她这么好？"他把红酒杯举到林琰琰头顶，手一倾斜，红酒就这样倒了下去。

暗红的液体垂直倾注到她的发顶，又沿着短发滚落，最后染红了她的衣襟、脸庞，滴落到地上。她还能闻到红酒的清甜之气，可是就是这样的侮辱她也没有力气反抗。周围的同学惊叫连连，女生甚至捂住了嘴巴后退，简直不敢相信。她成了最狼狈的生物，被人们恣意围观着，而这些人还都是她的同学，她彻彻底底在这个圈子丢尽了脸。

陆莘透嘴角扬起，无情地笑着说："因为我恨她！"

林琰琰红着眼圈抬头质问他："陆莘透，我和你无冤无仇！"她咬牙切齿，甚至是喊出来的，眼里含了泪。

陆莘透说："林琰琰，我和你的仇恨远比你想象中的多！"

"为什么？"她抗拒，然而看到他颈间的星形坠子之后顿时明白了。曾经的纷争从眼前掠过，林子说被她推下了楼道，惊叫声响彻整个教学楼，而她的母亲也从二十层高楼上一跃而下……

林琰琰的眼泪滑下，她忽然抡起酒瓶子站起来就要与陆莘透一起毁灭，可是张霄等人拦了上来，死死钳制住她。她发疯般大喊："陆莘透，我要和你同归于尽！我要和你同归于尽！"

奈何众人拦得她太死，而张霄又不住地劝，她根本靠不近陆莘透丝毫，不论她多么狼狈，即便像个泼妇，像个落魄者，也没法靠近他。陆莘透远远地站着，尽情地嘲弄着，姿态风流，举止矜贵得像个天子。

最终陆莘透领着他的人浩浩荡荡离去了，而林琰琰也终于没有力气瘫倒在沙发上。

周围的同学还在唱歌、在舞动，没有人理她，不论她吐得多么厉害，也没有人关心，这一切都像对她的无情嘲弄。

第二章
愿我如星君如月，可惜这轮耀眼的明月，如今于她却是拼命想逃离的黑暗。

林琰琰不知道自己是怎么回去的，大概是张霄送她回去的，因为在她又晕又吐的记忆里张霄一直在她耳边说话，嗡嗡嗡吵个不停。她不记得他说了什么，大概是道歉吧，她模糊的印象里他一直在道歉。

后来她的世界清静了，她回到了家里，躺在了沙发上。1月的天气即便开着空调还是冷的，林琰琰睡到半夜时被冷醒了，坐起来时头还晕得厉害。桌上有半杯水，林琰琰闻了一下，是蜂蜜水，大概是张霄为她准备的，她就把剩下的都喝完了，然后准备起身去洗手间，忽然看到桌上还有一盒子东西。

林琰琰打开客厅的灯，才发现是一盒蛋糕，那盒子上还有贺卡——琰琰，生日快乐！

原来昨天是她的生日呢。林琰琰看贺卡上的字迹就知道是谁的祝福，顿时很烦躁，连看蛋糕一眼的心情都没有了。她起身披了一件外套就把蛋糕盒、水果和桌上七七八八的那个人送来的东西一起拎到楼下扔掉。

半夜里小区无人，几盏灯光照着小花园，她一个人双手抱臂趿拉着拖鞋闲逛，然后在路灯下的长椅上坐下。

夜风很冷，霜寒满天，哈一口气都能凝结成冰，但是她就那么孤独地坐着，望着这陌生的老旧小区，忽然想起小时候自家的院子。花园里有游泳池，夏天她和弟弟戏水，看到爸爸的车子开进院门立刻奔过去，爸爸蹲下来亲亲他们，抱着弟弟牵着她的手走进家里，妈妈在客厅插花，用人已经做好了晚餐等候他们一家人进餐。

那时候的日子多么幸福美满……

她努力抬头不让眼泪往下流，天空星星很多，密密麻麻地散落在黑色的幕布上，今晚没有月亮。她忽然想起多年前亲手做过的一条星月项链，在黑色衬布上用镊子一颗一颗夹起细细的碎钻，小心虔诚地镶嵌在那轮玄月和那颗星星上，她给它取名"愿我如星君如月"。

愿我如星君如月，夜夜流光相皎洁——多么美好又温柔的期盼。

可是当她满心欢喜将项链送给陆莘透时，他却当着所有人的面狠狠将这条项链甩进护城河中，他嘴角依然挂着让人心醉的笑，眼神却冰冷狠厉。他当众宣告："你做的一切都让我恶心，你若敢再出现在我的视线里，我必让你生不如死！"

……

她把头埋进双臂，不再沉浸在那欢喜又悲痛的回忆里。

现在为了生活，连悲伤都没有时间和精力了，更何况回忆。她起身回家，从记忆中的童话世界回到残酷的现实。

第二天出门上班的时候，她碰到准备出门买菜的邻居王阿姨，王阿姨一看见她就热情地说："琰琰啊，昨天你爸来过了，还给你买了蛋糕，说是你生日。他等了你好久不见你回来，天太晚就走了，东西放在我这里，我昨天晚上看到有人送你回来就让你朋友拿到你家里去，你看到了吗？"

林琰琰含糊地点头，又说："王阿姨，以后我爸送来的东西您就别再帮我收下了。"

"为什么？"

"不为什么，您别收下就行了，我也会和他说的。"

王阿姨很不理解，林琰琰跟她道别就赶着去上班了，王阿姨又喊住她："琰琰啊，我那远房的侄子今天过来出差了，你答应了阿姨晚上见一见，一定不要失约啊！"

"我知道了，我会去的，谢谢阿姨的好意，我先去上班了！"林琰琰飞也似的逃出小区去上班。昨天晚上她喝酒宿醉，半夜里又在小区闲荡，导致今天早上差点儿起不来，她上班的地方离这里比较远，这会儿出门已经有点儿晚了。

快到公司的时候，林琰琰看了一下手表，今天果然要迟到了！对于一个业绩为零，即将面临淘汰的新人如果连准时上班都做不到的话那真的别干了。

当初从沿海城市回到A市，放弃了原先的专业而选择做风投销售便是看中了高绩效高回报的工资，这样她和弟弟的生活才能好一些，而景辉公司是唯一给她机会的，她不想放弃！

林琰琰跑进大厦，果然看到电梯口已经围了几条长龙了，她经验老到地赶紧冲向安全通道，一口气爬上了5楼，然后在5楼等待。

5楼是一家网游开发公司，IT男上下班无规律，而5楼的公司又似乎管得不严，所以这个迟到的点唯有他们家的员工侵占电梯。林琰琰等了几分钟，果然最快的一趟电梯在5楼停下，哗啦啦地走出一群着装闲散睡眼惺忪的IT男，甚至还有cosplay者，与她打扮整齐、精神抖擞的模样完全相反。

林琰琰等IT男都下了正准备进去，谁知电梯门忽然关了，她吓得直接伸手去挡，然后里面的人似乎帮了她，电梯门终于开了，她快步进去，低头对里面的人说："谢谢！"

"不客气！"一道冷静清晰的声音。

林琰琰抬头，这才看清电梯里只有一个男人，他西装笔挺，英俊沉稳，正是她的顶头老板——景辰。

说起景辰，恐怕A市商业圈子里没有人不知道他。他是景辉集团董事长的长子，海外留学多年，曾经在华尔街工作，并已做到高管的位置，后来才回国掌管家族企业。景辉集团是做互联网业务发展壮大的，不论电子商务、网上支付，还是B2B都有一定的实力，近几年看着风投蓬勃发展，才涉足这个行业，并注册建立了景辉风投公司。据说景辰当初很反对集团涉足这个陌生的行业，可是董事会执意要开，也就开了，当时景辰还在华尔街，等他回来的时候景辉风投果然如他所料成了一个烂摊子。可秉着家族的责任，他还是接受董事会的安排接手这个烂摊子，有他坐镇，公司比之前好一些，然而颓势如江河日下，还是无法挽回。

以上都是公司高层应该考虑的事情了，作为一个小职员，不管公司的未来如何，林琰琰还是十分感激景辉风投给予她涉足这个行业的第一次机会的。更要紧的是，大老板是她非常崇拜的人物，崇拜到什么程度，她独自和景辰在电梯里都觉得十分紧张，双手发抖得都不知摆在何处，只能紧捏着皮包掩饰心情。

林琰琰站在右前方靠近电梯按键处，而景辰站在后方中央的位置，两人之间隔了一定的距离，都不说话，看着电梯无声无息地飞蹿向上。

林琰琰没想到5楼的IT男这么厉害，居然几乎承包了整个电梯了，等他们一下，电梯里就只剩下大老板一人了，而她也没想到平时神出鬼没的大老板今天居然踩点准时上班。

林琰琰琢磨着要不要跟景辰打招呼，不过景辉风投公司两百多名职工，除去外出办公差的，平时正常到公司上下班的也有八十几人，景辰应该不会记得她这名小人物才是，她何必自找没趣跟他在电梯里尴尬相认？可万一景辰真的知道她是谁呢？

林琰琰纠结着，透过电梯门光滑的钢板她看到身后挺拔修长的身影，不论是剪裁得体的西装，梳得光亮的头发，还是锃亮的皮鞋，都散发着一丝丝矜贵威严之气，让她十分紧张。

眼看着电梯在35楼停下，林琰琰才后知后觉地想起景辉风投把这幢大厦35楼、36楼都承包了，打通相连成了办公室，她跟随他上35楼不是景辉风投公司的员工是什么。

在电梯门开启之前，林琰琰赶紧回身朝大老板请安："景总早上好，我是销售部的业务员林琰琰。"

"叮"的一声，电梯停了，她和景辰皆静止在电梯里，她低着头，景辰笔直地站着，没有人动，也没有人说话。时间过了一秒、两秒、三秒，林琰琰抬头看着大老板，却见他垂眸看着她，英俊笔挺的五官就像大理石雕刻出来的一般，一笔一画，每一个轮廓都完美得无可挑剔。

大老板的面容如此年轻，他18岁到美国，21岁开始半工半读在华尔街工作，27岁坐上高管的位置，29岁回国，如今才31岁，却已经是景辉集团的总裁，也是景辉风投的老总，他的每一个经历对所有年轻人来说都是传奇。

林琰琰看着他的那张脸都看呆了，无意间似乎看到景辰抿唇笑了笑，然后很随和地说"早上好"，就出去了。

林琰琰还傻愣在电梯里，直到电梯门即将关闭了，她才回过神快速冲出去，然而又差点儿被夹手了，幸亏景辰回头帮她按下电梯键……林琰琰既尴尬又感激地对景辰道谢，景辰只是平和地嘱咐："下次小心一些。"

林琰琰觉得老板真是人好脾气赞，毕恭毕敬地点头，便目送着他步履从容、潇洒愉快地离去。

景辰敲了敲项目经理办公室的门，项目经理赶紧出来："哟，景总怎么来了，怎么劳烦您亲自叫我呢？"

景辰说了什么，两人便一同走远。

林琰琰失落地低下头，看不到那道俊逸的身影她的心里莫名地难过。她习惯性地看了一眼手表，结果惊得差点儿跳了起来，赶紧冲到办公室按指纹签到。

公司的变革总是快，又或者变革已经酝酿许久，只是底层的小职员无法知晓，等消息公开的时候已经是既成的事实了。

林琰琰没想到今天上班得知的第一件事竟是景辉风投即将易主了，景辉集团把景辉风投卖给了艾维集团，而艾维集团的人明天下午就要来公司视察了。

"琰琰，你太落伍了，艾维的人都要来了你今天才知道？我们半年前就听到风声了，可惜高层和行政部瞒得太紧密，等事情公开了已经成为事实，这果然是景老板的风格！"

因为一大早行政部就公布了消息，大家也没心思上班了，都三三两两地聚在一起讨论。

"景辉风投已经被前人做烂了，虽然这两年经过景老板的拯救稍微好了一些，但也无法起死回生啊。卖给IV也好，IV好歹是中外合资、领先做风投的企业，傍着大树好乘凉，我们再也不愁饿死了！"

同事还在纷纷感慨，林琰琰只余震惊，直到销售经理打电话来吩咐："林琰琰，人事部有找，你去一趟人事经理办公室。"

林琰琰奇怪人事部有找为什么不直接找她，而是通过她的经理传达，难道是很重要的事？她挂了电话以后赶紧去人事经理办公室。

人事经理Miss李是个面相和蔼的中年女人，等林琰琰入座之后开始笑谈："小林啊，当初招你进公司其实是看中你的人力资源专业和人事经验，但你执意要做销售，我们也尊重你的意见。可两个多月过去了……你看，你的销售业绩并不理想，显然你不合适销售的岗位。今天行政部在办公系统上公布的消息你也看到了，景辉风投以后即将改名为艾维风投了，公司变动总是伴随一定量的人事变动，我们人事部有两个岗位空缺，其中有一个福利专员的岗位十分合适你，你看看你要不要考虑过来呢？"

林琰琰没想到Miss李找她来竟然谈这事，当初她应聘景辉风投的时候投递的是销售员的岗位，人事部招来她面试谈的却是人事的工作，但她坚持做销售，Miss李还是录用她了，并让她做销售。她当时就觉得十分奇怪，今日一想，看来Miss李两月前已知晓今日的场面，早点儿做人员储备呢。而销售经理有可能知晓Miss李的意图，也有可能不知晓，但有什么要紧呢，她在销售部是即将被淘汰的职员，被人事部挖走了，销售经理也不心疼，还高兴处理掉一个不合格的队员呢。

她知道今日是她唯一的选择了，试用期即将结束，她没有能力留在销售部，景辉风投不考虑用她，IV来了更不会留的。如果不进人事部那她就将面临失业，而目前的各项经济压力是不允许她失业的，即便要失业也要等林巍巍半年后考上大学再说。

林琰琰想了一会儿，她虽然仍保留激情挑战销售的岗位，并期望给她带来高回报，但在眼下抉择的当口她没法任性，还是要更理智一些，所以她咬牙答应了。

Miss李很高兴，站起来和她亲切握手："那明天早上过来办手续吧，我已经和销售部的老陈说好了，我不希望Ⅳ的人过来了还看到一个人心浮动的人事部！"

林琰琰不知道自己是怎么离开人事经理办公室的，公司即将易主，她担心自己的未来的同时，居然……还有一点点不舍。

她走向电梯口，在下楼之前回望走廊尽头——那儿拐一个弯后就直达总经理办公室，景辰就在里面。

想象着景辰与各部门高管商讨，不论面对多么激烈的问题依然心平气和，面容带笑；想象着他坐姿端正，埋头工作，不论多晚多累依然全神贯注、一丝不苟的模样；想念着他的背影、他的脸庞、他的笑容、他的风度翩翩与斯文儒雅，她的心里就暖暖的，可也越加失落。

以后她再也不能见到他了，她与他只有两个月短暂的缘分。毕竟一个天一个地，一个云一个泥，差得太远，即便心怀思念也是遥不可及，不敢想象不敢期盼，连做梦都觉得奢侈……再深深地望一眼那条通往他办公室的长廊，她最终摇头离去。

晚上，林琰琰应王阿姨之邀到市中心的饭店与王阿姨的表侄见面。林琰琰自从回A市之后就住在二小区里，那里是单位房，留守的都是老人。王阿姨的子女都不在家，对她和她的弟弟十分照顾，简直当成自己的子女一般，林琰琰也十分感激，所以王阿姨说要把她介绍给自己的表侄时，她虽然不乐意但也不好驳王阿姨的面子，就答应了。

据说这位表侄在附近的港口城市B市工作，离A市也就半小时的动车车程，人长得高大挺拔，精神爽朗，今年29岁，在一家小公司做高层领导，工资收入都挺不错，感情经历是5年前与女朋友异地分手之后，因工作忙碌就再也没有找过女朋友了。林琰琰就想着既然对方条件不错，也没什么毛病，只是见见，也不至于看上她的。

他们去的时候小伙子已经定了桌子等候了，林琰琰一看，小伙子国字脸，浓眉大眼，鼻梁上架着一副眼镜依然双眼炯炯有神，是挺精神，皮肤有些黑，身材也没有王阿姨说的高大挺拔。她身高有一米七，小伙子似乎只比她高了一点点。

坐下之后小伙子开始埋头点菜，末了才问林琰琰想吃点儿什么。林琰琰想象着一桌子菜，礼貌地笑笑答："我随便就好。"

吃饭的过程中王阿姨笑呵呵地介绍她的表侄，夸他学习多上进，能力多好，现在有多么成功，又夸林琰琰温柔懂事，长得漂亮，他们多么登对云云。

林琰琰比较沉默，小伙子则一直在谈他的工作，谈这几年创业的艰辛与不易。林琰琰从他的话里才听出来他来自B市城郊的小镇上，是家里的长子，家里除了他还有三个弟妹，现在除了大妹妹嫁人了还有两个弟妹在读书，并且需要他供给。

小伙子可能想夸自己的孝顺与疼惜幼小吧，因此不顾王阿姨频频使眼色一直谈家里的事。林琰琰无所谓，听得很淡定。只是王阿姨很尴尬，等小伙子说完就补充说："琰琰现在也没有母亲了，爸爸现在在外面住，她只带着她的弟弟，算起来你们都是苦命人，以后在一起一定懂得惜福，一定过得更好！"

小伙子却嗅到了一丝不理想的气味，皱着眉头问："林小姐是单亲吗？为什么不跟爸爸住？"

王阿姨尴尬地打断："这是人家的家事嘛，以后慢慢了解。"

小伙子在后半段饭局终于沉默不少。

这一场相亲宴在奇异的氛围中结束。回去的路上王阿姨安慰她："琰琰长得这么漂亮，我表侄一定喜欢你的！"顿了一下，可能心里没底，又补充说，"没关系，就算看不上阿姨也能给你找个更好的！"

林琰琰很疲惫了，到了家门口与王阿姨道别："王阿姨，您心脏不好，天晚了，早点儿休息吧。今晚谢谢您的照顾，我明天要上班，也早点儿睡了，晚安！"

关了门之后，她赶紧洗个澡，累得钻进被窝里睡觉，这事就这么过去了，她连对方姓什么都不记得了，只记得今晚的三文鱼似乎不错。

第二天，她到公司先与销售经理谈了谈，然后如约到人事部办手续，剩下的就是交接工作，搬东西，她正式地在人事部落座了。兜了一圈她没能靠销售改变命运，还得继续做她的老本行啊，希望IV来了以后人事部的工资待遇能不错。

一早上公司里都在忙着搞清洁，职员着装都比以前更规范不少，虽然以前也有着装要求，但老同事狡猾成精，总会有些衣着走样，这次听说IV的人来了，个个精神抖擞起来。林琰琰从来都是个恪守规矩的新人，所以平时怎么打扮，今天还是怎么打扮。

中午吃完饭还没上班呢，人事经理就招来部门里的几个姑娘开小会："今天行政经理跟我求援了，这两天为了迎接IV团队，行政部忙得人仰马翻，已经安排不出人手到前台做接待工作了，而自古人事行政一家亲，哪家有难相互帮，所以我们部门要安排一个姑娘到前台做迎宾接待工作。你们看谁合适？"

众人默默地指了指林琰琰，林琰琰很奇怪，Miss李就说："我看琰琰挺合适，就你去行政部支援吧。"

林琰琰看了看大家，估计她们几个已经商量好了，没得推托，只能答应。

迎宾工作可不是那么好做的，为此林琰琰不得不拿出公司的概况来背，还得拿出丢弃多年的商务礼仪对着镜子练习。即便这样，在迎宾的过程中面对这么多IV的领导，还有外国人，她可能还是会出丑啊，而且她英语可没有学历上看起来的这么好，考完六级就还给老师了！

该来的总还是要来，下午2点钟，IV的人准时到来了，好几辆豪华轿车停在大厦楼下，林琰琰和行政部经理、行政文员一起在大楼门口恭敬地等候。

IV团队的头辆轿车是迈巴赫，林琰琰坚信是私家车，因为IV公司再厉害也不会买这么贵的商务轿车接待贵宾的。既然是私家车，那IV团队的领头人应该是本地土豪。她知道IV是中外合资的企业，而且大股东是中国人呢，难道迈巴赫车上是中国的大股东？

林琰琰好奇车上的这位大股东的模样，就一直盯着头辆轿车。直到秘书下车，走过来开门，车上走下来一个人，她终于惊呆了。

剪裁得体的西装包裹高大挺拔的身材，黄金比例明显，堪比模特之姿。四分之一混血的五官令他的模样比其他人的更立体更出彩，尤其是眼睛，稍微眯起，

自带的魅惑风情是无数男明星称羡的，随着他的走动，步履生风，举手投足间堪比街拍大片，令周围无数的路人皆惊艳驻足。

他身旁跟随着男秘书，后面是外国技术团队和中国高管，一行人皆是西装革履，浩浩荡荡走来犹如卷了一阵风。IV的团队太强大，而他走到哪儿都像帝王一样享受众星拱月的爱戴。

林琰琰明显感觉到行政部经理一个结了婚的30岁女人都双眼发亮，更别说行政文员，才22岁的小姑娘了，早已犯花痴傻幻想，双手无措。

她唯有震惊，因为这个人，无论多么尊贵，多么耀眼如明月，于她而言都是噩梦，是她极力想摆脱想逃离的黑暗——

陆莘透!

第三章
即便她爱他，
也只能一辈子淹没在最美的时光里……

陆莘透领着IV团队来到大厦门口，行政部经理赶紧笑脸相迎，鞠躬握手，行政文员薛芬紧随其后，但光顾着看帅哥了，差点儿忘了本分。林琰琰知道躲不掉，与其这时候再做出其他反应，还不如强装镇定，装作谁也不认识。

陆莘透还是看到了她，然而他早有所料一般，并没有过多关注她，只是不经意扫过来的眼神有些许别的深意而已。

幸好林琰琰只需迎宾带路，安静地做只花瓶即可，等把这伙人送上了电梯，她暗暗松了一口气。

到了楼上，自然有景辉的高管接待，把公司参观了一遍，两家公司的领导就到会议室开会了。

这时候端茶倒水也不需林琰琰伺候了，她回归自己的岗位。办公室里的女同事都很八卦，拉着她东拉西扯问个不停，全都围绕IV的高管帅不帅，来了多少个，楼下是不是有一辆名车的问题。原来她们在楼上也看到一些，再加上IV的人上来的时候，她们虽然待在办公室里好歹也瞄见冰山一角，更加好奇了。

林琰琰没有兴趣作答，只含糊地应着，事实上她只是一个替补的迎宾小姐，接触得也不多。

等到下班，林琰琰都没见会议室里有人出来，她习惯性地向总经理办公室望去，那儿大门紧闭，而以后，恐怕那里面连景辰的名字也要换上别人的了吧，心里越加失落。

她在公司附近的咖啡厅点了一杯咖啡和点心，权当晚餐。因为担心未来，心情失落，她吃得很慢，等到华灯初上的时候，街上出现了一对对情侣。她望着街道上的小情侣出神，直到有一辆熟悉的轿车开来咖啡馆外的停车场泊车，她的目光才被吸引过去。

车上下来的是景辰。此时他脱去西装换了长款风衣，配上格子围巾，打扮比之前轻松休闲不少，也更显年轻和英俊。他到咖啡厅里点了一杯热咖啡和点心，就打包离去了，然而在门口被沿街嬉笑打闹的两个小鬼撞了身子，咖啡洒了一地，还洒到了他的衣袖上。

景辰一脸无奈地一手拿着空杯子，一手拎着点心。见此情景，林琰琰赶紧起身出去想给他送纸巾，然而忽然看到一位美女从他的车上下来，匆匆忙忙掏出手绢替他擦拭，还皱眉嗔斥。

美女长鬈发戴着帽子，即便只能看到侧脸也可以看出很漂亮。景辰似乎与她关系不错，被她嗔斥了也只是无奈笑笑，后来任由美女挽着手愉悦地上车离去。

林琰琰揉着纸巾站在玻璃窗边望着，忽然觉得自己的举动挺可笑的。

景辰大概不知道有她这一号人物存在，即便两年前她初回A市，在机场时行李箱从电梯上翻下来，他及时帮她扶住，又送她搭乘出租；她曾经在街角迷路，他给她指引方向；他们在咖啡厅里相遇，路人之间的一个点头微笑；甚至是她求职时，他曾经面试她，可是他也没有印象他们曾经见过很多次面。

他却不知道，从第一次机场相遇他热心地帮助她，她就深深记住了他，而后的每一次都似缘分，似命中注定，匆忙一眼，擦身而过，却加深了她对他的印象，以至于形成一种朦胧的情愫。

人与人之间的缘分很奇妙，人与人之间的情愫又那么不可捉摸，有时候两人相处一辈子都未必有感情，然而有时候仅是一个眼神、一个举动，便悄悄爱上了。

她很幸运投身于景辉风投公司工作，因为这份工作让她得以认识他，他不论性格品行都很让她欣赏，让她眷恋。但是，了解得越多她越知道这只是一个梦了，她与他相差太远，她与他有太多的不可能，即便她爱他，也只能当作暗恋，一辈子淹没在最美的时光里了。

第二天上班的时候，林琰琰知道景辰已经回景辉集团总部了，毕竟集团总裁才是他真正的归属，而景辉风投总经理的位置只不过是他兼职的岗位罢了，如今IV以70%的股权收购，以后他就不必留在景辉风投里了。

秘书已经在整理他的文件，等一切收拾妥当之后，这里就再也没有景辰的东西，他大概也不会再来了。

因为公司易主，办公室里的气压很低，而IV的人明天就过来了，到目前为止他们还不知道新一任的总经理是谁，是一个长毛老外，还是一个圆肚子、四方脸的中国男人，抑或是像希拉里一样的女强人？

林琰琰很忐忑，但也尽职本分地度过了这一天。她坚信，即便是陆莘透的公司，只要她积极上进没有任何过错，他也不能拿她怎么样。

可虽然这么安慰自己，她心里还是惶惶不安。

第二天IV的人来了，新领导令大家跌破眼镜，竟然是陆莘透本人！

IV集团主营房地产开发和风投行业，集团公司在全国乃至全世界的主要国家都有分部，陆氏家族作为中国分公司的最大股东，陆莘透为陆氏的长子，在IV里极有地位，怎么会跑来景辉风投做总经理？

即便也是采用景辰之前的方式，在集团担任稳定高层职位的同时兼职景辉风投的总经理，那也是令人觉得不可思议的，毕竟景辰当年也是逼不得已，为了收拾烂摊子才来的，而陆莘透来干什么？也是收拾烂摊子的吗？在很多人看来未免牛刀小用了。

不管如何，陆莘透还是来了，看样子还是常驻，东西搬来了不少，很快总经理办公室立刻焕然一新。他来了以后立刻对公司组织架构做变革重整，当然也有很多人事变动，为此，行政部和人事部忙得人仰马翻。托陆莘透的福，这个月离职率攀升了。

　　林琰琰连续加班两个星期后，终于在办公室里低骂了一句。

　　但也还好，半个月里她都没怎么和陆莘透接触过，只在去茶水间打水的时候，偶尔听到陆莘透办公室里传来的骂人的声音，这渣男的确没有景总脾气温和、有教养、有耐心，很多高管纷纷表示十分想念景总。

　　公司变革深化到每一个部门，人事部最主要的变革就是薪资整改，要把原先的薪酬结构更换成IV的，这是一项大工程，而陆莘透做事讲究效率，为了在预定的时间达到预定的效果，他可以不择手段，为此他压得人事经理喘不过气来，人事经理没法向上头交代，就只能威恩并施催赶手底下的人工作了。

　　本来薪资改革与林琰琰关系不大，她只是福利专员，薪资改革另有薪资专员主导，可惜薪资专员是一个孕妇，连续两个星期高压工作已经让她吃不消了，后来动了胎气，只能休长假，于是薪资改革的重担就落到了林琰琰肩上。

　　Miss李找到林琰琰时，林琰琰内心并不是那么乐意，虽然她平时是低头苦干的员工，可不代表她没有想法，会无条件接受领导安排过来的重任。然而Miss李苦口婆心劝说，以及承诺把薪酬专员的绩效分配到她头上，林琰琰才终于答应了。

　　为了这个项目林琰琰有好几天都是通宵加班的。每个周五的晚上，同事都因为周末来临早早下班了，她都还在公司加班。

　　某个周五下班后，林琰琰对着电脑预算薪酬成本以至于忘了时间，等恍惚回神时已经是深夜11点。她居然从吃完中饭后坐到现在，腰已酸，背已痛，只好起来活动活动。

　　她打开手机音乐，在办公室里跳了一段恰恰。

　　她以前最喜欢跳舞，大学时期没什么事就在社团的舞蹈室里跳舞。她也喜欢音乐，小时候被迫学习钢琴、小提琴，可她并不喜欢，长大后反而把这份音乐基础发挥在了摇滚乐上，与其让她像个公主一样优雅地弹钢琴，还不如让她穿着破洞裤子抱着吉他在舞台上嘶吼呐喊。不认识她的人都以为她是一个安静沉稳的女孩儿，认识她的都知道她体内住着一个疯狂的灵魂。

跳了一阵放松够了，头部感觉有点儿缺氧，林琰琰习惯性地走到窗边倒立。

刚来景辉风投的时候，为了熟悉销售业务她也常常加班，但公司里她并不是走得最晚的一个，景辰走得比她还晚。销售部办公室在35楼，景辰的办公室在36楼，她隔着窗正好看到他的落地窗，那里灯光如昼，深夜里给予她温暖。而如今她随人事部搬上36楼，在离总经理办公室最近的位置了，那里却大门紧闭，落地窗也很久不亮了。

已经没有人陪伴她，即便是远隔彼岸的两端，也不再有人站在对岸。

林琰琰慢慢闭上眼睛，忽然听到"哐啷"一声玻璃碎地的声音，她惊得赶紧双脚落地站起来。

Miss李走前跟她说公司里只有她一个人了，把钥匙交给她让她早点儿走，怎么还有人？难道半夜里公司进贼了？

林琰琰等了一阵，茶水间里还是有动静。没办法，她拿起笔筒上的剪刀小心翼翼地向茶水间挪去。

茶水间里亮着灯，林琰琰虽然迟疑，但也不敢放松警惕，她背靠着墙慢慢挪动步子，往里边瞧了一眼，居然看到一个男人，而且是一个头发湿润，穿着浴袍的男人。

林琰琰惊吓地大喊一声，却发现四下没处可躲。

男人回头扫她一眼，又继续低头拆开咖啡袋子，把咖啡倒入杯中，讥诮地说："舞跳完了，来找点儿东西吃？"

林琰琰还没有反应过来，直到陆莘透拿着杯子到热水机旁冲咖啡她才闭上了嘴巴。

虽然总经理办公室里设有独立的卫浴和卧室，方便总经理休息，可是陆莘透这么光明正大地穿着浴袍在公司里晃荡也不太妥当吧，就算下班期间公司里没人，可走廊上也有摄像头，他这样做实在有些太奔放了。

回忆之前的种种恩怨和上月同学聚会他泼了她一杯红酒，她完全记住此人睚眦必报的本性，一点儿也不想和他单独相处，于是说："抱歉，打扰了！"就低头欲走。

陆莘透却忽然快步拦在她面前不让她离开："怎么，几年不见越来越怕事了，完全没有以前刁蛮任性吃不得亏的大小姐脾气了？"

林琰琰瞪他。

陆莘透笑眯眯地说："我好奇你怎么还没走呢？景辉的员工已经走得差不多了，你居然神奇地留了下来，你果然已经惨败到为了生存可以向敌人低头的境界？"

"陆莘透。"林琰琰扬唇讥笑，尽量使自己很冷静地说，"不管我们之前有什么仇怨，现在我们是合作关系，你是我的上司我是你的下属，我们应该共同为公司创造效益达到双赢状态，而非你争我斗，损人害己，这样对你对我有什么好处呢？你是一个商人，应该很清楚利弊！"

"我认为有求于我的人是没有资格和我谈双赢及公平的，像你这样资历的员工我随便在人才市场上一抓一大把，我IV公司里，不缺你这样的员工。"

林琰琰冷笑："是呢，IV集团的确很强大，可惜IV风投这一个月广撒网招聘这么多岗位都没有人来，毕竟IV风投不等于IV集团，陆总！"

陆莘透目光倏忽闪烁，长指一伸捏住林琰琰的下巴，微眯双眼打量："伶牙俐齿，还是一副恶女人的嘴脸，我永远也无法忘记你把子说推下楼，害她半身不遂的那一幕。她的舞蹈梦想没法实现，整天以泪洗面，而你居然还好好地活着，多么令人厌恶！"

林琰琰狠狠推开陆莘透的手。林子说不仅是陆莘透心中的痛，更是她心里的刺，每每想到还有根刺留在心里她就烦郁暴躁，无法控制自己的情绪："陆莘透，如果不是林子说母女俩插足我的家庭我不会败落成这样，我的母亲也不会含恨自杀，你本来与我无冤无仇，可是因为林子说……"

她忽然说不下去了，那是多么难堪又难以启齿的一段过往。

因为林子说，他狠狠地伤害了她，明知道她喜欢他，明明答应和她在一起，一转头居然对林子说一见钟情，并且联手林子说母女一同对付她。正因此，她一辈子也不会忘记他对她的伤害，也永远不会原谅他！

陆莘透无视她痛恨的眼神继续调侃："因为林子说然后怎么呢，让你对我失望，对我痛恨，而你原本是爱我的是吗？"

林琰琰的心尖锐地疼痛起来。

"呵呵，有一件事我想告诉你，当年你把子说推下楼我不理你的时候，你怎么还有脸跑来我家求着见我呢？真是自取其辱！那天我确实在家，但是就是不让人给你开门，我想看着你在大门口淋着雨呼喊我的名字痛哭的模样，这样楼上的子说看到了才会开心，你说你当初怎么这么犯贱，林琰琰？"

这漫不经心又讥诮十足的话激起了林琰琰心底的无限愤怒，她内心仇恨的种子狂肆萌芽、生长，恨不得从她的身体里爆发出来。

当年她的确犯贱，她怎么做出让敌人痛快的事？可是到如今，陆莘透居然还用当年的事来中伤她，他这是死都不肯放过她吗？她疯狂地想报复陆莘透，可惜这个男人太强大，而她目前没有足够的实力对付他，只能隐忍，一再隐忍，但假使有那么一天，等到她有足够的能力，她一定会狠狠地报复他！

"哭啊，我最想看你哭了，好让我拍照给子说看看，如今恶毒的姐姐变成这样，灰姑娘一定会很高兴的呢！大家喜闻乐见！"陆莘透轻轻地啜口咖啡，抬头戏谑地看着她明明怒火中烧却强装冷静的面容，恶劣挑衅。

林子说是灰姑娘？真是讽刺！

林琰琰狠狠地攥了攥拳头，用尽全力把仇恨和眼泪都强压下去，死命撑住不断颤抖的嘴唇咬牙说："我不想把私人恩怨带到工作上，也请陆总你，放尊重些！"说完，她就错过他快步走回自己的办公室。

见她如此镇定，陆莘透显然十分不开心，他阴鸷地朝着走廊上的她喊："你在我手下一天，我绝对整死你一天，我倒是想看看你有多少毅力，能在IV风投里待多少天！"

林琰琰的脚步稍微停顿，但是没有回头，而是坚挺着脊背回自己的办公室，直到坐到桌前，终于泪如雨下。

她从来都是个硬气的人，如果轻易被陆莘透几句话就打倒，那也意味着被林子说母女打倒，她绝不容许。陆莘透想这样就赶她走？那她还非就不走了，就算要走，也要风光漂亮地走，而不是被人狼狈地赶出去！

因为周五晚上的对话，林琰琰一整个周末心情都很差，周日没什么活动，她就在家睡觉，一大早上她还没睡饱，就被客厅里乒乒乓乓的声响吵醒了。她穿着拖鞋从卧室里跑出来，就看到林巍巍在客厅里翻箱倒柜地找东西吃。冰箱的门大开着，就这么哗啦啦地冒着冷气他也不关一下。

看到林琰琰出来，林巍巍开始少爷似的抱怨："姐，怎么家里没有一点儿吃的，快饿死我了！明知道我每个月才回来一次，怎么不提前准备一点儿吃的啊？"

林巍巍目前在景行高中读高三。景行高中是一所私立学校，学风不怎么样，但是学费很贵，但鉴于两年内林巍巍已经换了5所学校，如今能找到愿意收下他的学校林琰琰已经很满足了。她谨小慎微地祈祷着林巍巍能顺利地度过高三，考个大学，哪怕是大专也好。

所以一看到林巍巍这副德行，林琰琰就来气："我每个月都给你生活费，你怎么能还是饿肚子？"

"就你那点儿生活费，早半个月前就花光了，后半个月都是靠朋友救济的……"一转脸林巍巍又笑嘻嘻道，"姐，现在给我点儿钱啊，我到外面买去！"

林琰琰一听这话就不对劲，皱眉上前："靠什么朋友救济？你又跟商权在一起了？我不是说不让你和商权那些公子哥儿在一起吗？你当初怎么答应我的，为什么又和他们在一起？那些人小小年纪惹是生非，打架斗殴，就差没杀人放火了，人家有权有钱，出了什么事还有人保着，你能跟人家比吗？"

"姐，瞧你说的，我好歹以前也是一公子哥儿啊，就算咱们家不行了，咱家的关系还在……"

"林巍巍，你存心气我是不是？你说你为什么还要跟他们在一起？"

"吵吵嚷嚷的烦死了！姐，你要是一个月能给我几万块，我保证不跟商权他们在一起，就你那两千块钱，我光吃饭半个月都花得差不多了，哪里还够其他生活费？不跟商权他们玩儿，我饿死街头呀我？"

林琰琰拧着林巍巍的耳朵咬牙切齿："你到大街上随便抓一个高中生问问，

就A市的消费水平，谁一个月的生活费够两千块，普通高中生千把块钱差不多了，你两千块还不满足？你还当自己是少爷，咱们家的家境还跟以前一样啊？"

"嗷嗷嗷，痛痛痛，姐，放手，放手！"

林琰琰刚放手，林巍巍就咻溜跑出门了，林琰琰气急败坏地追吼："不许跟商权往来，否则出了什么事没人管你！"

林巍巍在前面气哼哼地回："反正自从咱妈没了你就处处看我不顺眼！还有啊姐，你再这么凶下去，真嫁不出去了，哼！"

言语打击完，他就嚣张地走了，林琰琰憋了一肚子气。

都说逆境培养人，可林巍巍怎么完全不成器？！

怪她和母亲当年把他保护得太好了吗？可是当年林子说母女出现，父亲出轨的事实暴露时，林巍巍才9岁，她和母亲不愿意让林巍巍受到伤害，就一直隐瞒，直到家中败落，然而长大后的林巍巍没有经历那一番痛苦，根本无法体谅她的苦心！

为了令妈妈安息，林巍巍再不懂事林琰琰也忍了。她努力想着林巍巍的优点，想着他小时候的可爱，和他现在大了虽然不成器，但人长得好嘴巴甜，也讨不少人欢心。隔壁的王阿姨就特别喜欢他，说明这小子也没有渣到人神共愤的地步，她的心情就稍微平复一些。

林琰琰拿了冰箱里仅有的青菜和鸡蛋，正打算到厨房做早餐，小区的物业忽然找上门了，原来是林巍巍这小子在楼下踹了垃圾桶一脚，把桶都踢歪了，被物业罚款，他没钱，就自报家门让物业上来找她。

林琰琰听后心中低骂：怎么不让人省省心！

她心里才生出的一点点对林巍巍的夸赞又消灭殆尽了，林巍巍果然是祸害！

第四章
爱情真是莫名其妙的东西，
有时给她力量，有时又让她感伤。

　　周一恰逢月末，景辉风投的惯例是月末各部门集合开会，借以沟通部门之间的工作。IV来了以后，陆莘透极反对这样冗长的例会，奈何例会由来已久一时无法取消，只能默认了，可他本人从来不参加的，一直授权副总代理出席，然而今天难得的是，他居然出席。

　　此次例会跟以往一样，仍是各部门之间扯皮，最大的问题是项目部反对公司的一些流程，说会影响客户与公司合作的积极性。陆莘透当然是维护项目部的，在会上向各职能部门施压，大家虽然觉得改变流程略有不妥，但架不住总经理最大，也只能点头答应了。

　　林琰琰以为陆莘透出席的目的就是这一点，谁知散会之前他忽然说了一句："借此会议我还想向公司所有员工强调一点，"他的目光忽然扫到林琰琰身上，"公司反对性骚扰，但是也请一些女同事注意自己的言行，并不是通过一些投机取巧的手段就能达到人生的目的。职场的高度和人生的价值如果通过这种方式来实现，未免对公司及个人都是侮辱，IV绝对不容许！"

　　顿了一下，他语气更冷："我希望各部门提高效率，人事部严格控制加班，如果没必要，各部门都准时下班，不要做无意义的工作！散会！"

　　说完，他拿了桌上的文件就走了，秘书都愣了好几秒才赶快收拾桌上的东西小跑追去。

会议室里几十号人惊愣许久才炸开了锅。

林琰琰震惊之后，感到又羞愧又恼怒。陆莘透怎么回事，这番话什么意思？他在会议室这么说到底想做什么？

一整天大伙儿都在讨论陆总话中之意。

林琰琰听得心里直发抖，虽然她问心无愧，但直觉陆莘透这样一番话一定会给她带来很大的困扰。

果然，没两天，林琰琰就感觉周围的同事对她"很不一样"。

她走到茶水间，本来聚在一起聊天的同事便忽然安静了；她走在路上总能听到前面的人在打听林琰琰是谁；她上班与同事同乘电梯，打招呼时同事的笑容很假很敷衍；甚至在工作上，她都感觉其他同事莫名其妙对她发脾气。

后来，她才知道公司里已经"查"出来让陆总发脾气的女人是谁了——最近只有她频频加班，又有好事人去查了监控，上周五晚上只有她和陆莘透加班，大家很容易联想到她。

林琰琰被孤立了，即便内心强大如她也架不住整个公司同事对她的冷嘲热讽和质疑，终于在大厦食堂吃午餐的一次机会上，与她关系比较好的行政部文员薛芬跑来试探她口风时，林琰琰实在忍无可忍，没有回复一句话，拿起自己的餐盘便走。

薛芬意识到说错话，追着她出来："琰姐，琰姐，对不起我说错话了，你别生气。我也相信你不是那样的人，可是她们……她们都说……"

林琰琰顿住脚步，回头望着她："小芬，谢谢你的好意，但我只想静一静。"

她知道她怎么解释别人都不会相信的，陆总亲自在会上讲话，谁会认为他无缘无故说这样的话呢？更何况她只是一名小职员，怎么看，她"勾引"陆莘透的罪名都成立，风向总是容易被强大者主导，她只能无辜受冤枉。

林琰琰乘电梯到大厦顶层，独自一个人坐在天台上发呆，看着眼前的风景，忽然心酸，眼泪就不受控制地溢出来。

实在太难受了，从小到大遭受的苦虽多，但她从来没有遭受过这样的质疑，这是对她人品和尊严的伤害。她第一次真真切切地感受到一种无助，陆莘透恨她恨到竟然无所不用其极来打击她……

　　天台的门这时候被忽然推开，林琰琰回头看，是陆莘透，他居然也上来了。

　　陆莘透闲庭信步地走到她面前，双手抱臂，扬唇笑笑："嗬，有眼泪，不容易啊，真应该让子说来看看这一幕，看看你是怎么被我折磨哭的！"

　　林琰琰整个人因愤怒和恐惧而颤抖，如果眼睛能喷火，她一定已经把陆莘透烧成灰了。

　　她努力克制自己的情绪，低声说："陆莘透，我真的跟你无冤无仇，除了林子说，我不明白，你为什么要这么对我。"

　　陆莘透摊手耸肩："我说了，我跟你的仇恨可不止这一些，如果你非要找一个解释的理由，那就林子说吧！"

　　"那个小三的女儿，就因为你爱她所以这样肆意地糟践我中伤我？"林琰琰的声音透着浓浓的哭意。

　　陆莘透嘴角一凛，五指捏住她的下巴，笑得没有一点儿温度："是啊，就因为她。凭什么呢，因为她单纯、善良、可爱。而你，就像白雪公主身后的恶毒皇后，实在让人厌恶！"

　　林琰琰看着陆莘透那张俊美不凡的面容，悲从中来。在所有人看来，陆莘透是如此英俊潇洒、风流魅惑，她曾经也十分迷恋这张脸，少年时期她苦苦追求了三年；可是如今，她只觉得这张脸面目可憎，一看到他扬扬得意的表情就只想揉碎他的脸！

　　想到这里，林琰琰抬起手来狠狠朝陆莘透脸上扇去，她用了她平生最大的力气。本以为能一掌扇得痛快，可谁知陆莘透只轻轻一偏头，一只手就稳稳拦住了她的手。

　　林琰琰先是震惊，而后愤怒绝望，她不顾形象地嘶喊："为什么，为什么？如果不是林子说和她妈妈，我也不会落魄至此！如果你还有一点点良知和道德，应该明白她祸害的是一个幸福的家庭，我的母亲因她而死了，我父亲生意败落，我的家庭因她们而七零八落！我并没有做过什么坏事，为什么这些人要这样对我，而我更没有得罪你，难道仅仅是因为我年少时对你有过的感情，就让你那么恨我？"

她的内心如一片沸腾的火海，又如死寂的坟地。她的力量太薄弱，身份太低微，他是一个高高在上的成功者，他很强大，甚至她想打他一巴掌都那么不容易。

因为深深的愤怒和挫败感，林琰琰的眼泪大颗大颗地掉下来，她知道她很狼狈，她知道她应该坚强，在敌人面前不能这么脆弱而让敌人得意。可是这一刻她已经无法控制自己的情绪了。

陆莘透这时候甩开她的手，突然的失重让她踉跄几步，差点儿摔倒。

他居高临下地看着她，眼神里充满了轻蔑与不耐："看到你这样，我真是开心。你只不过是痛苦难受，而林子说失去了一双腿，你知道一双腿对一个人意味着什么吗？"

林琰琰眼泪滑落，绝望地盯着他，声音很低很沉："一双腿……而我的母亲死了，爸爸生意失败，我们家破人亡，我和林巍巍的生活因她而发生天翻地覆的变化。而她只是失去一双腿……还有明明是她们母女俩有错在先……"

"在我眼里，只有子说的感受是最重要的！"

林琰琰点点头："我算是明白了……"

她也不再挣扎了，陆莘透的态度她也不是不知道，只是一直自欺欺人装聋作哑而已。曾经她犯贱冒着大雨跪在他家大院门口，他明明看见也不出来，硬是让她淋了一夜的雨，而后她感冒发烧得肺炎，他也不曾看过她一眼，事后还对她冷嘲热讽，她就应该明白了，陆莘透不是她的良人，他是她的仇人。

林琰琰握紧拳头努力给自己力量，而后擦干眼泪："陆莘透，你这么对我，你一定会遭报应！"她恶狠狠地盯着他，咬牙切齿说，"祝你和小三的女儿不得好死！"说完便转身离去了。

虽然努力想挺直脊背，但是心里那个巨大的空洞如飓风刮过，冷得疼。

陆莘透望着她离去的背影，嘴角扬起的那抹笑在不知不觉间渐渐平静。他眼神阴鸷，就像明媚的春光忽遇寒风转冷了，表情复杂，心情同样复杂。他低头，望了望远方的景色，不知为什么，心里头居然泛起一点点不清不楚的心疼。

自天台一遇后，林琰琰的心情反而平静了。哀莫大于心死，人在最绝望的时候反而没有情绪了，不管周围的流言蜚语怎么滋长，她都能置之不理。

然而深夜入睡的时候，她总还能被一阵阵噩梦惊醒，大抵心结结成了，还是很难放开。

林琰琰的工作任务繁多，陆莘透却还下令严格控制加班，Miss李是个保守奉承的人，根本一丁点儿也不敢违抗上司的禁令，再加上公司的流言蜚语，导致她怀疑林琰琰的人品，也对林琰琰的加班盯得更加紧。林琰琰没法在公司加班了，只能把工作都带回家做。

可把工作带回家既不能算加班费，也无法调休，她熬夜了几个晚上之后，心理和身体上的压力都无法释放，几近崩溃。一个晚上加班到10点后，她终于自暴自弃地放下工作走到街上闲逛。

因为是冬天，街上很多商铺都关门了，行人稀少，身边匆忙而过的人都是准备回家的。林琰琰忽视周围环境，慢悠悠地走着，她只想要一个放空的状态，不去想任何事，没有任何烦恼，只是这么漫无目的地走。

可是走着走着，她又觉得生活很绝望。

到底为什么，她要这样窝囊地活着啊，但是一想到林巍巍，想到对林子说母女俩的仇恨，她又觉得，她应该活着，一定要精彩地活着，活到看着仇人痛苦的那一天！

临近春节，不远处的广场上有人燃起烟花，烟花冲天而上，绚烂美丽。大楼墙壁上的LED全彩显示屏正放映着景辉集团的广告，看看烟花，看看广告，林琰琰想到了景辰。

虽然与景辰接触不多，但是那个俊美儒雅的男子总是给她深刻的印象，每每想到他，她就觉得异常温暖。因为有爱，她不觉得孤独，即便那个人不可能是她的，她也因为有这么一个人存在，与她生活在同一个地方而感到高兴，感到充满力量。

她忽然想开了，她何必在陆莘透手底下受罪呢？就因为骨气和傲气吗？可是骨气和傲气能当饭吃吗？如果蝼蚁已经被骆驼压死，那这些东西都不存在了，还不如活命要紧！

这么想，她又是释然又是嘲讽。

回去当夜，林琰琰就写下了辞职报告书。

写完之后，她的心情又复杂起来，她还是没有完全认可自己的这一举动，以至于睡下之后做了很多梦。

她梦到小时候，梦到母亲、父亲、林巍巍，还有林子说母女俩……令她印象最深的一幕是林巍巍忽然变成小时候聪明可爱的模样，撒着小短腿在广场上奔跑，她追着他，呼喊着："巍巍……巍巍……"

林巍巍笑得很开心，并不回头，她怎么也追不上他，直到他忽然停住脚步，咬着手指抬头看前面高大的人，他的前面站着一个英姿挺拔的男人。

林琰琰抬头想看看那个男人，却怎么也看不清楚他的脸，这个男人成了她醒来后仍旧耿耿于怀的谜……

第二天上班，林琰琰把辞职信拿出来几次，又几次收了回去。虽然昨天晚上想得很决绝，可一觉醒来清醒后，她又觉得真不甘心就这么走了。

不是她舍不得这份工作，实在是她对陆莘透深恶痛绝，他如此中伤诋毁她，她在没有洗白之前就这么走了，不是留下骂名白白让敌人得意吗？

还在犹豫期间，她忽然看到招聘专员在网上筛选简历，这本是正常的工作，可她注意到招聘专员筛选的是有HR学历和相关经验的简历。

他们部门自从上周招来最后一个女同事后就满编了，按理说无须再招人，为何招聘专员还在筛简历，林琰琰很狐疑。

中午吃饭的时候，她与招聘专员拉拢打听，毕竟平时关系还可以，招聘专员又是年轻的男孩子，没有城府，就和她说了。原来陆莘透在例会上发火之后，当天下午就与人事经理交代，要更换薪酬岗位的人选，命人事部提前储备人才。

林琰琰惊愣之后内心十分恼火，陆莘透连她会走都算计在内了吗？难怪公司很快传开她是惹怒陆莘透的女人，陆莘透还真是对她赶尽杀绝啊！

如果因为她的工作能力而否定她也就罢了，但因为个人私事，她怎么也不服气，而且她如果真的如陆莘透的愿走了，一定会被说成无地自容才离开的，届时她真是跳进黄河也洗不清，甚至还会影响到她未来的职业生涯。

是可忍，孰不可忍！就冲着陆莘透这一举动，她还非得不走了，一定要给陆莘透一个下马威之后再痛痛快快地走！

林琰琰感觉自己一下子化身为战斗机，明明心情已经低落到了极点，根本没有动力和勇气在公司待下去了，然而因为陆莘透的这一算计，她反而一下子充满了力量。

别人越是诋毁她，她越是要痛痛快快风光漂亮地工作！正因此，平时不怎么化妆的她，忽然每天化妆上班了，她本就清秀高挑，平时打扮过于保守在公司一群浓妆艳抹的女人里毫不起眼，可她一旦花心思打扮起来，立马不一样了。

陆莘透从办公室里走出来，恰巧撞见林琰琰从面前经过。她明明已经看到他了，却佯装看不见，抱着文件夹，踩着高跟鞋，目不斜视地从他面前走过，徒留一阵香风。

现在的她美丽精致、衣着得体、身材窈窕，引来一大批男同事的目光追随。

陆莘透的嘴角不自觉地抽了抽，真觉得这个女人太神奇，居然怎么打都打不死。可是她越是这样顽强，他就越想看到她哭着求饶……这么想着，他居然心情十分美好地扬起嘴角。

下了班后，林琰琰很任性地不加班，一个人在街上闲逛。这几天她给自己放松，不论再忙也不加班了，一定要给自己放松的机会，否则她无法调节压抑的心理了。

华灯初上，临近过年，街上很多商场都搞活动，林琰琰路过商场，便走进去。

这幢商厦里名品店林立，她买不起，但可以看看。有许多品牌是她当年热衷追逐的，每每出最新款她总是第一个光顾，而如今这些已经离她很远。

她被橱窗里的一条围巾吸引，便走进去看看，围巾很简单，长条形，深棕色，没有任何花样，但因为材质的关系，显得非常高端大气。更重要的是，这条围巾与她曾经见过的景辰围过的围巾相似，可以作为情侣装了。

她对此爱不释手，可忽然有个人上来抓住围巾的另一头，旁若无人地打量，然后回头对身后的人说："你看这条围巾和你身上围的那条像不像？"

林琰琰惊讶地看着来人，是个鬈发的美丽姑娘。她的皮肤很白，脸很小，非常秀气美丽，看样子二十出头，侧脸似曾相识。

姑娘身后的人说："人家先看上了，把围巾还给人家吧。"

这声音非常熟悉，林琰琰下意识地转头望着身后的人，居然……是景辰。

他穿着长款呢料大衣，领子上挂着长长的围巾，正是她记忆中的深棕色围巾。两个月不见，他依然风度翩翩、笑容迷人。在撞见他的笑脸的一刹那，林琰琰惊住了，她怎么也没想到，自己日思夜想的人就在眼前，近在咫尺。

姑娘撇撇嘴："她也没买，所以我也可以看呀！"

景辰无奈地摇头："可是这位小姐已经打量了很久了，你啊，就是被家里人宠坏了！"

他说林琰琰打量了很久，难道她进店的时候他就注意到她的存在了吗？林琰琰盯着景辰的脸，莫名开始紧张。

姑娘举着围巾问林琰琰："小姐，您买这条围巾吗？"

林琰琰掩饰似的低下头，其实她有点儿犹豫，因为景辰就在眼前，正系着与之相似的围巾，她很想买，可目光一瞥到围巾上的标签，她就犹豫了，最终摇摇头，尴尬地说："不了，您买吧！"

"看吧，她不买，所以我可以买咯，我就是要系和你相同的围巾！"美丽姑娘骄傲地说。

景辰无奈叹息："你的围巾还少吗，买回去也是图一时新鲜，未必用得上，还是算了。这位小姐也许是礼貌谦让，你就别夺人所爱了！"

"你怎么知道我用不上？和你一样的东西我肯定用得上！"

景辰上前劝小姑娘："这条就算了，人家真的看了很久，这里还有别的围巾，可以看看，而且这家商场里有许多店，你可以多看看。"

小姑娘噘着嘴说："那你给我买刚才那个包。"

景辰说："没问题。"

小姑娘终于满意了，景辰最终把围巾还给了林琰琰："对不起，这条围巾还

是小姐您先选的，还给您。"

林琰琰接过围巾的一刹那，上头还有他的温暖，她差点儿喊："景总，我是销售部的林琰琰，您还记得我吗？"

然而景辰已经与小姑娘到前台开票了。林琰琰到口的话喊不出，愣在原地，非常失落。

也许他根本不记得她吧。她是景辉风投最底层的职员，入职不到两个月，他是高高在上的老板，平时连见面都甚少，他怎么会记得她？

爱情真是莫名其妙的东西，有时候给她力量，有时候又让她感伤。

小姑娘不耐烦先出门逛其他店了，景辰忽然与开票员低声说着什么，沟通了好长一会儿，导购还时不时看着林琰琰，景辰最终拿着票据前去收银台结账了。

林琰琰在店中继续拿着围巾站着，她确实买不起，但是她想等景辰走了以后再离开，她下意识地并不想让他看到她的窘迫。直到景辰取了商品离开她也欲出去的时候，导购忽然上前，笑容可掬地说："小姐，这条围巾很适合您，可以考虑考虑。"

林琰琰很尴尬，笑笑说："不了，我只是看看。"

导购不依不挠地继续推荐："小姐，这条围巾今日搞活动，只需要二折，您若喜欢，真的可以考虑带回去。"

林琰琰惊讶地睁大眼睛，看看围巾，又看看导购，简直不敢相信。因为这种品牌店从来不打折，即便换季上新款，旧款也绝不打折。怎么今天会打折，还一打就是二折？

导购很有耐心地解释及微笑推荐，林琰琰回头一看价格，二折也就一千出头。虽然一千多买一条围巾对她来说依然奢侈，可是这价格真的很低了，况且她确实喜欢，一咬牙就买了。

直到结账拿走了围巾林琰琰仍是不敢相信，再三确认这条围巾是当季款，难道她撞大运碰着天上掉馅饼了吗？

不管怎么样，她的确已经拿到了男神同款围巾，她的心情十分美丽。

早上去公司，林琰琰恰巧与陆莘透同乘电梯，IT男又都在5楼下电梯了，电梯里只剩下他们两人。林琰琰根本不打算与陆莘透说话，完全当他是空气。

可是陆莘透总若有似无地打量她，目光轻扫过她凹凸有致的身材和精致的相貌，心想着这女人收拾一下确实不错，不比那些女明星逊色。

他对林琰琰的印象还停留在高中时期非主流的造型，或是工作后保守老气的素颜套装形象。虽然某个角度上他会觉得这个女人皮肤挺白的，五官挺漂亮的，身材高挑曲线也好，但顶多算清秀，从来没有把她和美女联系在一起。直到最近她开始打扮，他才觉得她有点儿不一样。

最终陆莘透的目光定格在她的围巾上，明明知道她对他厌恶，他还是忍不住愉悦地弯起嘴角打趣："新围巾？品位还不错嘛！"

果然如他所料，林琰琰视他如空气完全不搭理他。

电梯在36楼停下，电梯门才打开，林琰琰就径直走了出来，完全不顾及他领导的身份。陆莘透双手插裤兜紧随其后，慢悠悠地说了句："痴心妄想的人一般是不会有好结果的！"

林琰琰立即回身盯着他，眼神带刺，表情很冷。眼看陆莘透要走，她便补了一句："是啊，有些人痴心妄想打倒别人，的确不会有好结果！"

陆莘透回头，挑了挑眉，表情玩味。林琰琰却率先转身，骄傲地回自己的办公室了。

今天是周一，照常开部门例会，Miss李最近牢骚很多。IV来了两个多月了，薪酬改革也进行了两个月了，可因为中途换人，林琰琰又因为公司明令禁止加班导致进度拖慢，而陆莘透却不断向Miss李施压，Miss李没法交代，所以已经头大如斗了。

"马上就要年底了，大家都知道我们部门两项最重要的工作：一个是薪酬改革，一个是招聘。招聘还好，虽然不断有人员流失，但KPI好歹保持了一个相对稳定的状态。而薪酬改革……"Miss李望向林琰琰，但是看着林琰琰淡定的脸，她又责备不出来。

薪酬改革拖慢进度她也有原因，因为孩子还小，她的重心都放在孩子身上，根本无心工作，薪酬工作交接到林琰琰手中后她也没过问太多，基本上都是林琰琰孤军奋战。虽然林琰琰工作能力不错，但光靠林琰琰一个人完成这项大工作着实是很困难的，这项工作她之前全权推给林琰琰是她自私，可是如今却自食其果了。

因为之前的流言蜚语以及大老板对林琰琰的态度，令她对这个员工持保留态度，她虽然很惜才，可也不敢和大老板对着干。所以一时间她也不知道该拿林琰琰怎么办才好。

Miss李问："琰琰，最近的薪酬改革工作进展得怎么样了？有没有什么问题需要大家帮忙，大概还需要多长时间才能完成？"

林琰琰平静回复："目前进展良好，存在的问题我已经呈报告给您，而……如果一直以这样的进度开展下去的话，大概还需要两个月时间，因为许多数据都需要测试和考据。我也没有多余的时间可以压缩来加快进度了。"

"两个月，可下个月就是春节了！节前必须发年终奖，我们公司薪酬的大头都在年终分红上，尤其是项目及销售人员，都是靠年终分红吃饭的，要是发不出去……"Miss李终于急得跳脚，这一耽搁后果不堪设想，不是她小小一个人事经理可以承担的。

"我会努力，上月15号从文雯手中接手薪酬工作后，我已经完成了50%的工作了，而后面的工作的确比前面的困难一些，所以需要时间长一点儿。"

林琰琰说的是实情，Miss李就是想骂也找不到合适的理由，因为一直以来都是她选择性忽略了这个难题，以为工作交代下去了底下的人就会完成的，她坐着等结果就成了。林琰琰上周一就把工作的障碍和问题上呈报告给她了，可是她只看了一眼就丢在一边了，至今也没有仔细帮她解决过，也没想大老板会临时要求进度提速，如今……

"好吧，今天的例会到此为止，其他人散会吧，琰琰留下来！"

其他人都走了，Miss李望着林琰琰，真是生气又无奈。她平复了一下心情，对林琰琰招手："琰琰，过来坐近一些。"

林琰琰到她身旁坐下，Miss李叹了一口气，尽量以一种和蔼可亲的语气问林琰琰："琰琰啊，我知道这项工作很困难，你这一个多月来受委屈了，但是老同事走后，部门里剩下的可用之人也就只有你了，这项工作我只能交给你去做啊，这也是对你的一种信任和锻炼，你不要觉得委屈啊。"

林琰琰疑惑地看了Miss李一眼，淡淡地说："经理误会了，我不觉得委屈，我既然接受了这个岗位，这就是我的工作。"她觉得，她做多少活儿公司给她多少钱，她就不觉得委屈。

"嗯，我知道琰琰是个成熟的员工，我当初一点儿也没看错你啊。然而……"Miss李似乎有些犹豫，尴尬地笑了笑后，试探性地开口，"你是不是和陆总有些……私人恩怨？为何陆总忽然把工作压得这么死……也处处为难我们部门呢？"

林琰琰只是平淡地看着Miss李："经理此话何意？"

Miss李尴尬地笑："公司里最近是有些流言蜚语……但是我相信你的人品，你绝不是大家口中的那种人。然而陆总很多决策上很明显压制你，让我不得不怀疑你……之前是否与陆总有些瓜葛？比如这次薪酬改革啊，文雯休产假后你才刚接手，本来应该给你足够的时间的，就算是下个月过节，也可以按照旧的制度核算及发放，然而陆总偏要在年前把景辉风投的薪资全部切换成IV的模式，这么抓紧进度到……近乎苛刻，真让我很意外啊。"

她叹息："我们这一行业，年终分红是大头，景辉风投建立之初，曾经因为业绩不理想差点儿发不出年终奖，而导致公司人员变动很大，许多有能力的业务员带着项目和客户跑了，对公司是一项极大的损失。因此公司很看重年终分红的工作，假如这一次分红没发出去……公司才刚重整，人心涣散，如果因为这一次我们工作没做好导致关键岗位人才流失，那后果真不是你我能承担的。"

Miss李说的这些，林琰琰又何尝不明白，但是她想不通陆莘透身为总经理，又是做风投出身，应该明白此工作的重要性，但他仍是为了整她而不顾公司利益？

直到Miss李又解释了一句："这一年年底，IV才刚来，今年到明年7月公司的所有盈亏仍是算景辉的，IV只保本。你看我们公司的名称还没变呢，所以陆总根本不必担心损失。他只用考虑，在明年7月前，把公司打磨成IV的形式即好，不管用什么手段……"

　　林琰琰终于明白了，这一年IV不承担损失，所以陆莘透才得以不顾及公司利益放开手对付她。呵呵，真是够狠心，也够毒辣。如果只是她受苦受难也就罢了，要是因为她的原因而影响到景辰的业绩，她一点儿也不愿意，她不想给景辰造成麻烦。

　　林琰琰匆匆低头说了一句："我明白了，经理，您不必担心我和陆总之前有什么。因为不管现在是什么情况，我都会努力在时间截点前完成我的工作。"

　　Miss李虽仍不放心，但还是拍拍林琰琰："好……如果你真的在节前完成此工作，不管你之前是否和陆总有瓜葛，我相信陆总都不会再为难你了。"

　　林琰琰心想，Miss李想得太简单了，陆莘透要是这么好相处，也不会不惜以小人手段诋毁她了。

　　她收拾完会议室锁门离开的时候，恰巧碰到两位经理从陆莘透办公室里出来，两位经理垂头丧气，销售部陈经理说："早年我们的付出和努力，在新领导面前都不算贡献了，一朝天子一朝臣，果然……"

　　项目部经理也跟着摇摇头，默然无语。

　　林琰琰明显感觉到公司最近士气很低落，不知道陆莘透是不是真的打算"血洗"景辉风投，总逼得底下的人喘不过气来，在这样的压力下，如果她年终工作做得不好，后果不堪设想，到时候陆莘透会不会让她背黑锅？

　　这个想法让林琰琰自个儿都吓了一跳，但细想之下，以陆莘透的人品也不是没有可能。

　　她原本一直揪着的心，在下午接到一个电话之后，更是雪上加霜——景行高中打电话来说林巍巍最近几天经常旷课，多次教育仍不听，让她到学校里谈谈。

　　林琰琰最担心接到这样的电话。林巍巍总是给她惹麻烦，明知道她为了给他找一所肯收留他的学校多么不容易，他却还是不知道珍惜！

　　她第一时间给林巍巍打电话，可那小子居然敢挂她的电话。没法，她只得下午请了紧急假，直接到学校里看看。

第五章
**那种痛苦依旧刻骨铭心，即便隔了七八年，
每每想起还是如刀割一般难受。**

　　到学校的时候，已经下午5点多钟，学生们在上最后一节课，操场上空荡荡的。林琰琰熟门熟路地往3号教学楼走去，然而她怎么也没想到，她居然在操场上碰到了那一对母女，那两个让她一辈子也无法忘记的人——林子说和冯清。

　　冯清推着林子说的轮椅，两人轻声细语地说着话，沿着塑胶跑道慢慢地走。

　　林子说穿着白裙子，留着及腰的长发，鹅蛋脸，水汪杏眸，樱桃小嘴，仍是跟以前一样古典精致。林子说比她小几个月，但没有过多生活阅历的林子说，看起来才像20出头，比她水嫩许多。

　　冯清四十几岁了，皮肤身材保养得极好，看起来像是三十几岁的美妇人。

　　冯清是化妆品科研专家，高智商高学历，内心强大逻辑清晰。如果林琰琰的母亲是富养的百合花，冯清就是高岭上的野玫瑰，集情商智商美貌于一身，比她母亲厉害太多了。

　　可是，就是这张看似高贵又清高的脸，让林琰琰永远不会忘记生命中最痛的那一瞬——

　　她的母亲站在天台上，哭着求冯清放过自己，可是冯清没有一点点心软，甚至还出言讽刺："男人的心已经不在你身上了，你又何必死抓着不放？我和行远相爱十几年，从大学时我们就在一起，不管他结婚与否我们的关系从没有改变，你以为你哭喊大闹行远就会回到你身边？省省心吧！"

　　冯清这番话每一个字都像蘸了毒汁的利刃，字字扎到林琰琰母亲的心里，导致她终于绝望地跳了下去！

　　林琰琰看着母亲像个玩偶一样毫无生气地摔下去，心里瞬间崩塌。母亲被送往医院时，她一路哭喊随行；母亲被送进急救室时，她全身都在发抖，脑子里不断闪过母亲从高楼上跳下的身影，以及冯清冰冷的面孔和父亲逃避的身影，内心因恐惧而紧缩，双拳握紧几乎抠破掌心，眼泪一直流。

　　她多么希望母亲能活下来，哪怕是以昏迷不醒的方式都可以，她需要母亲陪着她，不要让她一个人，可是最终母亲还是走了，她所有的信念也断了。

　　有那么一瞬间她对人生很绝望，而从那一刻起，她无比痛恨自己的父亲，无比痛恨小三母女俩。

　　她激动又愤怒地到学校里找到林子说，与林子说发生激烈争执，悲痛绝望之下她无法控制自己的情绪，失手把林子说推下楼梯……

　　她不知道后来怎么了，只知道惶恐中她看到了陆莘透的脸，她仓皇地想向陆莘透解释，可是他却狠狠推开她，把林子说从地上抱起，咬牙切齿地盯着她一字一句地说："最毒妇人心，没想到你的心如此狠毒，真让我错看你了！"

　　她很想说她真的不是故意的，她并没有想过要伤害林子说，她的母亲死了，她很痛苦，她只是想向林子说讨要公道，她真的不是故意的！

　　可是没有人听她解释了，陆莘透也不会相信她。甚至……她自己每每想到那个瞬间都会愧疚不已冷汗涟涟……

　　回想起往事，那种痛苦依旧刻骨铭心，即便隔了七八年，每每想起，还是如刀割一般难受。

　　林琰琰看着坐在轮椅上的林子说，林子说以前虽然胆小，但也是个羞涩爱笑的女孩子，如今她再也不笑了，即便被冯清逗得偶尔一笑，也是如此勉强。

　　她亏欠林子说的不知道该如何偿还，但是冯清欠她全家的却也是梗在心里的一根刺。她实在无法面对这对母女俩，于是扭头，悄声上了教学楼。

　　林琰琰上到教学楼5楼老师办公室，因为办公室在两间教室之间，所以她走过去的时候还听得到教室里老师和学生们正在上课的声音，这种声音让她格外紧张，每次来学校她都担心学校不再收容林巍巍了。

她走近办公室，办公室里很安静，居然没有想象中的班主任训斥林巍巍的声音，偶尔传出一两句轻声的对话。她觉得奇怪，犹豫了一下正要敲门，便听到里面有人说："我以为巍巍这孩子就只有他和她姐姐一起住呢，没想到他还有一位监护人，就是您。"

说话的正是林巍巍的班主任，许老师。

然后，一个中年男人尴尬地说："这……说起来有点儿惭愧，我是巍巍的父亲，可是这些年……因为种种原因，我的确没有好好管教这个孩子，给您和学校添麻烦了，我希望这一次，老师能再给他一次机会，如果需要我们家长帮忙，比如捐钱建楼我们也可以……"

"嗬，你以为你建个楼学校就不会开除我啊，你少在那里费心了！"一直沉默的林巍巍忽然讽刺地开口。

门外，林琰琰皱起了眉，她觉得林巍巍的语气跟平时有点儿不一样，平时的他油嘴滑舌没心没肺的，出了事总爱提"咱们家以前不是也还可以吗，就算现在败落了，咱爸的关系还在"，每次听到这句话她都特别生气，因为林巍巍不知道以前的事，他还想着事事依赖，可是她心上有一道坎儿，无论如何也跨不过去的，她不容许，也绝对不会让林巍巍每次出事还想着那个形同陌路的父亲。

可如今，听林巍巍这番话，他居然也怨恨父亲？这不像每次出事总爱提"咱爸的关系还在"的孩子了。

林行远很尴尬，赶紧解释："孩子不懂事，许老师您别理他。我和爱人打听到景行高中最近在筹建学生宿舍，我们有些闲钱，也乐于做善事，要不这样吧，我们捐点儿钱，但林巍巍这孩子……"

林琰琰听到这里立刻敲门，得到许老师应可后，便大方推门进去。

小办公室里只有许老师、林巍巍和林行远三个人，而林行远一看见进来的是林琰琰立即紧张起来。

林巍巍忽然吊儿郎当地说了句："这回真有好戏看了。"姐姐一直很讨厌爸爸呢，虽然他不明白为什么，可这几年来他能很明显地感受到。

林琰琰走上前向老师致歉："许老师，不好意思我来晚了。"

许老师站起来说："林小姐你也来了？我以为今天就巍巍的爸爸过来呢。"

林琰琰鞠了一躬："不好意思许老师，我才是林巍巍的监护人，您以后有什么事就对我说吧！"

许老师看了看林行远，有点儿意外地说："他……不是你们的父亲吗？"

林琰琰很冷淡地回答："不是。"

许老师更惊讶了。林巍巍也看着自己的姐姐，他知道姐姐厌恶父亲，但是在公开场合下否认父亲，他还是第一次看到。明明姐姐的语气很平静，可怎么能说出这么残忍的话来呢？

林行远还想解释，可是林琰琰转身很冷淡地对他说："林先生，你出去吧！巍巍的事情我会负责，并不需要你插手。"

"琰琰……"

"你已经有自己的家庭了，又何必来插手我们姐弟俩的事情呢？"林琰琰继续冷漠拒绝。

许老师听出一点儿端倪了，敢情这家里是分裂了呀，虽然不明白父女俩之间发生了什么，但是关系搞得这么僵一定有过很不愉快的事情。别人的家庭他不好插手，可这关系到他的学生，他也不知应不应该管。

林行远大概真的觉得尴尬了，也不好意思丢人，看了看许老师又看看林巍巍和林琰琰，最后摇头轻叹一声，对林琰琰说："那我在门外等着你们，待会儿你们出来了，爸爸想和你们谈谈。"

林琰琰不置可否，冷淡地看着他颓然走出去。

林琰琰和许老师交谈后才知道老师并没有通知林行远，而是林行远自己找到巍巍学校的。

林行远知道林巍巍在学校的情况之后，为了保留林巍巍在学校的位置，才说要出资捐赠学校的，可是他和冯清的钱，林琰琰怎么可能接受？

林琰琰隐忍自己的情绪，和许老师谈了谈林巍巍在学校的状况，再三和老师保证之后，就领着林巍巍出去了。

她以为林行远就在门口，可是没有，于是转过身来训斥林巍巍："你就不能听话点儿吗？你知道我给你找一所学校多么不容易！"

林巍巍吊儿郎当地说："这老师明显针对我，你怎么每次都不问清楚缘由就骂我？"

"就算老师针对你，没有无缘无故的理由，人家怎么就专门针对你呢？"

林巍巍刚要反驳，角落里忽然有一人打断了他："琰琰……"

姐弟俩回头，只见林行远和林子说母女一起走了过来。

现在正值放学的高峰期，3号教学楼下面就是操场，学生人来人往，很多人都看着他们。

林巍巍因为长得还不错，在学校里也算有点儿名气，林琰琰几次来学校还能听到有女生在背后指着她说"看，这就是校草的姐姐呢"，再加上林巍巍不爱学习，经常旷课迟到，屡屡被通报批评，几乎全校的师生都认识他了，这会儿一家五口在操场上碰面，格外引人注目。

林琰琰一点儿也不想和林子说他们有任何交集，因为每次看到他们，她的心情都很复杂，人在面对自己不擅长处理的事情的时候总想着逃避和隐藏。但是没想到，他们最终还是这样遇见了。

林行远走上前，用恳切又讨好的语气说："琰琰、巍巍，我们谈谈好吗？"

林琰琰扫视他们，冷眼看着林行远，又看看后面的母女俩。林行远一脸愧疚的样子；但是那母女看上去很平静，冯清一如既往高冷面孔；而林子说低着头，并没有与她对视。

林行远又说："这段时间爸爸一直在找你们，可是你们从来不见我，我一直在打听巍巍的学校，没想到你把他转校到这里来了……琰琰，别再说巍巍了，这不怪他，这样的学校能教出什么好学生呢？还不如，爸爸找点儿关系把他转出去。"

林琰琰扯开嘴角一笑："我们为何要用你的关系呢？"

"我是你们的爸爸，爸爸想为你们做点儿事情啊！"林行远忽然上前一步，苦情地说。

林琰琰却在那一瞬间伸手，把林巍巍挡在了身后，这一只手就像无形的鸿沟，阻隔了他们的至亲关系。

林琰琰觉得好笑。八年前，母亲跳楼被送进医院时，他连看都不曾来看一眼，就跟冯清走了。母亲丧礼过后她曾去找过他，他那时候是怎么说的？他说他要和冯清结婚了，让他们姐弟以后跟着姥姥过。就因为这句话，她咬牙挺了八年，哪怕遇到什么困难，就算要饿死了她也绝不去找他。在她心里，他从那一刻起已不再是他们的爸爸。如今他们过得很好，他又凭什么回头找她呢？还假惺惺地说他想为他们做点儿什么。

回想起这些，林琰琰牙根里都是恨，咬牙切齿地说："你们最好消失在我面前，不要逼我把你们的丑事暴露在大庭广众之下！"

林行远惊愕，冯清也抬头一脸怒意地看着林琰琰。

冯清忽然拉开林行远上前一步，表情很不甘，但明显挂上一丝虚假的关切说："林琰琰，我们谈谈吧，关于当年的事，现在的事，我和你母亲的事，还有你和我女儿之间的事，我想我们都应该有一个结果。"

闻言，一直没说话的林巍巍皱着眉问："姐，怎么了？"

林琰琰看着冯清，这个女人保养得很好，但是近距离看她也有了一些明显的老态了。

当年第一次见冯清的时候，她就觉得这个女人很漂亮，虽然已经年近40岁，可风华无人能及。她的圈子并不狭隘，即使小小年纪也见过很多名媛贵妇了，可仍然觉得冯清很出众，至少是她见过的女人里无人能及的。如今再看冯清，虽然还是美人，然而鬓角染白，眼角的皱纹在精致的妆容底下还是透露出来了，再加上冯清稍显憔悴的表情，让林琰琰忍不住猜测，这几年里究竟发生了什么，为何冯清会与林行远过来找她？

"我们谈谈吧！"冯清还是很冷静地恳求。林子说也抬头望着林琰琰，如水的双眸里透着淡淡的哀伤，还有一点点乞求。

林琰琰直觉这几个人来意不善，而且她也很想知道冯清怎么与她了结两代人的恩怨，就默然同意了。

林琰琰对林巍巍说："巍巍，你先去食堂吃饭，姐姐有点儿事情就不陪你了。"

林巍巍一听，这是要支开他呀，不满地嚷嚷："为什么啊姐，爸爸来找我的，你们谈什么我也应该知道吧？"

林琰琰严厉地瞪着他："大人的事你少管，就算有什么事我以后也会和你说，现在，你去食堂吃饭！"

林巍巍还想辩驳，林琰琰几个眼神就把他压下去了。

林巍巍平时虽然皮，可很识时务，他知道自己姐姐露出这样的表情就是在警告了，他要是再反驳，姐姐定会治他，在他还仰仗她鼻息生存的情况下，他不敢顶撞他姐姐的，于是生气地走了。

他们一行人到附近的茶餐厅吃饭。现在正是饭点，林巍巍的学校又靠近这片区域的市中心，所以人很多，他们订不了包间，很勉强地才找到靠窗的比较幽静的位置。

桌子是四方形，两边对坐，林琰琰一个人坐在一边，另外的一家三口全坐她对面了，显得有些拥挤。

服务员先上了茶器，茶水要自己动手煮。林子说正好坐在旁边，就先动手了。

林琰琰看着林子说从容地斟茶煮茶，莹白的手很熟练地上下翻飞，一举一动都衬托出她名媛淑女的古典美及优雅。

林琰琰一时望得有些发呆，直到林行远开口，她这才把目光转移到这个男人身上。

林行远目光微垂，望着她眼神期盼，叹息说："今天找你来，是有些事情想商量……爸爸想把你和巍巍接到家里住，你看怎么样？"

林琰琰没有说话，嘴角不自觉地扯一扯。

"我知道你觉得很突兀，也不会马上接受，但爸爸想说，爸爸也是想补偿你和巍巍啊。"

冯清不知道是不是想掩饰尴尬，忽然主动接过林子说手上的茶器，语气很平地说："我来吧。"

林子说乖巧地点头，让母亲接手。

这一家人在一起，男的俊，女的靓，女儿又乖巧可爱，的确是很养眼很和睦的一家人。如果他们背后没有那段充满血腥的过往的话，本着对美好的向往，林琰琰一定会祝福他们的。可惜他们是她妈妈的仇人，更是她和林巍巍的对手！

"八年了，你不觉得八年后来和我说这些有些可笑吗？我和巍巍为什么要跟你回去？"林琰琰挑眉，语气平静，神态中却不自觉地透着讽刺。

林行远愣愣地看着她不知该如何继续，这个女儿变化很大，以前刁蛮任性不懂事，让人很头疼，现在完全看不到当初的影子，沉稳冷静尖刻得让他都喘不过气来。

他深深叹口气说："这几年，爸爸找过你们，包括你毕业后去了哪儿工作，巍巍在哪里上学，转了几所学校，爸爸都清楚。可是爸爸不敢找你，因为爸爸害怕……害怕你不接受……"

林琰琰在心底淡淡一笑，多么可笑的辩解，如果他这些年真的在关心他们，应该知道她和林巍巍过得有多么艰苦，甚至曾经她交不起房租快被房东赶出家门了，还是隔壁的王阿姨帮助她才挺过去的，现在说这些……真是好父亲，真是好悔悟！

"那你今天又为什么来找我？"林琰琰淡淡地问。

林行远心虚又胆怯地和冯清对视一眼，却被冯清狠狠瞪了回来，林子说这时也低下头去。林琰琰顿时感觉这一家人果然是有目的才出现的，而且来意不善。

咽了咽口水，林行远挂着一抹僵硬又尴尬的和蔼，看着林琰琰道："人上了年纪就会想起很多往事，这些年我一直在想当年的种种，不论你母亲是个什么样的人，不论你误会了爸爸和冯阿姨什么，爸爸的确是对不起你和巍巍的，所以找到你们，想给你们一点儿补偿。"

到这时候了，他还在诋毁死去的妈妈，林琰琰忍不住湿了眼眶，冷声打断道："我妈妈怎么了呢，我还真是不了解我怎么误会你和冯清了？"

"当年你还小，很多大人之间的事你不懂的……爸爸和冯阿姨大学时候就认识了，我们一直很相爱，如果没有意外，我们一定会结婚，一定会幸福地在一起的，可是你妈妈……"顿了一下，林行远继续艰难地解释，"当时林家出了一点儿问题，需要你姥姥家的经济支持，你姥爷本来已经答应了我们只是经济上来往的，谁知忽然改了主意，一定要让我娶你母亲他才答应。后来我才知道这是你母亲的主意……我再三拒绝，可是你姥爷威胁我如不应允绝不援手林家，我只能答应了……我和你冯阿姨被迫分手，当时我们就决定不相往来了，可是你母亲不相信我，总是无理取闹，总怀疑我们还有往来，我们不断地争吵，她甚至还把我赶出家门。"

说到这里，林行远看了冯清一眼，眼中流露出脉脉温情："终于有一次，她再次把我赶出门，我无家可归之后遇到了你冯阿姨……最开始我并没有对不起你母亲的，可是她逼得我喘不过气来，男人都是有尊严的，哪怕是外面林家有求于你姥爷家，我也是她的丈夫，她怎么能这么对待我呢？"

"你想说我母亲任性、无理取闹，不体贴你，没有你的情人关怀备至，尊重你男人的尊严，所以你出轨了。你迫不得已，你都是被逼的，你没有错，你的情人也没有错，错的是我母亲，是我姥爷，都是他逼你们的是吗？"林琰琰气极反笑。

林行远无奈叹息，声音有些苍老："琰琰，不要用这种眼神看着爸爸。我并不想说这一切都是你妈妈的错，但是我想说造成今天这样的结果也有你妈妈的原因的……孩子，当时你还小，很多事情你并不了解，你总是偏心地向着你妈妈，可是一巴掌拍不响，如果没有你妈当年的行为，也不会造成今天的局面。"

林琰琰挑眉："林行远，我只是想告诉你，我妈妈什么样的人我了解，她绝对没冯清这么有高强的手腕和深沉的城府。就算当年她真的做错了什么，也是你们逼的。你结婚不久就出轨，我妈妈生我没多久，我的私生妹妹便也跟着来了，后来小三出来闹事，逼死我妈，你也不管不问，你真的很有良心呢！不管你今天是为什么目的而来，我和林巍巍都不会跟你回去，我们已经没有任何关系了！"

林琰琰的声音干脆有力，林行远被噎得说不出话来，一时间所有的温情和慈祥从他脸上一扫而光，只剩下仓皇。而沉默已久的冯清终于开口："林琰琰，我和你母亲的恩怨，并不是一两句话说得清楚的。今天我来，本来的确是要和你清算的，可是你的态度，我看怎么说也不可能说得通了。既然如此，我们就谈谈你和我女儿之间的事吧，我想这个恩怨还是能算得清楚的！"

姜还是老的辣，即便隔了这么多年，冯清的手段和杀伤力还是这么强大，知道怎么一招就将对手噎得死死的。

林琰琰看向林子说。林子说低着头，仿佛定格成一幅画一般，隔着袅袅茶雾坐着，隐没在昏黄的灯光中，如梦如幻。

见林琰琰没说话，冯清又说："当年你把我女儿推下楼梯，害她从此站不起来，本来我的女儿多么喜欢舞蹈啊，舞蹈简直是她的生命，她本来有着大好的前程，却都被你毁了！那几年她卧病在床，患上抑郁症，要不是我们……"

冯清说得悲痛，仿佛回想起往事都心如刀割："要不是我们及时劝住，也许子说都不会坚强地活到现在。每每想起你对她造成的这些后果我都恨不得扒了你的皮！可是行远一直拦着我，他说这些都是由大人的恩怨引起的，可是我女儿因为你的缘故差点儿连命都不保，我怎么可以不计较？就算大人有错在先，你对我女儿造的孽也远远超过我们应该赎罪的，我凭什么不计较？"

冯清说得很激动，面容扭曲，几乎要哭出来了，可见对林琰琰恨之入骨。

她的话像石头，投进了林琰琰的心湖里，激起荡漾的涟漪。林琰琰紧握拳头，努力镇定地说："那你想怎么清算？"

冯清忽然单手捂住脸哭了。

林行远亦十分悲痛，忧伤地对林琰琰说："琰琰，因为常年无法行动，子说患了肾衰竭。她的肾功能已经……逐年衰退，她必须做肾脏移植手术……才可以保命。"

林行远的声音忽然十分低沉十分痛苦，近乎乞求地说："爸爸就你们三个孩子，不论哪一个都是爸爸的孩子，爸爸不想你们任何一个人出事啊……子说真的需要你和巍巍的帮助……"

林子说的眼泪滴了下来，她一直默默低着头，当听到林行远说出这句话时，终于忍不住抽泣起来。

冯清立刻把她拉到怀里，母女俩就在现场抱头痛哭，引来不少食客的关注。

直到现在，林琰琰终于明白了他们一家三口出现的原因了，这八年来不管她和林巍巍是死是活，他们都没出现，如今林子说得了肾衰竭，他们就出现了，并希望她和林巍巍帮助林子说。

她觉得这几个人怎么这么可笑，可是为什么她又觉得心里很难过？

眼看林琰琰没说话，表情似是惭愧，林行远再接再厉说："你和巍巍都是健康的孩子，我问过医生捐出一个肾是没什么问题的。而子说，她的唯一希望都在你们身上啊。就算你责怪爸爸和冯阿姨，就算你再恨我们，子说都是你的妹妹，是打断骨头连着筋的亲妹妹！她没有对不起你们，你们能眼睁睁地看着她……就这样衰竭下去？哪怕是一个陌生人，连命都快没了，乞求你们帮助，你们能无动于衷？"

林琰琰直视冯清那张悲痛的脸，不由得想到八年前她对母亲做的种种……她的刻薄，她的狠毒，她的炫耀……终于逼死了母亲！在母亲死后，她也没有任何愧疚和良心不安，母亲尸骨未寒她立即登堂入室，将他们姐弟赶出来，最后连林行远想出席葬礼，她都出面阻拦了。这样一个心如蛇蝎的女人，竟然也会为了她的孩子哭得如此悲切……当年，她亲手逼死两个孩子的母亲，难道就没想过那种彻骨的疼也有一天会报应到她身上……

而林行远呢，母亲跳楼时、母亲入院时，甚至母亲临死之前声声念叨着他时，他都没有出现，林琰琰曾经去找他，他却残忍地把她和林巍巍拒之门外，从此不管不问。

就冲这对夫妻做的这些，她和林巍巍凭什么要管他们呢？

可是看着忧郁痛苦、胆怯沉默不敢看她一眼的林子说，林琰琰又纠结得无法自拔。

"爸爸只是需要你们姐弟俩的一个肾！"林行远乞求。

林琰琰还是没有说话，拳头握得越来越紧。

冯清似乎有些坐不住了，开始咬牙控诉："如果不是你把我女儿推下楼梯，如果不是你害得她肢体不全，这些年她也不会免疫力下降，染上各种疾病，最后肾衰竭……这一切都是因为你，都是你才把我女儿害成这样的。你要赎罪，林琰琰，你要给我女儿赎罪！"

见母亲激动得无法自控，林子说哭得浑身颤抖，连连劝慰："妈妈，别说了，别说了……"

冯清拍拍林子说的背流着泪说："孩子，你就是太善良了，这些年你就是太过隐忍，太过谦让，否则妈妈早已经为你讨回公道！"

"妈，我不想这样，我真的不想……我不想……可是我也舍不得离开你和爸爸……"林子说继续哭着说。

这是多么母慈子孝的一幕，如果不是有当年那么多的往事，林琰琰都要被感动了。她此刻死死压抑着心中的不忍，不断告诉自己不要松口不能松口。

这时候，林行远忽然伸出手来拍拍林琰琰搁在桌子上的拳头，哀求说："琰琰，爸爸求求你了，求求你了……"

林琰琰的心好像在火上煎烤，她终于低声问："你想让我怎么做？"

冯清止住哭泣，愕然望向她。林行远双眸里也燃起淡淡星光，声音都激动得颤抖："其实这件事，爸爸并不需要你做什么，因为你是O型血，而子说和巍巍都是B型血，真正能帮助子说的人……是巍巍啊。你只要同意爸爸把巍巍带回去，让巍巍救助子说，爸爸将来会照顾好巍巍的，不会再让巍巍流离失所，几经换学校而无人管教了，将来哪怕是巍巍病了，爸爸也有足够的经济实力支撑啊！"

林琰琰终于把目光从林子说身上移开，她怔忡地转头望着这个男人，像看怪物一样看着他，心里涌出莫大的悲凉。她很想一巴掌扇死自己，为她之前有的那一丝仁慈和心软。

她缓了缓心底涌上来的苦涩，强行压抑住想掀桌子的冲动，平静地开口："巍巍有什么错呢，林行远？你和妈妈发生恩怨纠葛时，巍巍只是个九岁的孩子，就算我把林子说推下楼梯时，巍巍也远在异地，并不知晓。这么多年来，他无缘无故失去父亲母亲的宠爱，得不到一个小孩子本应有的幸福，他没有亏欠你们，更没有亏欠林子说。相反，你和冯清都对不起他，甚至林子说也抢了本该属于他的父爱！如今你却要巍巍割一个肾帮助林子说，你说凭什么呢？嗯，凭什么？"

话未说完，林琰琰已经泪如雨下，有泪水顺着脸颊滑落到嘴里，无限的苦涩。

对面林行远脸色灰暗，瞬间像被抽掉了气的皮球整个人缩到椅子里。

才升起来的一丁点儿希望突如其来地破灭了，让冯清立刻失控，她忽地站起来，指着林琰琰激动地喊："你和林巍巍姐弟同心，你犯的错偿还不了就应该让林巍巍来偿还，总之我女儿被你们弄成这样了，你们都要负责！姐姐的债还不了，就由弟弟来还，有什么不可以？"

林琰琰听到冯清这样蛮不讲理的理由，不由得怒极反笑："那我妈妈还死了呢，她被你逼死了，你偿还不了的债是不是应该由林子说偿还？母债女还，你们母女连心，一个还不了债另一个来还，是不是也天经地义！"

"关悦薇不是白莲花，当年的事又不是我一个人的错，如果没有她横刀夺爱，我和行远本该在一起了！她弄成这样的后果是她自己活该！可我女儿有什么错，你们凭什么这样害她，还不愿还债？"

"那巍巍有什么错？他凭什么要还债？还有，请不要侮辱我母亲，她自始至终都不知道林行远和你有一腿，直到你们丑事败露，你领着女儿找上门来，她才知道她被林行远背叛了十几年！请你告诉我，在这样的立场下她有什么错，到底是谁横刀夺爱！"林琰琰也按捺不住激动了。

这样劈头盖脸又清晰直接的一段话，让冯清一时语塞，她只能恨恨地瞪着林琰琰重重地喘气。

被夹在中间的林行远很难受，继续哀求着林琰琰："琰琰，爸爸是真的没有办法了，子说要想活下去就需要你们啊，爸爸求你了，真的求求你了！"

林琰琰冷眼看着这个已逾天命的男人，那一脸的哀求不是装的，但是他从来没想过，巍巍若是在场会怎么想。她顿时心灰意冷："当我和巍巍无家可归，四处借宿，遭人白眼，被房东赶出家门时爸爸在哪儿呢？当巍巍病重住院，没有医疗费时，爸爸在哪儿？当我为了微薄的经济来源，四处奔走乞求人家时我们的爸爸又在哪儿呢？你说你一直在找我们，知道我在干什么，可是在我们最需要帮助时，你都没有出现过，你对我们从来没有尽到过一丁点儿做父亲的责任。如今你的私生女病重了需要肾脏，你却出来央求我们帮助，我亲爱的爸爸，你说，我们凭什么要帮助你？"

林琰琰顿了顿，轻轻抹掉脸上的泪水，拿起自己的包站起来："你们是我见过的最恶心的人，这辈子都不想再见你们，也请你们不要再出现在我和巍巍的面前！"

林琰琰转身欲走，可冯清忽然激动地起身追来死死地拉着她的手："你往哪里走？我女儿的债都没有算清，你凭什么走？"

他们的动静引来饭店里其他人的注意力，所有人都望着他们窃窃私语。

林琰琰根本不想理会她，本来她还对林子说心怀愧疚，确实动过捐献器官的念头，但是要殃及无辜的林巍巍她就不能容忍了。在这个世界上，他们所做的一切都是正当的有理由的，他们的疼痛就是天下最大的痛苦。而至于他们有没有伤害到其他人，在他们看来不是那些人咎由自取就是罪有应得。林炎炎恨极了这样自私无耻的嘴脸，所以当即就奋力甩开冯青的手。

冯青却像疯了一般死死拖住她高声大喊："你想去哪里，你还我女儿的命……"

林琰琰从没想到冯清的力气会有这么大，这个曾经美丽骄傲的女人，如今也为了女儿变得疯狂而丧失理智。

围观的人越来越多，林行远和林子说也纷纷过来劝阻。可是冯清像是用尽了浑身的力气死死抓住林琰琰，林琰琰觉得冯清的指甲都要抠进她的肉里去了，剧痛之下她用力甩开冯清的钳制……

可是，她没想到，冯清身后就是滑着轮椅跟过来的林子说，冯清一个趔趄之后，就直接撞到了轮椅上，轮椅被撞翻在地，林子说也从轮椅上被撞下来，摔出去好远……

众人一片惊呼，同样吓坏了的林琰琰赶紧冲过去欲查看林子说，这时旁边忽然冲出来一个西装革履高大挺拔的男人，一把抱起了受伤的林子说。

待看清楚那个人，林琰琰再次觉得命运实在是太可笑了，来人正是陆莘透！

历史何其地相似啊，当年她错手把林子说推下楼梯时，陆莘透恰好路过，从此对她厌恶不已；如今她错手推翻了林子说，又被陆莘透撞上……这一次他会如何看她？大概会恨不得将她碎尸万段吧……

陆莘透阴鸷着脸，表情的确很难看。

如果在八年前，看到这样的面孔林琰琰的心会千疮百孔，可是如今再遇到这样的陆莘透，她虽然有种被人误会的委屈，可是没有那么在乎陆莘透的感受了。

她没有解释，只是默然地垂下想要拉起林子说的手。

陆莘透字字透着狠意："当年你害她还不够吗？非得害死她你才甘心？"

林子说靠在陆莘透怀里嘤嘤哭泣，她揪着他的领口低声说："阿莘，别骂姐姐了，她不是故意的！"

陆莘透浓眉微敛，刚毅英俊的脸上是满满的怜惜，他冲怀里的林子说轻声道："你的善良并不能换来同样的善待。对于心如蛇蝎的女人来说，你的善良就是她攻击你的武器。"他抬头，愤恨的目光朝林琰琰掷来，"你说我说得对吗？林琰琰。"

林子说不说话了，埋在他怀里默默流泪。

陆莘透狠狠地瞪着林琰琰："你这个女人真让人厌恶！"而后抬头对着林琰琰身后的人客气道，"抱歉，景总，我要送她去医院，今晚恐怕不能尽兴了，谢谢款待，改日我必定回请！"

身后那人温和地笑笑说："没关系，病人要紧！"

听到这个声音，林琰琰如遭雷劈，因为这个声音……是景辰的！

景辰的声音磁性动听，温和如沐春风，可是放在这里，简直是惊天一道雷，劈得林琰琰回不过神来。她愣愣地转过身来看，果然看到景辰和景辉风投的几位高管站在一起，同行的还有IV集团的几位外国顾问。

景辰像是感受到林琰琰的目光，眼帘微垂扫向她。那目光干净柔和，如晶莹的宝石隐没在昏黄的灯光中，莹莹闪烁，有说不出的复杂光彩。林琰琰在这样的目光中，黯然地低下了头。

陆莘透已经抱着林子说出门，朝他那醒目的迈巴赫走去。

冯清很不甘心咬牙切齿地喊："林琰琰！"

林琰琰收回复杂的目光，根本不敢多看景辰一眼，她觉得很无地自容。她慢慢转过身来看着冯清，谁知迎面泼来一杯浓茶！

还没反应过来之际，林琰琰感觉被人大力拖过抱着一个转身，就闪到旁边去了。可能那人离得远，动作还是慢了一步，林琰琰虽然没有被泼到脸，可还是被泼了一身，从左肩膀到胸前到裙摆，全都湿漉漉的，大衣的毛领上还沾了几片茶叶。

茶水还是滚烫的，刚才要是泼到她脸上她可能就毁容了。

林琰琰惊慌失措还没回过神，只听见抱着她的人低喝："阿姨您做什么？有什么问题不能好好商量？"

这个声音克制之下还带着隐怒，是景辰。景辰救了她，可林琰琰并不觉得心花怒放，她只觉得委屈，一种深深的受辱感滋长心头，让她无地自容，她委屈愤怒又心酸到全身发抖。

见此情景冯清还不满足，拿起桌上的另一杯茶还要泼过来，被林行远拦住。冯清又声嘶力竭地喊："我不会再让你伤害我的女儿的，你伤她一次，我就让你十倍奉还，我不会让你好过！"

林行远见拦不住她，喝道："够了，你还嫌不丢人吗？"

冯清失控地朝林行远大喊："比起女儿的命，丢人又算什么，女儿都快没了！"

她哭得撕心裂肺，周围越来越多的人聚拢过来，她像是想到什么似的，忽然甩开林行远朝外奔了出去。

林行远也追着冯清出去了。

餐厅里还剩林琰琰、景辰等人，众人也都四散去，不过尽管散去，大家的目光还是从四面八方集中到林琰琰的身上。林琰琰感觉自己像被扒光衣服的小孩儿，暴露在公众场合之中，她无地自容，可是没有能够让她藏匿的地方，于是羞愧、着急、委屈、愤怒等等情绪交织在一起，使得她想快点儿逃离。

景辰紧紧牵着她的手，关切地问："你没事吧？"

林琰琰抬起蒙眬双眸看着景辰，他还是那么优秀俊美，直视她的眼神温和真诚，她的委屈倾泻而下，望着景辰，眼泪便嗒嗒地滚落下来。她苍白的唇抖动着，想解释，可发出的声音始终支离破碎，好不容易说出完整两个字"谢谢"后，便轻轻从景辰手中挣脱低头快速离开了。

以后她恐怕都不会再出现在景辰面前了，以前见到景辰，她还能期盼地想着景辰会不会记得她，知不知道她和他有几面之缘，知不知道她曾经在他的公司里做事？可是如今，在他亲眼看尽这一场乌七八糟的事情之后，她实在连奢想的勇气都没有了，一丁点儿都没有了。

她用尽全力才将餐厅大门推开，离去的瞬间，她还听到景辉风投的人在问："景总，今晚我们怎么办？"

景辰似乎语速颇快地吩咐了什么，可林琰琰已经拐出餐厅的门，再也听不见了。

第六章
他的心里生起淡淡的怜惜，
也有淡淡的心疼。

外面下着淅淅沥沥的小雨，林琰琰一下子就淋湿了，她也索性就在雨中独自漫步。

街上人来人往，车如流水马如龙，城市繁华如昼，可是这一切与她格格不入，她是孤独的旅行者，她的灵魂、她的心情与大街上的热闹一点儿也不匹配，她像行尸走肉般，淋着雨，流着泪，走向无知的方向。

林琰琰也不知道要去哪里，她只是不知疲倦地走着走着，双眼已经模糊看不清路了，却还是不停地走着，她只是想快速逃离那个她一辈子也不想再去的地方！

直到她听到"嘀嘀"的两声汽鸣声，林琰琰转头看向马路旁边的奥迪轿车，看到景辰在驾驶座的位置上关切地望着她，他把车开得很慢很慢，一点点地跟随着她。

林琰琰愣怔地停在路边，不解地看着景辰。

见她不再前行，景辰立刻把车停下，取了伞下车给林琰琰撑开："你没事吧？需不需要帮助？"

林琰琰摇摇头，难堪地低下头。她整个人如被春雷打败的花，残破而又摇摇欲坠。她的心情很悲痛很压抑，这个时候她根本不知道该如何面对景辰，于是转身便想走。

景辰努力把伞举到她头顶，亦步亦趋地跟着她，忽然拉住她的手迫使她停下脚步。他皱着眉打量着手中纤细白皙的手："你的手流血了，不能淋雨，我送你去医院吧！"

林琰琰这才注意到自己的左手手掌上不知何时被划破了，正流着血。血水混合雨水淌落，染红了她的裙摆，明明有火辣辣的触感，可她竟然这时才感到疼。

景辰坚持要带她去医院，这时候但凡有一个人对她稍微表露出一点点关心，她都无法抵挡，于是林琰琰没有拒绝景辰的要求，点点头，和他上车去医院。

伤口并无大碍，护士给她清洗干净后上药包扎完毕，就没事了。

从医院出来，林琰琰心事重重地走着，景辰也默默地陪在她身边，跟着她一步步漫无目的地行走。

许久之后，景辰停下脚步，看着她冻得青白的脸，低声问："你好些了吗？我送你回家吧！"

林琰琰迟钝地抬起头，又低头看看自己包扎得很厚的手掌心，似乎才想起什么，而眼下已经是晚上9点多钟了，她不想再麻烦景辰，连连婉拒："不用了，谢谢景总。"

景辰又坚持说："我送你回家吧，没关系的，也是顺路。"

林琰琰一点儿也不明白景辰为何这么关心她，可能他一直是热心肠，很乐于帮助别人吧，就像当年在机场，他接住了她翻倒的行李箱，还送她去打车一样。

她慢慢地抬起头，与景辰对视。

这是她第一次近距离面对景辰，以前虽然与他碰面，但都是匆匆而过，往往她刚打招呼，他就点头走过去了。她总是对着他的背影驻足，深深凝望，而他总像一阵风一样毫无牵挂地离开。头一次，她可以这般与他平视。

景辰很高，应该有1.83米，那张脸很年轻，温雅中透着成熟。

曾经她因为他的背影、他的侧脸，或者他偶尔的一次回眸心动雀跃或是难以忘怀，而如今他近在咫尺。一想到这些她又伤心又不甘，明明她喜欢了他这么久，可到最后他竟然连她是谁也不知道，她就被迫放弃了。

　　林琰琰心中压抑的情感涌溢而出，她终是问出来："景总，我曾是景辉风投销售部的业务员，我叫林琰琰，您还记得我吗？"

　　景辰似乎对她忽然问出这句话很诧异，微微一笑："我知道你，刚刚在餐厅里，老吴告诉我了。"

　　老吴就是景辉风投的前项目部经理，IV来了不久他就辞职回景辉集团总部了，刚刚他陪着景辰招待陆莘透，没想到吴经理对林琰琰还有印象。

　　景辰的言下之意是吴经理告诉他，他知道了林琰琰曾经是他的员工他才关心的吗？而他记得她，也纯粹是别人提醒吗？之前在机场、在路上或者在面试时的几次相遇他都没有印象？

　　林琰琰好不容易燃起的希望又破灭了，暗淡地低下头。

　　可是景辰忽然补充："你进景辉风投时，是我面试你的，你的简历很优秀，只是我一直不明白你为何要做销售，我觉得你不适合做销售，若把你放进人力资源部必然会有一番作为，所以我让李经理把你留了下来。两个月后你果然进了人事部，听说IV的薪酬模式都是你切换的，你很不错！"

　　林琰琰没想到会得到这样的夸奖，一时间又惊讶又欢喜。

　　景辰表情很温和："你和陆总之间似乎有些误会，如今年底在即，这几天我也一直和陆总商量年终分红问题，你是最牵系景辉风投和IV集团的员工，如果可以，我能了解你和陆总之间曾经发生过什么吗？"顿了一下，他又补充，"或许我可以帮忙。"

　　年终分红是公司年底最大头的工作，毕竟忙碌了一年，大家都期待着获得更多的奖金，原先有规章制度可循，可是今年景辉风投易主，每一笔支出都涉及两家公司的利益，这项工作变得复杂起来。

　　林琰琰不知道陆莘透是不是向景辰施了压，因为今年的亏损都还算景辉集团的，而景辰要支出费用却还要与IV商量，从地位上讲，陆莘透占主导，如果陆莘透不妥协，景辰很难办。

　　以林琰琰对陆莘透的了解，陆莘透一定不会让景辉集团这么轻松的，所以景辰关心她是正常的，又或者正是因为这一点，景辰才帮助她的吧。

　　心动归心动，但是家里的事林琰琰不想让外人知晓，尤其是景辰，所以她仍旧保持沉默。

　　见她不想说，景辰也没有强求，只是伸手将自己的外套脱下，披到她身上："你着凉了，我先送你回家吧。"

　　林琰琰犹豫着要不要拒绝，但或许是依赖于景辰的温暖，或许只是奢侈地想和他多相处片刻，她神情恍惚，心情踌躇地跟他上车回家了。

　　他们一路上都彼此沉默，只有电台里的DJ在欢天喜地地说着脱口秀。林琰琰几次想开口，但除了谢谢又不知道说什么好。

　　景辰送她到小区，停车片刻，见她一直沉默，他轻叹一口气，抿嘴对她笑笑说："很晚了，你早点儿回去休息吧。"

　　就这么下车，就此两别，林琰琰又心生不甘，但是在餐厅里她如此丢脸，可如果景辰也误会她……她不想如此。

　　她低着头坐着，良久之后忽然轻声说："我中学时就读于外国语学校，陆莘透是我的学长……餐厅里的那个女人和那一个男人，一个是我的父亲，一个是破坏我父母婚姻取而代之的第三者……而被陆莘透抱着的女孩儿……是我父亲的私生女，也是我的妹妹。"

　　她本应该说出来的，这些事积压在她心里太久，都快成了肿瘤，每个夜晚都侵害着她，像这样对景辰毫无保留地诉说，让她觉得心头压着的那团乌云，在逐渐消散。

　　故事太长，回忆太重，一时半会儿说不清楚，于是林琰琰邀请景辰上楼到自己家里，她换了衣服之后，才就着热茶慢慢地把她与陆莘透的恩怨告诉他。

　　……

　　林琰琰从未想过，她会有机会与景辰单独相处，第一次与他说了这么多话，而景辰，也是第一次这么认真地聆听她的往事。

　　说完之后，林琰琰沉默许久，而景辰也没有说话，客厅里就剩下挂钟指针走动的声音了。林琰琰没有刻意悲伤，可是即便她只是低着头安安静静地坐着，眼泪还是不经意间流出来。

"我没有想过让林子说怎么样,我唯一憎恨的是冯清,可我还是把林子说伤害了。他们要求我还债,如果冯清愿意承认自己的错,对我母亲道歉,那么我会尽力赔偿林子说的,可是他们打算牺牲林巍巍。我弟弟有什么错呢,他们凭什么?"

"陆莘透恨我,是因为林子说,所以他不打算放过我了……我也不想给景总添麻烦,过完年,我会主动辞职。"

景辰嘴唇动了动,似乎想说什么可欲言又止,最终轻轻问:"为何不对陆总解释?"

林琰琰摇头:"以前拼命地想解释……可是没有用,如今,连解释都没必要了。"

"为什么没必要了呢?"

林琰琰想着,这是关乎她个人感情的私事,要不要说呢?然而对方是景辰,她又有什么不能坦诚?景辰在她心里就是个特殊存在啊,为了他,她没有什么不能特殊对待的。想到这儿,她就低声说:"因为我已经不在乎他怎么想了,即便他把我当成恶人也无所谓。"

景辰微怔,但又似乎明白了什么。

淋雨之后,林琰琰已经感觉自己身体有些不适,她咬牙扶着沙发站起来,给景辰鞠躬:"给景总添麻烦了……年底的工作我会做好,不会让景总为难的。"

景辰见她摇摇晃晃,赶紧让她坐下:"工作的事我了解了,这几天也跟IV团队接触,如果陆总有什么想法,我会派人协助你们的。你的身体……还好吗?"

林琰琰脸色苍白地摇摇头:"没事,等会儿吃了药就好了。"

景辰又劝慰了她两句,见天色确实已晚,就告辞离开了。

林琰琰送他到门口,本来还想送他下楼的,但景辰拒绝了,景辰说:"你早点儿休息吧。"

林琰琰身体烫得厉害,她感觉自己发烧越来越严重了,头脑都有些恍惚,她甚至都有点儿听不清景辰在讲什么,仿佛再晃两下她都能倒下。

她也不再勉强，跟景辰告别就要进屋，可是抓着门把手的时候手都在发抖，眼前忽然黑暗起来，她努力地想适应可还是缓不过气来。

景辰临下楼梯时又回望了一下，谁知居然见林琰琰顺着门沿慢慢倒了下去……他心里一惊，几步上楼将她扶起："林小姐？林小姐？"

林琰琰有片刻是没有意识的，隐约听到有人在呼喊她，她很想要醒来，可是身体很沉很沉……又好像瞬间腾空而起……

许久之后，林琰琰才清醒过来，抬头的一瞬间，果然看到景辰正抱着她，她慌乱地抓着他的手臂低声说："景总，放我下来吧……"

景辰将她抱到沙发上，林琰琰扶住额头，晃了晃脑袋，才感觉恢复了一点儿力气，可依然头昏眼花无法坐立。

景辰关切地问她："你还好吗？"

林琰琰扶住脑袋没有回答。

景辰轻轻伸手抚摸她的额头，这一摸他自己都吓了一跳，因为非常烫。他皱了皱眉说："你发烧了，还很严重，我送你去医院吧！"

林琰琰摇摇手，虚弱地说："没事，我吃点儿药就好了。"

"医生开给你的都是感冒药，效果不大，你烧得厉害，还是去看看吧。"

林琰琰一方面感性地贪恋景辰这样无微不至地关心，一方面理智又告诉自己绝无可能的现实，她紧了紧喉咙，强迫自己抬头，轻声但是坚定地说："景总……天晚了，我真的不好意思再麻烦您了……我的身体我清楚，睡一觉就好了……明天我会去医院的，您不用担心，您也早点儿回家吧……"

虽然很担心她，但男女有别，已至深夜他再待下去也不合适，所以景辰也没有强求了，点头答应了她："好，我跟李经理打声招呼，明天你就请假吧，记得去看医生，早点儿休息。"

林琰琰挂着微笑目送景辰离开，门刚关上，她就立刻瘫软到沙发上，再也没有一丝力气。夜晚凄清，客厅里只有她一个人了，伴随着明亮的灯光显得形单影只，非常寂寞。

这些年她虽然和弟弟生活在一起，但大多数时候都是她一个人住着，有时候病了、伤着了，都没有人帮忙。她已经习惯了自己照顾自己，不骄纵、不任性，哪怕遇到再大的困难她都能扛着。

以前她没有觉得什么，可是今晚遇到冯清的侮辱，再次体验到父亲的抛弃，还有第一次与景辰单独接触，深刻认识到自己与他的差距，她的心情非常非常痛苦，眼泪再次不由自主流下来……

景辰从黑漆漆的楼道上下来，夜色深沉，他并没有离开的意思，依靠在车头上，静静地注视着那间依然亮着黄色灯光的房间，她还没有睡。

她一直以为他不认识她吧，可是她是他亲自面试，同意录取她进入景辉风投公司的员工，他怎么可能没有印象呢？他对自己做的每一件事都记得很清楚，更何况林琰琰，本身是个特殊的存在。

他在面试她时，知道她应聘的是销售岗位，以为是个能说会道，很会来事的人，可这个女人很奇妙，在面试的过程中她很沉稳，寡言少语，不像其他应聘者那般夸夸其谈。而她的简历在她的专业领域又很漂亮，面对Miss李和他的各种刁钻问题都解答得游刃有余。当时他和Miss李几乎马上确定让她进人事部了，然而她拒绝了，她非常肯定地说自己要做销售，并且不论他们怎么劝说也不改变自己的初衷。

当时他觉得她是个对自己的职业规划、生活态度很负责的人，而且她本身的气场很有大将风范，明明只是个基层员工，他却从她身上看到了潜力，这样一块璞玉，是非常适合培养起来做职业经理人的人才。所以即便她当时没有选对合适自己的岗位，他也把她留了下来。

景辉风投自从半年前与IV团队接洽之后，他便着手准备转让事宜了，那段时间他经常加班，所以也看到林琰琰为了熟悉业务，在公司里加班加点。

销售对于她是个完全陌生的领域，更何况这一行业是她以前从没有接触的，她要转变职场角色需得下很大的苦功夫，她很努力，他看到了，他很欣赏这样对自己对公司很负责任的员工。

那段时间，公司里常常就只有他们两人加班，他在36楼，她在35楼，写字楼的构造比较奇怪，他只要站在他的办公室落地窗边就能看到销售部。林琰琰就坐在窗边，所以他很容易看到她。有时候夜晚加班累了，他走到落地窗边欣赏夜景放松身体，就正好看到35楼她伏案工作的样子。

她有时专注地对着电脑敲字，有时候侧身翻翻文件，有时又抱着一沓资料起身走到窗边，咬着笔头思考，忽然想起了什么，又迅速回到电脑边。

女人认真起来很可爱，更何况是一个性格、气质与众不同的女人。

她就是一道风景，成为那段时间里他解闷和娱乐的方式，他工作累了就喜欢到窗边瞧瞧她在做什么，像一个偷窥者一样津津有味地观察她的一举一动，看到她认真工作的模样，他疲倦的神经和烦郁的心情忽然就平静了。

而且那段时间里他还发现了一个有趣的事，这个女人加班累的时候，居然在办公室里开着手机放音乐，肆无忌惮地跳舞，有时恰恰，有时是爵士，有时还跳现代舞。

很难想象，平时那么认真严肃的女人，居然在办公室里跳这么性感这么疯狂的舞蹈。他第一次看到的时候，差点儿把咖啡喷出来了。于是他对她更为关注，等到白天上班，他看到她盘着头发，穿着保守的套装抱着文件夹从他面前经过，并与他打招呼的时候，他心里总在暗笑，真是个有趣的女人！

所以，不是他不知道林琰琰，而是他一直记得这个女人，并且已经观察了好久。

只是他没想到她与陆莘透之间竟然有那么多年的深刻仇恨，但是，更让他心疼的是她那悲惨的身世。她本该是个单纯快乐的孩子，正因为之前家庭幸福，她才养成许多活泼的爱好，谁知后来遇到如此遭遇……这几年她一定过得很辛苦。

望着林琰琰家独自明亮的孤灯，景辰心里生起淡淡的怜惜，也有淡淡的心疼。

……

林琰琰第二天早上起来，烧退了，但感冒很严重，她吃了药之后还是准时去公司上班。虽然景辰说会向李经理打招呼让她休息一天，可她觉得没有特别严重的事还是不要轻易请假的好，毕竟年底工作太多了，她休一天，过后得拿多少加班时间补回来呢？她不想让全公司等着她发年终奖，也不想让景辰为难，所以她根本休息不了。

在地铁上林琰琰一直想：景辰为何会帮她，为何对她的事情这么关心，为何对她……有一点儿特别呢？然而怎么想，她也想不通，脑子里更加乱了，她摇摇头，告诫自己不许胡思乱想。

公司里一片忙碌，尤其是行政部，不停有人往返于会议室与部门之间。其他部门也放下手头工作，上班第一件事就是搞卫生了。

难道有贵宾要来？

一打听，林琰琰才知道，上午十点，景辉集团高管将以客人的身份，回访公司。景辉集团这次来了许多人，不仅仅是前景辉风投的领导层，还有景辉集团的高管。而IV团队也提早准备，以诚意欢迎客人。

两家公司会晤，当然还有一场大会议要开，底层员工都不敢大意。

林琰琰推开办公室的门，Miss李正监督部门员工做清洁工作，看到她来了，一脸惊讶："哎，林琰琰，景总的秘书才刚通知我说，你今天生病请假了，你怎么就来了呢？"

林琰琰摇摇头，尴尬地笑笑说："也不是什么大病，精神好了，就来上班了。"

Miss李上上下下打量她一下，忽然说："琰琰啊，你好大的面子，景总的秘书亲自帮你请假。"

她的话里有着明显的嘲讽，也让其他正在整理桌面文具的同事，纷纷抬头看向她。

林琰琰佯装不经意地回答："昨天去医院的路上，恰巧碰到景总……"至于为什么一个遇见就让景总帮她请假，她还真找不到合适的理由。

幸好在她支吾间，办公室外立即有人敲门，说副总找Miss李。

Miss李倒是出去了，但是好事的同事们纷纷凑过来问景总为何会帮她请假。

林琰琰正尴尬地想着要怎么回答，陆莘透的秘书一个电话吩咐她到总经理办公室去一趟。

虽然这通电话对她来说是个解脱，可她心里对于陆莘透找她很惴惴不安。眼下景辉集团的人就要来了，为什么他还在这个点找她呢？

这是林琰琰第一次进陆莘透的办公室，IV来了两个多月了，平时陆莘透有什么问题都是通过Miss李发难的，不会轻易找她进入办公室，而像如今这般召见，还是第一次。

办公室明显被陆莘透彻底改造过了。她记得第一次面试的时候就是在这里，景辰喜欢比较温暖而富有艺术性的东西，墙上挂着油画，地面铺着暖色的地板，落地窗边摆着两盆高脚架吊兰。如今被陆莘透挂上奖章牌匾，换上深色地板，吊兰花也改成俗气的发财树。以前景辰桌面有一只牛顿摆件她很喜欢，可现在牛顿摆件不见了，而换上一张相片，相片里的女人不是别人，正是林子说。

林琰琰的目光被相片里林子说纯真的笑脸刺痛，默然低下头，这才低声对他说："陆总，您找我有什么事？"

陆莘透坐在办公桌后面，从林琰琰进来一直默不作声地盯着她，最终看到她看到林子说相片一脸灰败的样子后，他嘴角微扬，笑了笑："听李经理说，景总帮你请假了？"

林琰琰微微皱眉，没想到景辰帮她请假的事这么快传到陆莘透耳朵里了。

她佯装镇定地回复："请问陆总找我有别的事吗？"

陆莘透听她嗓音沙哑，就挑眉问："感冒了？发烧了？"

林琰琰感觉他在这件事上不依不饶，看来是要问清楚的，就主动解释："一点儿小感冒，昨天恰巧碰见景总，他送我去医院。"

"餐厅里的那件事？"陆莘透目光灼灼，似笑非笑地问。

林琰琰有一点儿恼火了，本来昨晚的事她不想提及了，她知道她不能把他和他庇护的林子说怎么样，所以已经尽量避着他们了，他怎么还咄咄逼人？

她沉默着没有说话，以沉默当作反抗。

陆莘透拿起桌面上林子说的照片轻抚了下，眼神虽然没有看着林琰琰，可表情有些玩味："今天景辰系着深棕色的围巾，看颜色款式，跟你上次戴的那一条差不多呢……有些巧合实在让人觉得很有意思。我很好奇，景辰怎么就送你去医院了呢，你们关系很好吗？"

林琰琰铁青着脸不回答。

陆莘透抬起眼帘看她，黑黝黝的眼珠里闪着狠戾的光："景辉风投已经易主了，我不希望我手下的员工还跟景辉集团的高层有任何联系，尤其是你，如果不想再被在会上当成反面案例的话！"

林琰琰抬起头来盯着这个俊美又犹如恶魔一般的男人，她对他上次的诽谤还记忆犹新，现在又找一切可能对她鸡蛋里挑骨头。

她说："我不知道我违反了公司里的哪一条规定。"

"我的公司，我说了算，如果你不喜欢这里，大可以辞职，没有人留你，你大可不用把自己想得这么重要！"陆莘透又摆出上帝的嘴脸冷漠地说，仿佛他主宰着她的一切。

林琰琰恨透了他，可是又不甘心被他泼脏水之后不明不白地走。

"你对我的打击和羞辱，要到什么时候才能结束呢，陆莘透？"林琰琰沉冷地质问。

说到这里，陆莘透忽然溢出一抹讥笑，语气低沉："如果没有昨晚的事我或许会在某一个时间点适可而止，可因为发生了昨晚的事，我发现你这个女人对林子说是痛苦的存在，所以我不打算放过你……有你在的一天，我会永无止境地折磨你，让你也感受到生不如死的滋味！"

他的声音如大提琴一般低沉好听，但是听在林琰琰的耳朵里，却如同一把钢刀割过，生疼。她无比后悔，当初她为什么会惹上陆莘透？当初怎么结识了这么一个黑白不分，永远记仇的恶魔？

她不想对蛮不讲理的人解释，握紧了拳头低声问："陆总还有别的事吗？"

陆莘透又笑，眉眼生动但是毫无温度："李经理把年底最重要的工作交到你手上，给你提个醒，你要是做不好，我会让你的职业生涯留下一笔黑账！你要是识时务，就快滚吧！毕竟，能力不足引咎辞职，总比把整个工作搞砸了对你的职业发展影响来得轻！林琰琰，不要说我总是羞辱你，你看，我现在给了你一个多么好的台阶下，可不要自己不长脸。"

林琰琰脸色一阵青白，死死咬着牙关，生怕一松劲自己就忍不住要扑上去拼命。

大概是看她一直不说话，羞辱得也够了，陆莘透终于放她离去。

林琰琰出了陆莘透的办公室，在他门口停留了片刻，心情十分沉重，丝毫没有留意到陆莘透的秘书正带着两位贵客过来了。

等他们走近时，她才看到秘书身后的两人，其中一个是景辰。

再次碰到景辰让林琰琰有点儿惊讶，她完全没有预料会在这里碰见他，所以目光一时锁在景辰身上，忘了打招呼。

景辰也望着她，大概因为有人在场，他只是以眼神注视林琰琰，嘴角扬起微微含笑。

林琰琰这才慌张地打招呼，然后准备低头擦身而过。

景辰看她心事重重的样子，回头补充了一句："林小姐，你的病好了吗？"

陆莘透的秘书和景辉集团的高管没想到景总会特别关心一个女孩儿，都纷纷望向他们。

景辰目光淡定，仍是坦荡地注视着林琰琰，等待着她的回答。林琰琰扫了惊疑的两名外人一眼，才低声对景辰回答："好多了，谢谢景总关心。"

景辰点头吩咐："要多注意休息！"

"嗯，我知道，谢谢景总！"

陆莘透听闻景辰过来了，走出来迎接，就恰巧碰到了景辰关心林琰琰的一幕，他的面容瞬间冷下来。

待景辰等人进去后，陆莘透的微笑在一瞬间就落了下来，他扫了林琰琰一眼，那一瞬间的眼神很冷很冷，与脸上的表情十分不符，只不过一瞬间的事情，他就神色如常地进去了。

林琰琰明白陆莘透的意思，她转身回了自己办公室，但是她没想到正是这一天早上，灾难如海啸般再次降临……

第七章
陆莘透心里只觉得像忽然被巨浪冲击了，
他浑身湿漉漉地站在岸边，周围无人，阳光明媚，
海风和煦，他却莫名觉得很冷、很冷。

10点整，两家公司开会，这就没有基层员工什么事情了。林琰琰本来早上心情不好，但投入工作以后也忘记了，更不记得还有开会的事。

临近中午，可以提前10分钟下班出去吃午饭，林琰琰收拾桌面关闭电脑，正打算与同事出去，却又被陆莘透的秘书拦下。

陆莘透的两个秘书都是他从集团里带过来的，一个男秘书，主要负责随同他出差或者代理他的工作事务；一个女秘书，管理工作日常及生活日常。一般在景辉风投里，都是女秘书杨小姐跟随，杨秘书工作干练态度沉稳，一般不会把情绪挂在脸上，但是这一次她来通知林琰琰的时候，很明显脸色有些异常，语气中夹着一丝慌张，仿佛刚刚在会议室里经历了什么。

林琰琰只能跟随她一起去会议室。林琰琰心里疑惑，直觉杨秘书有事，但因为平时跟杨秘书不熟，她也不敢多问。

会议室里的门刚推开的一瞬间，林琰琰就看到会议室里都是黑压压的西装革履的职场经理人，大家表情各异，有的怒气冲冲，有的垂头丧气。没有人说话，会议室里鸦雀无声，气氛很不对。

林琰琰站在门口有点儿不知所措，所有人都在门打开的一瞬间集体望过来，除了子公司的员工，还有IV集团的高层、景辉集团的高层，第一次被这么多人注

视，是她从未有过的体验。

杨秘书快步走到陆莘透身旁，附耳轻声说："陆总，人事部的林琰琰带到了。"

林琰琰偷偷扫过去，不经意间撞见上司Miss李的目光，Miss李看上去很愧疚很紧张，甚至都不敢直接和她对视。林琰琰心里立刻咯噔一声，她直觉这一场会议没什么好事，可是她又不能临时退缩，只好佯装镇定。

陆莘透目光越过众人，凉凉地投向林琰琰，薄唇一抿对众人说："既然大家对这次的薪酬改革很有异议，我找我们的人事专员向大家解释一下。林琰琰，你把你拟定的薪酬方案和年终分红的具体方法跟大家解释一下。"

林琰琰还没来得及弄清楚事情的原委，正当她准备询问清楚的时候，会议室里立即有人急得跳起来："陆总，我们很明白你急于把景辉风投的薪资模式切换成IV集团模式的迫切心情，但你也要考虑一下我们这些老员工的感受。我们辛辛苦苦干了一年，就是为了这次年终分红，虽然IV集团的模式也有IV集团的好处，但是我们这一年都是按景辉的指标做的，您年底忽然换成IV的模式，对我们很不利，这是不公平的！"

说话的是销售部的老王，老王虽然不是什么经理级别，但一直是公司的销售大头，他在景辉干了七八年了，业绩无人能比，很多时候他的分量比部门经理还重要，公司的领导都会对他礼让三分，也因为他脾气大性子又急，所以大家一般都不怎么和他对着干。

陆莘透长指轻敲桌面，轻轻一笑，安抚道："老王别激动，虽然从短期的利益讲，景辉的年终分红方式对大家更有利，但是从长期来讲，IV的模式更适合发展，也对大家的长久发展更有利，你何不先听听薪酬专员的解释？"

因为有人带了个头，其他和陆莘透意见相左者也纷纷开始表达自己的意见。

"我不同意临时切换薪酬方式的做法，这一年大家都是按照旧的指标做事的，就应该按照旧指标计算，忽然换成新的，而且是跟之前的分红方法大相径庭，这对大家很不公平，我们付出了什么样的劳动，就应该得到什么样的酬劳！"项目部的老周也如是说。

"而且为什么这么久都没有定下方案呢，我们往年年底前两个月就知道自己的绩效了，也知道自己大概能拿多少，可是到现在一切都还跟空头支票一样，让大家怎么安心做事？"

"是啊，到底是公司内部的原因还是故意拖延，到底是敷衍我们还是另有安排？我想我们都有权了解自己的薪资，不能一直拖着！"

其实这段时间大家对陆莘透的做法多有不满，可他是新东家，大家也都只能忍着，如今既然公开把矛盾摆在会议上来说了，又请了景辉集团过来，大家就想趁此机会把事情说清楚。

"公司也是为了大家考虑才临时切换的，李经理，你把进度跟大家说一下。"陆莘透轻松地把矛头转移向人事部。

Miss李本来如坐针毡，这会儿听领导让她解释，更心慌了。这一个早上她来开会简直就像是参加批斗大会似的，别人说一句她就紧张一下，虽然大家不会把她小小的人事经理怎么样，可这件事的确是她做得不好，她连解释都不知道该如何避重就轻。

Miss李战战兢兢地站起来说："老周、老王，各位同事，我想向大家解释一下，这件事并不是公司有意拖延，陆总也早早把指令下到人事部，人事部也早做准备了，本来按照安排可以在这个月就能完成，大家也能知道自己的绩效了，可是计划赶不上变化，人事部原来担任薪资岗位的职员休产假了，林琰琰也是上个月才接手，时间紧急……"

"我们不想听解释，我们只想要一个结果！"老王很狂躁也很无礼地打断她，看起来非常生气。

老周笑眯眯地讽刺说："李经理，就算是上个月才接手，到这会儿也该完结了，到底是多难的工作让你们拖这么久，难道你们人事的工作比我们面对客户还难搞？"

"老周说的是，不管多难搞，我们一等再等，也等得够久了！"另一位业务大头也不满地说。

Miss李为难了，尴尬地笑笑："这……这……"她不知道怎么解释，因为上个月把工作交给林琰琰之后，她就一直未曾插手更不曾过问，任由林琰琰摸索，等她被各部门领导紧逼，回头管起这件事时，时间已经晚了。而且她更想不明白陆总到底是什么意思，为何一直卡着林琰琰提议的方案，明明已经按集团的要求编纂，也按他的要求修改，她自认为挺不错的了，陆总却还是一卡再卡，导致整个进度被无限拖慢。

Miss李觉得自己很倒霉，摊上这样的下属，也不知道林琰琰和陆总之间到底是怎么回事，无辜牵连到了她。

"我们只想要一个结果，到底什么时候才切换成功，到底我们的分红怎么算！"老王重重地拍了几下桌子，冷着一张脸倨傲地看着Miss李，"如果这个月底还没有结果，哼，我想这个圈子里还没有我老王混不了的地方的，而我也相信，我的客户对我恐怕也比对公司忠诚一些！"

这便是拿辞职和资源来威胁领导了。Miss李一头冷汗求救似的看向陆总，发现陆总还比较淡定事不关己的样子，她忽然想到一个传说。

传说陆总之所以这样处处压着别人，便是看不惯这些老员工仗着业绩为所欲为谁都不放在眼里的样子。老周老王在景辉风投时连景总都要让着他们，可是他们的业绩对于高手如林的IV集团来说并不算什么的，留着这些人在反而还限制公司的改革和发展，从长远利益考虑并不划算，她估计陆莘透早就想换掉这些拔不动的钉子了。

可是因为要换掉这些人，就拿着她和林琰琰做替罪羊，Miss李未免觉得心酸，难道陆总也看她不满意想要换掉吗？想到这里，Miss李心里腾地升起一股强烈的危机感，她奋斗了10年好不容易混到这个岗位，并不想轻易放弃，于是她不由得对牵连她的林琰琰产生埋怨。

她把目光转向林琰琰："琰琰，你的工作还有什么困难，大概需要多长时间能完成，今天能给各位经理和业务员说一下吗？"

林琰琰看了Miss李一眼，又看向陆莘透，发现陆莘透一直盯着她，他嘴角挂着一抹淡淡的笑，似乎心情十分愉悦。

林琰琰皱了皱眉说："我的工作……需要公司领导的支持，并不是我一人之力可以完成的。"

这是林琰琰的大实话，因为她已经不止一次把她的困难反馈给Miss李了，然而Miss李并不怎么重视，或者面对陆莘透的施压Miss李就退缩了，从没给过她实质性的帮助，如今却把工作问题都推到她头上，林琰琰也不愿意闷声吞。

听她这样说，Miss李显然始料未及，为了保全自己，她板着面孔生气地呵斥道："你需要公司领导给你什么样的帮助？"

林琰琰没有说话，心里却越加对Miss李的能力有一个清晰的度量。

"李经理，你这是招了什么样的人，人事部最近经常变动，可是换的人一个不如一个啊！"老周笑眯眯的，却句句讽刺。

"我说进度怎么这么慢，李经理，你还想让大家等多久？"老王又拍着桌子发脾气了。

Miss李又尴尬又恼火，只有赔笑的余地，完全不敢反驳。

"这位新来的人事叫什么名字？"老王斜着眼睛看林琰琰，"以前做过什么工作，干过这一行吗，还是才刚入行就找我们这儿练手了？"

老王是个粗人，没什么文化，高中一毕业就进入这行了，完全是靠天赋和资历混起来的，有时候大家都很不喜欢他说话，很无礼，但是他就是凭着资源在公司里面这么嚣张而无所忌惮。

林琰琰感觉自己又被当成猴子耍了，她知道这是陆莘透故意的，而且陆莘透明显有别的目的，这次只是找个人当逼走眼中钉的替罪羔羊而已。这件事无论她怎么做他都没有损失，反而是她自己很有可能留下黑账，在将来的职业道路上很难走。

她看向陆莘透，目光悲凉。自从被他一而再再而三地陷害侮辱之后，她已经不再愤怒了，因为她知道她一旦愤怒反而着了他的道，他就是故意让她生气、委屈、哭泣，就等着看好戏呢，她又何必让他得逞？她看着这样的陆莘透，只觉得一阵心寒。

林琰琰平复了一下内心的情绪，坦诚地望向老王等人，镇定地开口："王经理，各位领导，这个月底，我会把工作了结，把工作呈现给大家，请各位给我一点儿时间，也请各位放心！"

"我们给你的时间够多了，你到底会不会做，不会做就滚蛋！"老王远远地指着林琰琰的鼻子吼，动作十分粗鲁，言语非常难听。

大家都眼巴巴地看着林琰琰，有同情的、有可怜的，也有愤怒的。如果换作别的新人，早就哭了吧，然而林琰琰只是沉默。

"你到底想要多长时间，不要说月底，给我一个数，要是在这个时间内做不好，我想这么多业务经理愤怒不是你一个小小的职员能承担的！"

林琰琰的拳头在身侧悄悄握起，她心里有被羞辱的难过和必须隐忍的无奈。

然而这时候忽然有一个声音响起，温和动听，像一股清泉："我想，事情没有这么严重。"

大家看向发言者，居然是景辰，景总。

景总自从开会以来，都极少发话，就算要发表意见也是他的助理说话居多，IV集团和景辉集团的协商由两家公司的高层领导来谈判，他并不需要过多发言，哪怕是陆莘透提问，他也只偶尔地应一两句，没想到这一次，他居然主动为一个底层员工解围。

"景总，这件事情还不够严重吗？"老王见是景总，不敢过分，却依然愤愤。

景辰平静地笑笑说："老王，你无非是想在年底拿到你的分红，而且分红要与旧指标计算的结果相同，陆总这边便是期待在年底之前把景辉薪酬模式切换成艾维集团的。我觉得这件事情解决起来并不难。"

这句话带来巨大的反响，大家纷纷看向景辰，有皱眉的，有不解的。

景辰撑着桌面站起来："人事部之所以迟迟没有解决问题的原因，刚才薪酬专员也说了，薪酬改革需得到领导支持，如果IV集团有难处，景辉集团愿意出人手帮助IV。"他接着转向Miss李，"李经理，你们薪酬改革工作进度还差多少？"

Miss李看向林琰琰，示意她说话。

林琰琰斟酌了一下，望着景辰说："还差30%。"

"好，明天景辉集团人力资源部薪酬组会派人协助你，争取在年底前把此项工作完成。"

景辉集团高管中有人小声反驳："景总……这不好吧，如今景辉风投已经变成艾维的了，就算要派人手也该是艾维集团出手，我们不好插手……"

景辰笑笑："都是股东，而且今年还是两家合作过渡的关键时期，虽说大股东是艾维集团，但今年盈亏仍算景辉集团的，大家又何必分得这么清楚？既然陆总有难处，我们帮助一把，陆总应该也不会介意吧，陆总，您说是吗？"

陆莘透皮笑肉不笑地望着他，心里的恼怒横冲直撞。他本来是想拔出景辉集团的那几个老钉子，顺便治治林琰琰，没想到就这样被景辰横插进来轻易化解。这种人家已经明帮着你的情面真不好拒绝，而且一旦拒绝就暴露他公报私仇的目的了。

所以，陆莘透只是笑笑说："景总好意，艾维当然接受了。"

"可是就算是这样，按照新指标计算，我们的分红还是比去年少很多。"老王还是反对。

景辰似早已料到会有人提到这点，对老王笑笑，语气平和道："这一年的薪资还是景辉集团发的，陆总想要改革薪资，我们理解，但既然上一个财年我们已经答应给大家5个点的分红，陆总只发4个点，另外的一个点景辉集团也会补发给大家的。这一点数不进入艾维集团的审批流程，而只充当景辉集团发给大家的年底福利。"

会议室里所有人都惊讶了，好些人好久才反应过来景辰说了什么。景辰的意思是，景辉集团会代替艾维集团补发员工的亏损？可是为什么呢，这是艾维集团闹出的纠纷，景辉集团明明可以不用补发这笔钱？

老王琢磨了一下，似乎放心了，可怎么想都觉得不符合规矩，眉头又纠结在一起。

景辰宣布这件事，景辉集团内部高层当然是有人反对，一名高管当场反对说："我不同意景总这么做，景总，我们也要向我们的股东交代，这是艾维内部的事，我们没必要补发这笔损失。"

景辰摇摇头笑了："刘总你错了，这不只是艾维集团内部的事，相反，这笔费用还应该是景辉集团来承担的。"

刘总不认同地看着他。

"今年这一财年盈亏算哪一家公司呢？算景辉集团的。今年的年终福利是谁出资？还是景辉集团发的。所以上一财年我们计划给大家多少分红，就应该如数发放，不能因为新股东到来，改革公司制度就有所减少。我想作为一家大公司，依照制度办事，准确及时发放员工的薪酬，景辉集团还是必须，而且应该做到的。"

景辰说得缓慢而掷地有声，林琰琰被深深感动，一个富有良心而且正直的企业家便应该如此，不能规避责任，给予员工本应该享受到的福利，这也是挽留和吸引人才的一个好方法。

其他人都沉默了，一来他是集团的总裁，二来他说的话实事求是，没有人可以反驳。

眼看大家都不再反对，景辰点点头："既然大家都毫无异议，说明此方案可行，陆总你觉得呢？"

陆莘透摸着下巴垂下眼帘，沉声说："我没有异议。"但是他深邃的双眸下却无人知道他在想什么。

会议室里继续开始进行流程的会议，林琰琰被放出来的时候已经快下午1点钟，她到食堂草草地吃了点儿东西后就回了办公室。

她上班后没多久，会议室里才散会，Miss李回到办公室捶捶心口长舒了一口气，看到林琰琰正望着她，便停下脚步对林琰琰说："琰琰，你到我办公室来一趟。"

林琰琰随便想想也能知道Miss李想说什么的，她拿了笔记本到Miss李办公室等候。

Miss李站在桌前打量了她好久，才带着满脸疑惑坐下："景总在会议室里说的话你都听见了吧，明天景辉集团人力资源部会有人过来，你好好工作，这个月底必须出结果！"

林琰琰做了一下笔记，点头："我明白。"

Miss李冷冷地盯着她，眼里有愤怒和无可奈何。看着如此冷静的林琰琰，她叹着气道："我真不知道当初选你是对还是错，你与陆总之间的恩怨一同连累我，可是你似乎又与景总有瓜葛。今天会上，很明显，景总是在帮你，如果没有景总，这一场会议，你我都不知道下面会怎样。"

林琰琰捧着笔记本，盯着桌面，沉默没说话。

"之前我尊重你的隐私，没有仔细过问，但是现在，你的私人感情已经影响到我，我不能不仔细过问了。而且身为你的上司，看到下属因私人感情影响到工作，也是有权过问的。"眼看林琰琰还是不吭声，Miss李又说，"我希望你能如实告诉我！"

林琰琰缓缓抬头看了Miss李一眼，她知道Miss李对他们之间的关系很紧张，但是她是肯定不会说的，只避重就轻道："我和景总……没有关系。"

"那景总的秘书为何会帮你请假？"Miss李咄咄逼问。

景辰为什么会帮她请假，林琰琰也想不明白，大概景辰是因为要制衡陆莘透才接近她，顺手帮她请假的吧？所以，今早景辰才在会议上帮她了。

Miss李还想继续盘问，忽然有人敲门，来者是负责招聘的小男生，他哭丧着脸领着两个人一起进来，是销售部的老王和项目部的老周。

Miss李登时惊讶了，眼看两人脸色似乎不太好，而且齐齐来找她准没什么好事，也顾不上林琰琰了，只好让林琰琰先出去。

林琰琰回到自己位子上，瞄了一眼Miss李的办公室，可影子一闪，百叶窗被关上了，看不到里面的动静了，她只好去茶水间打水。

茶水间就在会议室旁边，林琰琰没想到会议室里这时候还有人走出来，陆莘透和景辰一起边谈边走出来，后面还跟着不少两家公司的领导。

也不知两人聊了什么，一行人忽然都笑了，气氛似乎还挺活跃。

陆莘透抬手看了下时间，很歉意地对景辰说："眼下都快2点了，这次会议耽误大家的午餐时间，我已让杨秘书在外面定了餐位，要不这样吧，我们先一起到外面吃个饭，景总再回，如何？"

景辰也不推脱："也好，其实有些细节还想和陆总再谈谈。"

陆莘透就请IV集团的高层引景辰等人下楼，他先和杨秘书到办公室处理一些紧急事情，之后才外出。

林琰琰默默注视着景辰，本以为景辰不会发现茶水间里的她，谁知景辰一转头，就与她目光相碰。

林琰琰有些不好意思，赶紧低下头。如果她要回办公室，必须经过会议室，然而会议室门外站了很多等电梯的高层领导，她不好意思过去，就一直待着……

她等了一会儿，再抬头，发现景辰还是望着她，带着温和的笑。

林琰琰也只能对他点头笑笑，笑容颇为羞涩和尴尬。

好像她一直待在茶水间看着他们也并不大好，于是她硬着头皮出去，穿过领导群，她尽量靠着边儿走，如果发现有人望着他，就点头鞠躬，好不容易穿过去了，她才松了一口气，那伙人也离开了，向着电梯走去。

林琰琰又恋恋不舍地回头望了望景辰的背影，直到一个声音在她头顶响起："还没看够吗？"

这个低沉的声音，惊得林琰琰差点儿把杯子扔出去。

是陆莘透，长长的走廊只有他一个人，他西装革履步伐潇洒，身量很高俨然模特一般。这样的男人本该让人惊艳的，可是他嘴角那一抹讥诮的笑实在令林琰琰感到厌恶。

她不想再给他冷嘲热讽的机会，于是面无表情地转身就走。反正走廊上没什么人，不会有人斥责她对领导无礼。

陆莘透停下脚步，在身后讽刺道："不高兴被人拆穿心事？原来你对景辰是这样一番心思啊，难怪舰着脸买和人家一样的围巾。"

林琰琰脚步顿了顿，忍着气不回头继续往前，可是陆莘透还不肯放过她："别怪我没提醒你，景辰已经有未婚妻了，你还是少做白日梦吧！"

林琰琰终于停止了脚步，因为这句话的的确确打击到了她心里。

虽然她知道自己与景辰不可能，但听到别人这么直白赤裸地提点却是第一

次，让她一阵心凉。

她忽然想到第一次在咖啡店里碰到景辰与鬈发女子手挽手离去，以及在名品店里景辰哄着鬈发女子的样子，大约……那个女子就是景辰的女朋友吧。从身材相貌和气质上看，两人还是蛮般配的，而且从女孩子的举止及谈吐上判断，女孩子家境也不错，应当与景辰门当户对……

"灰姑娘的故事只存在于童话里，更何况灰姑娘本身也是贵族，你？算得了什么？"陆莘透后面一句透着无限的嘲笑和讥讽。

林琰琰终于转过身盯着他，她大大的杏眼里闪着清澈的水光，她高高地仰起头不让眼泪轻易落下："我从来没有不切实际的幻想，陆总真是白担心了！就算我真的对景总很欣赏，也纯粹是对他人格魅力的欣赏。有一种人，生来是让人崇拜的；而有一种人，只会像渣滓一样令人无限厌恶！"

她说完转身就走。

陆莘透在她转身的一刹说："你喜欢景辰？"

林琰琰的身体停顿了一下，但是很快转身大步离去了。

陆莘透自言自语："看来确实如此了！"

看着那个倨傲又固执的女子，就这么昂着头挺着背消失在走廊尽头，陆莘透心里只觉得像忽然被巨浪冲击了一下，好似浪潮退去之后，他浑身湿漉漉地站在岸边，周围无人，阳光明媚，海风和煦，他却莫名觉得很冷、很冷，心里一片萧索。

午餐订在一家五星级酒店里。早上的会议，景辉集团来了11人，除去有急事先回公司的，还剩下5人，而陆莘透的子公司也来了4位高层，和2名IV集团总部派来的顾问。大家聚在五星级酒店的包间里，人一多，难免就要喝酒了，管它中餐还是晚餐，这一餐注定要吃到晚上了。

酒过三巡之后，除了酒量特别好还在相互敬酒的，也有一些躲到角落里唠嗑了。艾维集团子公司里还有不少景辉风投的老员工，所以吃过饭之后，两家公司的高层很容易热络起来。

陆莘透举着红酒杯慢慢摇动，盯着石榴红的酒色发呆，而后浅饮一口，目光有些迷离，似有心事。

景辰在对面望了好一会儿，最终端起红酒杯走到他身边，举杯说："陆总，我敬你一杯如何？"

陆莘透抬眼见是景辰，扯了扯嘴角露出一抹笑，举起酒杯与他碰了一下，又黯然饮酒，似乎也没有很高的兴致。

景辰望着他，忽然说："我以前在华尔街工作，做的是互联网营销，回国之后父亲忽然把景辉风投交给我，希望我重整山河。那时候全集团的股东都看着我，而我并没有多少信心，可为了不让父亲和股东们失望，我还是接手了。我当上总经理的第一天就是开始收集行业动态，不断地学习和提升，争取赶快入行。也正是那段时间，通过圈子里的消息我认识了陆总，圈子里都传陆总是风投界的一把手，有你在的地方几乎不会有失算的时候，每一个项目都做得很好，很令人钦佩。我一直想和陆总接触，没想到后来，景辉风投由陆总接手了，我很放心。"

陆莘透没想到景辰主动对他提起这些，举杯以示敬意："景总也算是一位很成熟的管理者了，国内像你这般年轻，又很优秀的管理者不多。即便你对风投这一行业不熟，可你还是把江河日下的景辉风投医治好了，坦白说，景辉风投如果没有景总后期的努力，我是不会收下这一烂摊子的，也是因为景总，我才萌生了与景辉集团合作的意思。"

景辰笑了一下，又继续说："陆总是一位认真而执着的人，不论对情对事都十分严谨，这份态度用在工作上固然是好，然而用在情感上，未免有些不妥了。"

陆莘透盯着景辰，浓眉微敛，虽然看上去波澜不惊，但是心底却因为景辰忽然提到林琰琰而感到诧异。

景辰毫不在意地温和笑笑："感情很脆弱，经受不起这样的伤害和打击。上次在餐馆里，那位受伤的小姐是陆总的表妹吗？"

陆莘透震惊了，微微坐直身体，双眸中闪过凌厉的光："景总调查我？"

景辰摇摇头，笑得十分俊朗无害："我无意侵犯陆总的隐私，只不过……有些事情，很偶然地就知道了。陆总，你憎恨老关家，可是这其实是上一代的恩怨，与林琰琰，甚至与林琰琰的母亲都没有关系，你憎恨的只是林琰琰的外祖父而已啊，却无端牵连到林琰琰身上，其实对那个女孩子来说，很不公平。"

"你怎么会知道这些？"陆莘透敛眉，言语里有深深的不满。

"我只是……不希望陆总因为私人恩怨，影响到两家的合作而已。近段时间，景辉风投走了不少老员工，我认为改革一家公司也不一定需要这么血腥的方式，偶尔采取怀柔政策，会有意想不到的效果。陆总认可景某为专业的管理者，不知是否也认可景某的这番劝告？"

"景总，我个人是非常欣赏你的，但其实我不能理解你这番话的意思。"陆莘透装傻，然而言语间很犀利很提防。

"薪酬改革是结合两家公司的关键工作，而林琰琰是这项工作的关键枢纽，陆总，我认为不论是景辉集团还是艾维集团，都应该珍惜这名员工。"

陆莘透语气不明地呵呵笑了两声，慢慢饮酒，也不看景辰，深邃的目光只锁着窗外，而后，轻轻说："景总，您这番话说得很有道理，可却让我忍不住怀疑……您与林琰琰的关系。"他望向景辰，"景总的秘书，怎么会帮林琰琰请假？"

景辰的表情十分坦然："那天陆总把子说小姐抱走后，林琰琰其实也受伤了，我送她去医院，后来林琰琰把所有事情都告诉我了。我本来并不了解这么多事，之前只是恰巧知道陆总与林子说小姐是表兄妹而已，那天晚上经过林琰琰前后补充后，我便明白了。陆总，林琰琰一直为自己对子说小姐造成的伤害而愧疚，她其实也是个可怜的女孩子，你不应该因为上一代人的恩怨，而迁怒到她头上的。"

陆莘透感觉自己像一只被掰开硬壳的蚌，赤裸裸地袒露在景辰面前，所有秘密无处躲藏，他没想到景辰会知道这么多。

外界极少有人知道冯清是他的小姨，他的母亲出身普通，可与他父亲情投意合，当年父亲顶着极大的压力把他母亲娶进了门，然而一直遭到爷爷奶奶的反对。后来爷爷奶奶也不知道信了什么邪，非要逼迫他父母离婚，而让父亲娶关家的长女，也就是林琰琰的大姨。他父亲不同意，关家与他的爷爷竟然联手逼死了他母亲……因此，他对关家的人非常憎恨。

当年在学校里，他第一次知道林琰琰喜欢他，并且林琰琰是关家老爷子的外孙女的时候，他就打定了主意要报复林琰琰了。他故意撩拨林琰琰，让她深陷情感，后来又与林子说联手践踏她的感情，他以为他这样会得到些报复的快感，然而随着林琰琰的沉默和消失，他发现他并没有得到多少乐趣，反而是陷入越来越纠结莫测的空虚中，连他自己也不知道究竟是为了什么……

如今他依然憎恨关家的人，但对林琰琰，他却已经有了说不出的矛盾情感。

可是，面对景辰这样开门见山的谈话，他依然孤傲又觉得愤怒，从来没人敢这样赤裸裸地批评他！

"景总，你似乎很同情林琰琰？"陆莘透讥诮地质问。

景辰摇摇头，却出乎意料很坦白道："不，我欣赏她！"

陆莘透一脸不明白的表情。

景辰低头笑笑，举起红酒杯敲了敲，仿佛透过剔透的红酒杯能看到那个同样剔透又坚强的女子的身影，他缓缓道："她其实是个优秀的女孩子，身上有很多特点是时下许多女孩子都不如的，陆总如果抛开偏见，你会发现，她值得我们尊重。"

"景总未免对她夸赞太高了。"陆莘透冷笑。

景辰摇摇头："我在景辉风投时，与她无声相处了两个月。"他顿了顿，目光直视陆莘透，"她是我面试进来的，当时她并不适合销售的岗位，可她执意尝试这一岗位，我给了她机会，试用期那两个月里她为了适应销售的岗位常常加班。她很努力，对她想做的事情也很专注，一个女人若对工作认真起来，便异常可爱了，因为这不仅仅体现她对工作的态度，更体现她对人生的态度。"

陆莘透双眸微转，很快明白景辰说的是什么。

他接手景辉风投公司以后发现，36楼总经理办公室里有一面巨大的落地窗，他也时常站在落地窗边欣赏风景，站在那儿能够看到销售部的部分岗位。他能想

象得到景辰以前站在落地窗边望着林琰琰在销售部办公室内加班的情景，难道便是那两个月，景辰与她如此无声无息地相处吗？

"景总似乎……对林琰琰有不一样的情感？"陆莘透试探着问，听景辰这样坦率地谈林琰琰，让他心里很不舒服。

景辰俊美的双眸清澈如水，年轻的面容沉稳睿智，透出几许神秘。他并没有回答陆莘透的话，只是拍拍陆莘透的背，像安抚一位老朋友一般，随后拿着自己的红酒杯离去了。

陆莘透望着景辰坦荡的背影，慢慢拿起红酒杯小酌一口，目光里有几分揣测、几分烦恼和几分不安。

第八章
这也许已经是命中注定好的吧，
逃也逃不掉。

这顿中餐果然一直吃到晚上，散场之后很多人都喝高了，只能纷纷叫司机代驾回去。陆莘透喝红酒比较多却并没有醉，他看时间还早，于是打算先回公司处理一点儿事情再回家。

他乘电梯上楼，发现公司里已经黑灯瞎火了，只有人事部的灯光还亮着。

陆莘透走向总经理办公室，一路过去将经过人事部，正揣测这么晚了会不会是林琰琰一个人加班时，就看到林琰琰提着包包出门，反身打算锁办公室的门，很显然，她打算回去了。

陆莘透站在黑暗里静静地望着她，林琰琰丝毫没有察觉有人在旁边，专注地从包里掏出钥匙低头锁门，在锁好之后还试探性地推了两下门，确认已经完全锁上，这才把钥匙放回包里，掏出手机一边看时间一边离去。

她要多久才能发现他？1、2、3······陆莘透好玩地盯着她揣测，林琰琰看完手机忽然抬头，顿时发现了黑暗廊道里还有个人，浑身吓得一哆嗦，好一会儿才看清楚站在黑暗里幽深地盯着她的人是陆莘透。

她第一次看到陆莘透这副模样，应该是喝了一点儿酒，脸上带着淡淡红晕，衬得他本就立体的脸更加生动，高高的鼻梁上一双黑色眼睛在黑暗处闪着光。只是一想到他躲在黑暗的地方悄无声息地盯着她，她顿时觉得毛骨悚然。

林琰琰不想跟他打招呼，于是沉默地低头从他身边走过去。

在即将擦身而过的瞬间，陆莘透忽然抓住了她的手，把她抵到墙上，一手抓着她的肩，一手压在墙壁上，圈成一个小范围将她困在自己的身形之下。

林琰琰惊呼，抬头便闻到陆莘透鼻息间的酒气，紧张地问道："你要干什么？"她感觉自己的声音都有点儿颤抖，双手紧贴着墙壁。

陆莘透眼神幽暗地盯了她一阵，却出乎意料地笑问："你喜欢景辰？"

林琰琰觉得他的语气里有点儿轻佻，又有点儿轻蔑，实在捉摸不透他的情绪，而这样的他也让她很慌张很抗拒。

她挣扎着想走，陆莘透却双手压住她的肩，死死按住她抵在墙上，她根本没法逃离。

林琰琰怒起，生气地问："你想做什么？"

陆莘透又问："你喜欢景辰？"

虽然是疑问句，但是他的语气里透着丝丝肯定。

"我喜欢谁关你什么事？"

"你知道他的未婚妻是谁吗？"陆莘透笑，语带嘲弄，"他未婚妻是……A市市长的千金。市长的千金喃，你拿什么跟人家比，还在做白日梦？"

林琰琰瞪大眼睛，心里震惊之后又冒起无名火。陆莘透很懂得踩她的弱点，知道怎么踩会让她痛苦，她实在受够了被他欺负的日子！

她冷笑一声，强作镇定："你以为你这么说我会伤心？你错了，只有你这种自私狭隘的人才看不得别人好，不会祝福所爱的人幸福！没错，我是有那么一点儿喜欢景总，但是我也知道我和他的差距，我知道他不会喜欢我，我知道他可能有未婚妻，就算你现在告诉我他的未婚妻是市长千金，我依然可以很坦然地接受……因为我喜欢他，我就希望他过得好，我祝福他！"

陆莘透捏起林琰琰的下巴，好像不相信她会说出这番话，眯眼打量了一会儿，语气沉沉道："你真的一点儿都不伤心？"

林琰琰不想理会他，开始挣扎，然而陆莘透死死困住她不放手，她恼怒地喊："放开我！"

"你一点儿都不伤心？明知道他有未婚妻还买跟他一样的围巾，明知道他不可能喜欢你还默默地暗恋？林琰琰，这就是你喜欢一个人的方式？"陆莘透抓着她的围巾质问。

林琰琰的怒火蓦地被他点燃，她使尽浑身力气推开他便要逃跑。可是陆莘透居然从后面一把拦腰抱住她，而后一手圈着她的腰，一手勒着她的脖子逼迫她抬头。林琰琰的声音都在颤抖了，惊悚之余她不住地呼喊："陆莘透你要干什么，放开我！"

陆莘透低头在她耳边咬牙切齿地低声道："我以前怎么没发觉你这么伟大？现在宁可默默暗恋一个人也不敢争不敢抢了？以前因为我多看林子说一眼而吃醋的女人哪儿去了？还是你的心已经变了？"

因为喝了酒，他说出的每一句都带着红酒微微的醇香，他靠得又近，嘴唇几乎贴在她的耳际上，林琰琰觉得耳间痒痒的，忍不住别开头。

"你以前可不是这样子啊，林琰琰！以前为了我要生要死，甚至冒着雨跪在我家门口的人呢，换了心了吗？"陆莘透轻笑，话语里有藏不住的忌妒。

林琰琰想掰开他的手，但是男人和女人的力量悬殊，更何况陆莘透经常锻炼身体，她撼不动他的钳制，只能恼怒地一边用力捶他一边挣扎："我以前真是瞎了眼才喜欢你！放开我！"

陆莘透捏着她的下巴强迫她扬头，她不得不仰望着他。他侧着脸垂眸俯视，近距离凑近她的唇低声说："你以前真的是瞎了眼才喜欢我？"

因为被迫仰着头，不方便说话，林琰琰只能愤怒地瞪着他。

"嗯哼？"陆莘透眉毛一挑，继续质问，双眸也微眯充满危险的信号。他的表情很奇怪，像是一种即将绽放开来又努力压抑自己愤怒的扭曲情绪。

避开他逐渐压下来的脸，林琰琰咬牙切齿说："我现在真是恨透了你这副模样，如果没有你，我可能不会经历这些遭遇，如果可以，我一定会杀了你，陆莘透！"

陆莘透在她耳畔轻笑出声，滚烫的气息让林琰琰不由得一缩。

因为靠得极近，陆莘透放松了手上的力道，林琰琰找准时机，狠狠一脚踩到他的皮鞋上。

只听得一声闷哼，陆莘透终于放开了她，林琰琰立刻飞速朝楼梯口奔去。

然而陆莘透手长脚长，只两步就又将她捞了回来，这一次他直接把她圈在了怀里。

林琰琰立刻恐惧地惊呼："放开我！救命！"

陆莘透怒起，忽然不顾她的挣扎一把将她抵到墙上，在她未反应过来之际，低头咬上她的唇。

林琰琰有一瞬间蒙了，脑袋空白……这一定是个噩梦，恨死了她的陆莘透绝不会如此！

可当陆莘透啃咬着她的唇，辗转深入霸道地强占她的呼吸，令她呼吸的每一寸空气都充满了他红酒的味道时，林琰琰才真切地意识到这不是梦！

她又羞又恼地用力推他，只换来陆莘透更紧地拥抱，他死死地将她圈在自己强硬的双臂中，唇部贴合挤压得更霸道，根本不让她有反抗的余地。林琰琰痛苦皱眉，在他怀里扭打挣扎，发出"呜呜"的声响，陆莘透狠狠地在她下嘴唇上咬了一口才放开了她，低头目光紧锁着她，呼吸沉重而急促。

林琰琰完全吓坏了，面色发白，看着陆莘透抬手便想狠狠地甩他一巴掌。

下一秒，她高举的胳膊就被陆莘透扣住了，他的目光有一瞬间阴郁，但是随即恢复了冷漠讥诮的嘴脸："你不喜欢我吗？当年可是巴望着我能够亲你一下吧，如今这感觉如何？"

林琰琰怒斥一声："人渣！"说完又抬起另外一只手想扇过去。

陆莘透又迅速扣住她挥来的手，笑得轻佻："恐怕除了我，也没有哪一个男人会亲你！这是你的初吻吗？恐怕没法留给景辰了，呵呵，可悲的女人！"

"陆莘透，你别那么无耻，你一定会遭报应！变态！"林琰琰剧烈地挣扎，可惜陆莘透钳制得她很紧，她根本挣脱不了。

见她始终反抗挣扎不停，陆莘透也没多少耐性了，他也被自己这样的举动震惊了，只是还是装出一脸嫌恶的样子，终于狠狠甩开她。

林琰琰踉跄两步，紧贴着墙壁，又愤怒又警惕地看着他。

陆莘透这一次终于没有其他动静了，死死地盯了她一会儿，就阴沉着脸大步离去。

等他高大的身影消失在黑暗的廊道里，脚步声回荡，林琰琰腿软地沿着墙壁慢慢瘫软在地。她双手插入头发，低头盯着黑暗的地砖，觉得很烦恼很混乱，陆莘透居然如此羞辱她！

她恨恨地盯了陆莘透的办公室一眼，但她实在没有勇气跟他对抗，最终还是沉默地拿起包，扶着墙壁慢慢站起来，沉默地逃离公司。

一路上，林琰琰的心底越来越凄凉。

这些年她就像一个弱者，自从母亲死亡，父亲抛弃，陆莘透又那样伤害过她之后，她都没有勇气面对这些人，而是沉默地逃离，多少仇恨在她心里化成血，她也没法报复。在她没有足够的实力对付这些人的时候，她只能选择带着林巍巍躲藏，隐忍仇恨委屈地过日子。所以大学毕业后她并没有回A市，而是躲得远远的，去了远方的C市。如果不是因为林巍巍上高中后需要照顾，如果不是因为林巍巍已遭亲戚嫌弃，不能再借住别人家里，她根本不会回来。

回来的前两年，她不敢联系任何同学，生怕别人知道她的处境，生怕仇人幸灾乐祸。可是她隐忍了两年，最终还是被张霄打破平静，一次同学聚会让她再次遇见陆莘透，从此开始了新一番的劫难。

但又或者这就是她的命，也许张霄没找她，陆莘透也会收购景辉风投，一样遇见她。也许她没有碰见陆莘透，林子说母女俩也一样会找上门……

这也许已经是命中注定好的吧，逃也逃不掉。

林琰琰恍惚地想着，心情沮丧地回到家，匆忙洗了个澡头发没有吹干就睡了。夜里梦到母亲，梦到小时候幸福美满的家庭，又梦到林子说母女俩忽然打破平静，以及陆莘透冷眉冷眼的各种讽刺……她在梦里静静地流着泪，这一场场接连不断的噩梦，是她这一辈子无法忘怀的刻骨铭心的疼痛。

最终，林琰琰是被铃声惊醒的。

她从噩梦里逃离，虽然眼前昏黑一片似梦似真，但她终于看不到她跪在陆莘透家门口流泪的样子了，心里沉痛压抑。

　　她呆怔了几秒后抓过床头柜上的手机，有两个未接电话，都是林巍巍打的，而眼下是半夜3点。她的手机已经调成了夜里自动防骚扰模式，但有一个手机号码例外，就是她弟弟的。然而这些年，林巍巍从来没有半夜打扰过她。

　　林琰琰直觉林巍巍有事，赶紧拨了回去，可对方竟提示关机了。

　　"关机了？"林琰琰喃喃自语，不禁皱眉。林巍巍怎么回事，才给她打了两个未接电话，就忽然关机了。然而她没有多想，只认为林巍巍又打错了吧，因为那小子经常打错电话的，于是又蒙上被子睡觉了。

　　这一觉，她终于睡到天亮。

第九章
这一巴掌甩得真狠啊，
她脸上瞬间传来火辣辣的疼。

　　第二天是景辉集团人力资源部派人下来协助林琰琰工作的第一天，她不能迟到也不能请假。

　　她在地铁上翻着手机的时候想起林巍巍昨天半夜打来的电话，就又给他拨打了回去，然而不知道是不是在地铁上信号不好的原因，呼叫失败，林琰琰放弃了。等到公司上班开始忙碌起来，她又忘了这件事。

　　景辉集团人力资源部派下来的是一位三十出头的女同事，叫作林岚。林岚从事人力资源行业七八年了，对薪酬改革有着极丰富的经验，林琰琰与她稍微接触后就觉得林岚确实有真才实学，她非常乐意跟着这位前辈一起学习工作。

　　她们一忙就到了中午，Miss李请大伙儿到外面吃饭的时候，林琰琰总算想起林巍巍了，又给他打了个电话。可是这一次，林巍巍的手机依然关机，林琰琰开始有点儿心神不宁了。

　　其他同事看出了林琰琰的游离，就问她："琰琰，你怎么了？"

　　林琰琰神色不安地起身致歉："不好意思，我先去外面打个电话，大家先吃吧。"

　　Miss李看林琰琰吃饭途中撇开大家，刚开始还有些不开心，但见林岚都没说什么，也就没多说了。

　　林琰琰到餐厅外面先给林巍巍的班主任许老师打电话，然而许老师接起电话就气哼哼地道："今早没看到林巍巍上学。对了，林小姐，我还正想跟你说这个事儿呢，林巍巍他可是第9次旷课了啊，这已经是继我多次警告，并拿处分威胁之后他仍然再犯，实在藐视纪律不顾老师的威严！如果他以后还这样，我可没办法管了，你给领回去吧！"

林琰琰慌了，赶紧好声好气乞求："许老师，您再给他一次机会吧！昨天半夜他给我打了两个电话之后，手机就一直关机了，我也不知道他怎么回事呢，等我找到他再向您赔罪解释，您千万一定要再给他一次机会！"

"他还能去哪儿，这小子整天跟商权混一块儿，上夜店，打架斗殴，哪有高中生的样子？他做的那些事每一件事都够处分他的了！"

林琰琰很尴尬，继续乞求道："您再给他一次机会吧，也许这一次真有什么事，我再找找他……"

林琰琰好说歹说求了一阵子，许老师总算答应暂时不追究了，她挂断电话之后心情真是无奈又郁闷，问不到林巍巍的下落，就更让她提心吊胆了，平时那小子手机不离手，一定是出了什么事情了。

下午林琰琰怎么都无法静下来工作，3点多钟的时候，终于接到了林巍巍同学的电话。

"喂，你是林巍巍的姐姐吗？"对方是一个语气稍显稚嫩的少年。

"我是，怎么了？"林琰琰皱眉，在高兴得到林巍巍消息的同时，又担心林巍巍怎么让他的同学打电话，而不是他本人打。

少年纠结了几秒后，忽然哭着喊："姐姐，你过来一下吧，就在第二人民医院，林巍巍他被人打了，在逃命的过程中，出……出车祸了！"

林琰琰听到"出车祸"三个字后，觉得整个世界都黑暗了，手机几乎要握不住摔到地上。她感觉脑子空白了一下，此时她已经想不了其他，所以她挂了电话以后马上去找Miss李。

Miss李听说她马上要请假，生气地瞪大眼睛问："马上要开集团会议了，你与林岚要与IV总部接触，陆总对这个会议非常重视，而且你是关键与会人员，这时候你要请假，你开什么玩笑？"

林琰琰双手握着手机不住发抖，声音也颤抖着说："我弟弟出车祸了，我从昨天晚上就联系不上他，我必须去医院一趟！"

"这……" Miss李随即皱眉，很为难，"可是……可是这个会议非常重要，陆总都参加了，你总不能这时候走吧？能不能再等等，好歹挨过一个小时再说，等到所有人都到了，重要的事情也大致说了，你再请假，我们没有人会拦着你了！"

"我弟弟出车祸了！"林琰琰有些失控地喊道。

Miss李被她这一喊激得十分恼火，但是为了下午的会议，她只得忍着气好生劝慰："我们都理解你的情绪，家里出这样的事我们都很理解，可是马上要开会了，一切都准备好了，这个会议很重要，而且是专门为你而开的，你怎么能突然退场？你让我怎么跟集团的领导交代？"

林岚在一旁听到后，见林琰琰一直泪流不止，立刻仗义上前："要不然我顶替林琰琰做这个演讲吧，早上她跟我说了情况之后，我大致了解了，如果有什么要补充的，等她回来写报告再补充也可以。"

Miss李嗔怪地看了林岚一眼，心想关你什么事呢，你只不过是景辉集团人力资源部的一名基层职员而已，开会也只是参与，少在这里瞎掺和！

然而没等Miss李发话，林琰琰已经激动地握住林岚的手感激道："谢谢你林岚，我先走了！"

林琰琰回座位收拾提包就打算走了，Miss李追出去语气凌厉："你就这么走了？我还没同意你请假！"

林琰琰头也不回道："如果你不同意，那就开除我吧！"

Miss李震惊了，以前林琰琰面对领导安排的工作不管再苦再累都没有一句怨言啊，没想到今天会这么反驳她，一时间被气得怔住了。

林琰琰在电梯前焦急地等待，门一开她就冲进去了，差点儿撞了刚刚从里面出来的人。而里面出来的人正是陆莘透和杨秘书。还好陆莘透躲得快才没有和她撞个满怀，杨秘书惊吓地捂了一下嘴巴之后，看看老板面色，才想起什么，赶紧回头皱眉道："林琰琰，这么急匆匆的，有什么急事吗。"

林琰琰冷冷地抬头看了那两人一眼，没有理会，迅速按电梯键。

杨秘书不解地望向陆莘透。

陆莘透冷着脸回身问林琰琰："马上要开会了你去哪儿？"

但林琰琰已迅速按上电梯门，像是从未看到他一样，自顾自地就下去了。

陆莘透心里越加不高兴了，这个女人还真越来越不把他这个总经理当回事了，以前她只敢在没人的时候对他摆冷面孔，现在杨秘书在场，她也这么拿乔了！然后一想到林琰琰和景辰的种种，想到林琰琰对景辰如此恭敬却对他如此冷漠，他就越加愤怒。自以为是的女人，你一定会后悔的！

对林琰琰来说，林巍巍比任何事情都重要。自从妈妈死后，她就跟弟弟相依为命，这些年她坚韧地活着，做了这么多事都是为了林巍巍，即便此时她在陆莘透手底下忍气吞声地工作，不敢轻易辞掉工作也都是为了林巍巍啊。如果林巍巍出了事，她的这些坚持都没有意义了，怎么还有心思考虑陆莘透的想法，怎么有心思考虑工作和前程的问题？

她希望这个电话只是有惊无险，林巍巍的同学一定是说严重了，林巍巍没有这么严重的……这世上的车祸有很多种，不一定都是要人命的，也有可能只是擦破皮，或者……哪怕林巍巍断了一条腿……也比死了强！

但是如果林巍巍断了一条腿，以他养尊处优的性子，以后怎么办啊？

林琰琰坐在的士上，想着想着，眼泪就不可抑制地掉落下来。

她赶到了第二人民医院，七转八转好不容易才找到林巍巍所在的病房。可是她一看到林巍巍所在的病房门口的情形，腿就不由自主地软了。

林巍巍病房门口围了几个学生，都是十七八岁的年纪，他们表情都很低落，似乎真的发生了重大的事情。林琰琰的脚步瞬间沉重了，她不敢过去得太急，生怕面对不好的场面，只是一步一步挪着沉重的步子走过去。

那几个学生眼看有人走来，都抬起头来，其中有一个人认识林琰琰的，连忙站起来说："姐姐……"

这个男孩子很高，差不多一米八，身体也很强壮，脸圆圆的有点儿肥。这个人正是景行高中里出名的烂学生商权。据说景行高中没有人不怕他，连老师也治不了他，而林巍巍却一直跟商权玩耍，不顾她三番两次地劝告，依然与他混在一起。

林琰琰对商权没什么好感，但是从林巍巍口中听过商权的家庭背景和行径事迹，她本能地对这名学生产生一些抗拒，如果没必要，她一定会对这个人敬而远之的。

林琰琰点了一下头焦急地问："林巍巍在里面吗？"

商权回望了病房一眼，再看向林琰琰的眼神有些迟疑，停顿片刻才点点头，然后就低下头不敢看林琰琰了。

林琰琰立刻绕过他走向病房，临近门口的时候发现门口有个学生蹲在那儿哭鼻子，见有人来了立刻抬头，喊了声："姐姐。"

林琰琰立刻听出来这个声音是刚刚给她打电话通知林巍巍出事的那个学生了。

她对哭鼻子学生点了一下头，推开病房门。没想到病房里已经来了两个人，冯清和林行远。

林行远坐在林巍巍窗边的椅子上，不住地唉声叹气；而冯清穿着高跟鞋，在窗边踱来踱去焦躁地打电话。

林琰琰愣了一下，还是走进去轻轻关上了门。

门扉轻轻关闭的声音让房间里的两个人同时抬头望向她，林行远带着几分紧张从椅子上站起来，心虚地说："琰琰，你来了啊。"

冯清正在打电话，看见她进来了也停了几秒，然后才继续对着电话里的人喊："你必须给我办妥这件事，必须！你知道对方是谁吗？人家可是厅长，厅长！"然后就挂上了电话。

林琰琰没有理会他们，紧张地一步步踱向了林巍巍的床边，她觉得她每走一步，脚上都灌了铅一样千斤重，在离林巍巍的床还有一米的位置，她就一屁股瘫坐在了地上……

　　林巍巍整个头部都缠着纱布，裸露出的地方看得出他受了非常重的伤，眼睛都肿了。他戴着氧气罩，手上插着输液管，奄奄一息的样子，要不是她对自己的弟弟太熟悉，根本无法从这副脆弱而狼狈的模样认出他来。

　　林行远慢慢走过来，想扶起她，又后怕地缩回手去，道："琰琰，我们已经在想办法了，爸爸和冯阿姨绝对不会让警察把巍巍带走的，而巍巍的病我们也会找医生治好。"

　　林琰琰颤颤巍巍地从地上爬起来，顾不得一脸冰凉的泪，艰难地走上前欲抚摸林巍巍的头。林行远立刻抬手制止："别碰他……巍巍的头部受了很严重的撞击，才刚刚结束手术，千万别碰他的伤口。"

　　林琰琰无法相信，林巍巍到底受到了什么样的伤害，他安安静静地躺在那里好像随时可能没了呼吸一样……

　　此时，门外忽然喧哗起来，几个学生本来趴在门口观望病房里面的动静的，听了喧哗以后，都不由得浑身一抖，就连天不怕地不怕的商权也害怕地缩了起来。

　　一个身材矮壮的女人一脸凶悍地朝这里奔来，她身上各种金晃晃的首饰叮当作响，脚下那双恨天高的力度快将楼板踩碎，她抓着巨大的带着LOGO的名贵包包气势汹汹想挤进林巍巍的病房。

　　商权等几个学生在门口推挤了一下，本来要阻止她的，谁知那女人忽然抄起自己的包便劈头盖脸往几个学生头顶上扣去。商权等人被打得嗷嗷直叫，但又不敢还手。女人一马当先杀出了包围圈，气势汹汹地推门走进林巍巍的病房。

　　林琰琰皱着眉看着这个既泼辣又无礼的人吵吵嚷嚷地进来，强打起精神问："你是谁？"

　　女人迅速扫视了病房里的三个大人两眼，扯着大嗓门喊："谁是林巍巍家属？"

　　她喊话的声音明明是冲着林行远的，可是林行远却低下头躲避她的目光，不敢回应。

林琰琰冷静地站起来回答："我就是，这位太太您有什么事？"

女人二话不说，大步上前就甩了林琰琰一个耳光。林琰琰被打得耳膜都震动了，有很明显的耳鸣声，她甚至尝到了牙龈间的血腥味。这一巴掌甩得真狠啊，她脸上瞬间传来火辣辣的疼。

林琰琰还很明显地听到身后的冯清发出"咻"的讥笑声。事实上，冯清看到女人走进来的一刹那就知道怎么回事了，所以她双手抱臂，自始至终围观着，看到林琰琰被打她不同情，还扯起嘴角很痛快很轻蔑地讽笑了一下。

林琰琰又急又恼地看着女人，还没来得及问清楚是怎么回事，女人就冲上前一把抓住她的衣服，爆出一声惊天的哭喊："你还我儿子！"然后就泪如雨下，号啕大哭了。

这时，商权等学生也纷纷冲进来劝架："阿姨，就算是巍巍的错你也不能打家属啊！况且你儿子也不是什么好东西，你以为你儿子没打人啊？"

女人闻言大怒，操起天下无敌的名牌包又朝林琰琰等人头上砸去，不过这一回林琰琰学聪明懂得躲了，而商权等人也及时上来阻拦，女人打不到，就一直哭着喊："你还我儿子，你还我儿子！"

场面一片混乱，林琰琰忍着脸上刀刮般的疼躲到一边，心里大概明白是怎么回事了，这个女人一定是和林巍巍打架的另一位正主的母亲了。她刚想冷静地找知情学生了解清楚前因后果时，门外又进来几个人，一名穿着名贵套装身材高挑的短发中年女子气势凌人地领着两名警察一齐进来了。不仅如此，门外似乎还站了不少警察，数数有五六个，学生们看到了都很紧张，就连商权也下意识地松开还在哭天喊地的女人，乖乖地低头躲到一边了，生怕惹来警察的注意。

打人的女人一看到短发女人立刻甩开包包，扑过去抱住她哭喊："芸芸你来了，求求你为我儿子做主啊！"

短发女人安抚性地拍拍她，目光凌厉地朝林琰琰等人扫来，她天生带着一股强势的气场，这一眼让冯清也不敢贸然吭声了。她一边高傲又冷漠地扫视着众人，一边劝慰哭泣的女子道："大姑，你放心吧，这件事我会处理好，一定不会让禹儿受委屈的！"

"你一定要处置他们，一定要处置他们，不能让他们好过，可怜我儿子到现在还在急救室里没有出来呢……"那女人一边哭一边急得直跺脚。

短发女人忽然转向林琰琰，问："你就是林巍巍的家属是吗？"

林琰琰此时已经感觉到事情非常不对劲了，但还是默默点了点头。

"他是你什么人？"

"他是我弟弟。"林琰琰坦白承认。

短发女人轻哼一声，转头示意身后的警察，其中一名矮墩墩的警察立即掏出证件示意，严肃地对林琰琰说："你弟弟涉嫌故意伤人罪，因嫌犯重病在床，麻烦嫌犯家属跟我们到警察局走一趟！"

嫌犯？林琰琰一瞬间真真感觉到晴天霹雳，震得她脑袋发麻，这接二连三的转折让她越来越清楚事情的严重性，也让她心底的焦虑越来越清晰。

门外守着的警察也进来了，将商权等五名可能牵涉其中的学生清点了一遍一起带走了。

自警察到来后，一直缩头缩脑的林行远终于走出来了："警察，这是怎么回事呢，我想中间是不是有什么误会？"

警察扫了他一眼，严肃地说："我们收到受害者家属报案，是否是误会，家属跟我们到警察局做了笔录调查清楚就知道了！你是林巍巍的什么人？"

林行远嗫嚅着双唇，摇摇头连连后退，连看林琰琰一眼都不敢了。而冯清依旧站在窗边事不关己，双手抱臂噙着一抹幽深的冷笑。

林琰琰知道警察只是例行问话，并不会为难家属，她静默地回头看了一眼依然昏迷不醒的林巍巍，最终还是咬牙跟着警察一起去警察局了。

她好歹得了解是怎么回事，要搞清楚林巍巍犯了什么错误才能想办法拯救他啊！

去警察局的路上，学生们坐在警察堆中间，都低着头不敢吭声，之前哭鼻子的学生更是泪流不止，不过也只敢轻轻抽泣。一向不可一世的商权耷拉着脑袋，一脸愁容。

林琰琰望着这些学生，莫名鼻酸，都不过是十七八岁的孩子，要是摊上这么大的事估计未来都得毁了，要是还未成年的还好，刑法对未成年人有保护，可万一要是刚刚满十八岁，那真的就没法子了。

想到现在林巍巍还是那副样子躺在病床上，她也无心安慰他们，更别说是商权，假如没有商权，林巍巍也许并不会摊上这样的事。而她现在也只能咬着牙挺着，希望到公安局以后，还原事情的原委。她心里隐隐有些不祥的预感，这时候她唯一祈求的是希望林巍巍不是主犯！

可是，生活就这么幻灭，在林琰琰已经准备接受沉重一击的同时，生活还不客气地继续给她雪上加霜……

公安局里，因为学生家属的介入，笔录被中断过两次，三个小时后终于结束。

林琰琰颤抖地在笔录确认书上签字之后，都不知道是怎么拖着沉重的步伐走出公安局的。

商权和两个涉案严重的学生直接被拘留了，另外两个被放了出来，抖着双腿跟随家长离去。哭鼻子学生看到林琰琰魂不守舍地从楼梯上下来的时候，忽然跑过来叫她："姐姐……"

林琰琰看着他，眼神里充满疲惫憔悴。

方才做笔录的时候，她知道这个少年叫刘意涵，名字女气，连性格也稍显柔弱，不过接触之后她觉得这个学生心底还是真诚善良的，也不知道怎么就跟商权等人走到了一起。

刘意涵哽咽着说："姐姐，我对不起你，对不起巍巍，我对不起你们！"

林琰琰没明白他奇怪的道歉，却顾不上多想，只苦涩道："你为什么对不起我们？"

刘意涵只是低着头哭，不说话。

林琰琰摇摇头准备走，他又急促地说："总之我对不起你，对不起巍巍，你们……不要怪我……"最后一声，他说得很小声，似乎有什么苦衷。

林琰琰抬手，拍拍这个哭鼻子的少年，忍着痛安慰他说："你没有对不起我，也没有对不起林巍巍，这是林巍巍自己犯的错，不需要别人来说对不起，而你以后……吸取教训，不要走这条路了！"

刘意涵点点头，林琰琰拍拍他的肩说："好孩子！"说完就匆匆赶去医院了。

刘意涵望着她的背影，低声喃喃："姐姐，我对不起你们，对不起林巍巍。"他回头望着公安局，继续喃喃自语，"我也迫不得已，你和巍巍不要怪我……"

林琰琰行尸走肉般到路边拦计程车，上车离开这个沉重得让她心痛的地方，继续往林巍巍所在的医院去。

她真的不知道要怎么消化在公安局里那三个小时的笔录。这五个孩子交代说，他们跟王禹智看不对眼，已经发生过好几次摩擦了。可是上一周，王禹智欺负林巍巍喜欢的女孩子，林巍巍气不过，就怂恿商权等人一起约王禹智出来谈判，谈判的地点就在江北大桥下。就是昨天晚自习，王禹智等人集体逃课出去了，林巍巍商权等人因为碰到班主任坐班严抓，熬过了几个小时的晚自习才过去的，正是因为这一点，王禹智对他们的迟到很不满，一碰面就开始争吵，吵着吵着就各种问题混在一起无法达成一致，于是动手打了起来……

那时候是在凌晨1点左右，桥底下和周围河滨都没有行人，所以即便聚众斗殴动静很大，也没有人报警。

后来林巍巍追着受伤的王禹智跑上河滨大道，可是过马路的途中出了车祸，这才有肇事司机报警，才把这个事情越捅越大。

最让林琰琰揪心的是，当警察问及动手打伤王禹智的人是谁时，五个孩子集体说出了林巍巍的名字……

然而这件事更严重的还不仅仅于此。

林巍巍打伤的王禹智，是A市富商王腾的儿子，要说一个富商也没有什么，A市富商满大街都是，可偏偏这个富商的老婆，也就是医院里动手打人的女人，正是本省公安厅胡厅长的胞妹。今天在医院里领着警察前来的短发女子，正是胡厅长的夫人，也就是王禹智妈妈的嫂子。A市名媛圈里都知道，这两个女人在各自结婚前就是很好的闺蜜，胡厅长以前有一个老婆，可原配早死，王禹智妈妈就把好闺蜜介绍给自己的哥哥，于是成了姑嫂关系。所以短发女子明明是王禹智妈妈的嫂子，却比她还年轻。

这两家的亲属关系这么铁，胡厅长不可能不为自己重伤的侄子做主！

林琰琰想到这里，心情沉到谷底。

林巍巍啊林巍巍，姐姐保护了你这么多年，小心翼翼地自己受着苦，不轻易让年纪小的你受到伤害，可是你为什么还是把自己给毁了？林琰琰在心里默默质问着不争气的弟弟，眼泪却不由自主地不停滑落。

第十章
她也是这么孤独地坐着，
时间漫长得就像过了一个世纪。

林琰琰到医院的时候已经很晚了，冯清和林行远居然还在，她正疑惑他们居然这么好心一直守护着林巍巍时，就听到这两人在里面的交谈。

"要是巍巍被判刑了，作为家长需支付赔偿，对方来头很大，这可不是一笔小数目啊！"林行远摇头叹息。

"关你什么事呢，你又不是林巍巍的家长了，头疼的该是林琰琰吧！"冯清没好气地责骂。

"我……好歹也是巍巍的爸爸啊！"

冯清冷笑一声："你已经跟前任离婚，这孩子是判给前任的，而且你们父子已经分开很多年了，林琰琰才是林巍巍的第一监护人。"

"如果是这样子，我就没有权利找巍巍要他的肾救治子说了。"

冯清的声音立刻高了八度："那绝对不行！我们今天来这里是为了什么，我为这死孩子打这么多电话，求这么多人情是为了什么，你真当我这么好心吗？还不是因为我们的子说！"

"那万一警察要我负责我能怎么办？我能拒绝吗？对方是厅长，我们有再大的能耐也没法跟厅长对抗啊！"林行远也很着急了。

冯清沉默了，想了一会儿忽然问："林巍巍伤得有多重？"

"挺严重的，我接到他同学电话赶来的时候，他浑身都是血，已经不省人事了。医生检查后说脑部损伤严重，治不好……就没了，如果治得好，也有可能成为植物人。"林行远说完摇摇头，无奈叹息。

林琰琰在门外偷听着，心底是彻骨的冰凉，她完全没有从林行远眼里看出父亲对儿子的一丁点儿疼惜。

冯清焦灼地走了几圈儿，忽然走到林行远面前："我们不能让他就这么死了，就算要死，也要让他先签署器官移植协议，否则以林琰琰的性子，她绝对不会容许我们动林巍巍的身体的。"

林行远惊讶地看着冯清，冯清又斩钉截铁地说："我们也不能让警察把林巍巍带走，就算要带走也是做了器官移植手术之后，否则这一场牢狱之灾……我们的女儿等不了这么长时间啊！"

林行远沉默，望了病床上的林巍巍一眼，叹口气低声说："我觉得这样子……对不起巍巍。"

冯清立刻生气了，她抓着林行远的手臂耳提面命再三强调："你要是心疼他，那我们的女儿怎么办？难道你就不心疼我们的女儿？玎说一天天消瘦，一天天忍受病痛的折磨，在这个节骨眼上你还有心情关心别的吗？现在我们要做的就是两件事，一是让林巍巍签署器官移植协议，二是一定要赶在警察把林巍巍带走前做肾脏移植手术。其他的我们都管不着，你明白吗？"

林行远沮丧地低着头，没点头也没摇头，重重地叹息一声，抱着头就这样蹲在地上。

林琰琰心寒到了谷底，冯清真是比蛇蝎还狠毒啊，巍巍已经这样了她还盘算着怎么谋取他的肾脏，难道她就不怕遭报应吗？

这时，病房里忽然传来"嘀嘀嘀"的声音。林行远惊恐地看了林巍巍一眼，立刻扑上去呼叫："巍巍，巍巍？"

冯清也惊讶了，上前去看，不过她更担心林巍巍死了她拿不到肾脏。

林琰琰在门外看到林巍巍身子抽搐颤抖，而旁边的心电监护仪很明显地成直线了，她吓得赶紧推门进去，拉开林行远后边按响床头的呼叫器，边趴在林巍巍面前焦急地呼喊："巍巍，巍巍？"

　　林巍巍蹙着眉一脸痛苦的样子，但是根本没有醒来。医生和护士匆匆赶来，简单查看了一眼林巍巍的状况，就开始将家属驱赶出去就地抢救。

　　林琰琰趴在门外看着医生拿除颤仪给林巍巍做心肺复苏，但是不管用多大的压力，即便震得林巍巍整个身子都弹跳起来了，心电图上还是一条直线。

　　医生转头对护士说："马上安排，送去急救室！"

　　林琰琰急得眼泪都出来了，只觉得心揪得紧紧的无法呼吸，她一路跟随医生护士追问："医生，我弟弟怎么样了，他现在怎么样了？"

　　医生不敢做任何肯定的回答，等把林巍巍送进急救室，医生换了衣服即将进去做手术之时才回头说："病人现在很危险，我们尽力拯救，然而家属也要做好心理准备！"

　　林琰琰感觉那一瞬间天都要塌下来了，她努力经营和维持的家啊，难道到这一刻也要散掉吗？她努力保护多年的弟弟，也要像母亲一样狠心地离她而去？

　　她虚软地坐在椅子上，盯着地面失神发呆。

　　冯清也着急了，用眼神示意林行远上前找林琰琰说话，可是林行远抱着头愁苦地蹲在地上，看都没看她一眼。她恼火地瞪了瞪他后自个儿上了："你弟弟这样子，我们也不希望他有事，但是我觉得救人一命胜造七级浮屠，如果他真的没了，你让他做一件好事，洗刷你和你妈妈所造的罪孽，未尝不是一件好事。"

　　林琰琰一听就知道冯清打的什么主意，她抬头冷冷盯着冯清，周身散发着凌厉的杀气。

　　此刻冯清已经非常焦急，她担心林巍巍如果下一秒就没了，那林子说该怎么办！情急之下，她立刻张嘴就问："上次你爸和你谈的事你考虑得怎么样？如果你和林巍巍愿意救助我的女儿，我一定想办法发动我的人脉财力拯救林巍巍，不会让他有事的，这于你而言也是一件好事！"

　　"你可以从这里滚出去吗？"林琰琰声音冷冷的，带着咬牙切齿的恨。

　　冯清觉得林琰琰顶撞她的好意简直不知好歹，气得差点儿跳起来："我是好心帮你！如果我不出手还有谁可以帮你？你别以为我总想害你们，如果没有你，我女儿也不会这样，你本来就该无条件偿还对我女儿的亏欠，如今我还愿意帮林巍巍已算仁至义尽，你还敢冲我发脾气？"

林琰琰站起来，居高临下地瞪着她说："这里不欢迎你，请你立刻滚！"

"林琰琰，我可是给你机会，你以为世上有这么多不求回报的好心人愿意救你那不成器的弟弟？"冯清气急败坏地喊。她比林琰琰矮许多，当林琰琰一脸杀气地站在她面前，她还是有些胆怯的。

林琰琰恨极了冯清那恶毒的嘴脸，巍巍还在急救室里，冯清居然可以光明正大地趁火打劫！她咬牙切齿道："你走不走，还是等我下逐客令？"

"医院不是你家，你凭什么让我走就走？"

林琰琰怒极了，四顾看了看，本来想找医院的保安的，可惜不见人影，于是掏出手机胡乱按了一串号码，对着电话里说："喂，110吗？这里是××路第二人民医院，有人威胁我，我需要你们的帮助！"

林行远一听愣住了，他怎么也没想到林琰琰居然会打电话报警，赶紧上前劝："琰琰，算了！算了！"

冯清更是大怒，她也算是一个领域里的知名人士了，如果被林琰琰这么一弄把她带到公安局里她的面子还不丢光了！

冯清冲上去欲夺下林琰琰的电话，可惜林琰琰手一扬高，仗着身高优势躲过她的进攻，又扬一扬手机，示意她已经打完了！

冯清气得咬牙切齿："好好好！算你狠，算你狠！"她恨恨地看了林琰琰一眼，那眼神像是一把剔骨的刀，这时候她恨不得把林琰琰一刀刀给削了……但是最终还是不想把事情闹大，毕竟她要拿走的可是她继子的器官……她狠狠剜了林琰琰几眼扭头就走了。林行远也亦步亦趋地赶紧跟上。

他们终于走了，林琰琰疲惫地坐回椅子上，不禁悲从中来。

她想着母亲从天台上跳下来的一幕，想着母亲被救护车送往医院，想着母亲进入急救室之后，就再也没有出来……当时她也是这么孤独地坐着，时间漫长得就像过了一个世纪。等到医生和护士终于出来了，却只看到医生遗憾地摇摇头宣布："我们尽力了，但是病人伤得很重，回天乏术了，希望你节哀……"

那一瞬间她整个人都崩塌了。

如今她也像当年一样孤零零地坐在急救室门外，她害怕八年前的事重演，那句让她山崩地裂的话她听过一遍再也不想听了，这辈子都不想再听了！

一股深深的无力感袭击她的心头，她的眼泪就这么掉了下来，越擦掉得越厉害，好像洪水决堤了，心间的闸口打开，她再也抑制不住自己的情绪。

她是多么地孤独和难过！她甚至已经没法去痛恨冯清和林行远了，只觉得老天不公平，为什么要一次次从她身边夺走她最亲最爱的人？！她心里充满了恐惧，医院白色的墙、红色的提示灯、刺鼻的消毒水味都像魔鬼一样折磨着她的心脏，她真怕等不到结果就会因为害怕而窒息死去。

不知道在门外守了多久，林琰琰就一直这样失魂落魄地呆坐着，直到急救室的灯灭了，她立刻惊得弹跳起来。

看到医生筋疲力尽地走出来，她颤抖着赶紧上前一步，不敢随便问话，只是悲痛地、焦急地、期盼地望着医生。

医生的表情很严肃，额间布满汗珠，他摘下口罩，叹息一声，然后笑了，对林琰琰说："救回来了。"

救回来了！！

这句话对林琰琰来说，简直犹如春天百花齐放。她第一次体会到这种所有希望都即将破灭的瞬间又奇迹复苏的激动虚脱感。

还好，救回来了！历史没有重演，至少这一刻，老天没有亏待她！她不是克死人的硬命，还好老天把她的弟弟给她留了下来，这对她来说已经是万幸了！她几乎是控制不住地立马瘫软到椅子上，她真的没有力气了。

林巍巍被推回病房，林琰琰守了他一夜，看着心电监护仪上他的心跳线条平稳，呼吸均匀，虽然没有清醒，但是已经度过危险期。她就这样趴在林巍巍的床边睡着了。

第二天清晨5点多，医院的走廊里突然响起一片嘈杂，哭闹声尖叫声不绝于耳。林琰琰迷迷糊糊起身出去，只看见走廊尽头的病房人头攒动，似乎聚集了不少人。

她好奇地走过去，才走几步，就看到穿金戴银熟悉的身影，她立刻就明白了，却也不敢再往前一步了。那个哭号不止的女人，正是王禹智的妈妈。

林琰琰想起在警察局做笔录时，刘意涵交代是林巍巍追着王禹智上公路被汽车撞了，才招来120把受伤的学生一起送到附近的第二人民医院的，所以这里不仅仅住着林巍巍，还住着王禹智。听学生们说，王禹智是中了两刀血流不止，林巍巍被车撞到后，王禹智也直接晕倒在马路边了。

林琰琰一方面愧疚，另一方面也因为这时候不知该如何面对，所以只敢远远地望着。忽然见护士从病房里将王禹智的病床推了出来往电梯里走，王禹智的家属们一路哀号随行。

等他们都走了之后，林琰琰赶紧拉住经过的一个护士问："您好，我想问一下，701病房的病人怎么了？"

护士愣了一下，回头看了701病房一眼，摇头一脸遗憾地说："那孩子怪可怜的，听说是打群架，他挨的两刀几乎都在要害的地方，我们医院救不了了，他们家长正要往大医院送。"

林琰琰的手不由自主地开始发抖，面色惨白，一时间虚脱得赶紧靠在墙壁上，好一会儿才说："谢谢！"

见她这副模样，护士狐疑地望了她一眼，但是什么也没说就走了。

林琰琰的心里升腾起无边的恐惧，一方面害怕，一方面又备受良心的拷问。她游魂一般走到701空荡荡的病房门口，看着人去楼空安静的房间，想象着几分钟前王禹智躺在床上生死未卜的样子……将心比心，那天王禹智妈妈打她，也一定是出奇地愤怒和悲痛的，她没法责怪王禹智妈妈，但是也心疼得不知道怎么把林巍巍交出去。

王禹智是他妈妈的命，而林巍巍，也是她的命！

第十一章
哪怕再苦再累，
她都不应该向命运低头！

林琰琰草草吃了个早餐，给林巍巍喂了点儿粥之后，就给公司打电话请假。

Miss李在电话那端大发脾气，因为昨天林琰琰走后，集团会议就没法开了，她没法向上级领导交代，正愁气没处撒呢，林琰琰这时候撞上来了。

林琰琰安静地等Miss李发泄够了，依然平静坚定地说："经理，我今天还需请个假，因为我弟弟没人照顾。"

Miss李气得简直要跳起来了，电话里再次传来各种尖锐的斥责。林琰琰皱了皱眉，直接将电话挂断，后来Miss李再打来，她也不接了。

现在，她怎么还有心思工作呢？工作丢了虽然可惜，但是林巍巍现在这样子……她已经没有足够的精力和心情想着未来的事情了，眼下她连明天会怎样都毫不在意了。

没想到中午的时候警察再次上门了，他们先询问完林巍巍的病情，再对林琰琰说明来意——经过调查后，警方对此案件已经有了初步的结论：林巍巍是案件的主犯，也是直接造成受害者严重受伤的嫌犯，受害者家长已经对林巍巍发起刑事诉讼，需要林琰琰配合。

警察让她代替林巍巍上法庭，林琰琰没有丝毫异议。她没有把林巍巍管教好是她的责任，发生这么大的事，她也必须要直视。

可是，警察又告诉她："被告人林巍巍生于1999年11月23日，截至案发时年满17周岁零两个月，虽是未成年人，但已经达到完全承担刑事责任的年龄，需负全部法律责任。"

林琰琰紧紧地握住手不让自己颤抖，低着头支离破碎地回答："我知道了……"

她心焦不已，林巍巍有伤在身，就算一年后他的伤也不一定能好全，还时刻需要就医，那时候如果他进监狱了该怎么办？更不要说前途……全毁了……

警察给林琰琰带来了法院的传票，找医生记录了一下林巍巍的病况就走了。但是留两个警员轮流值守在林巍巍病房门口。

林琰琰一夜没睡好，再加上没有胃口，吃不下东西，等到下午她已经感到自己身体有些不适了，但是却没有心情理会。

她起身出门，打算去洗手间，护士却在这时候过来寻她："你是林巍巍的家属吗？"

林琰琰点头："我是。"

"麻烦先跟我到收费窗口结一下林巍巍的手术费吧！"

林琰琰的心咯噔一下落了下来，再看了看护士递过来的账单，上面的总金额让她整个人都不好了，那种感觉就像从地底下钻出来的钻心的冷气，快速蔓延到她全身，迫使她心脏剧烈收缩，窒息般地疼痛。

她尴尬地低声对护士说："护士……我一下子没有这么多钱，这笔费用，能稍微晚一点儿结算吗？"

护士一副公事公办的样子："医院不是福利院，你要先结了费用我才能给林巍巍进行下一步的治疗的。"

医院确实不是福利机构，换作平时林琰琰也是十分赞同的，但是当这种事落到自己头上，她才知道这种无助感和毁灭感竟如此强烈，强烈到可以恨不得自己去死。

她难堪地低下头，咬咬下唇，又小声地对护士祈求："我身上……没有这么多钱，林巍巍入院的时候……不是也没有支付过费用，你们也给他动手术抢救了，能不能再晚几天？"

"他入院的时候他爸爸已经结算过了，所以昨天他还没有产生欠款。但是今天加上今早的抢救和种种医药费，你得先结算了。"

林琰琰顿时沉默了，一种难以言喻的自尊感和自卑感同时涌上心头，让她不知如何自处。

对这种情况见多了的护士，又换了一种方式软声劝道："我们知道你也有难处，我也想帮你，可我也只是为医院办事的，这个事情办不妥我就没法交代，就要受到处罚。如果一两个人我还可以好心帮忙，可是我见过太多像你这样的困难家属了，我也帮不过来，所以，真的很不好意思了。你还是想想办法，怎么把这笔医药费结清了吧，不然明天我们也不好给林巍巍开药。"

林琰琰低声说："我知道了。"

护士点点头，不再多说什么就走了。

林琰琰失魂落魄地回病房拿了包，与警察打了声招呼就离开医院了。她必须回公司去，除了找公司预支工资，她没有更好的办法去筹集这笔医药费了。

但是，哪怕她预支两三年的工资，也没法筹齐林巍巍的医药费啊，而且公司也不会给她预支这么多个月的工资吧……但是，现在已经管不了这么多了，只能先过去了再说。

她赶到公司的时候已经快下班了，办公室里的同事忙得焦头烂额的也没谁能管谁。

林琰琰站在门口犹豫了一会儿，直到去茶水间泡咖啡回来的同事小陈看到她，惊呼一声："呀，琰琰你来了，才一天不见你怎么变得这么憔悴，黑眼圈好严重啊！"

林琰琰勉强一笑："小陈，这两天工作忙吗？"

"忙！唉，你走了以后工作都由我们顶替了，可我们哪里做得过来，才知道这阵子你的辛苦，你的岗位我们的确是做不来的！"顿了一下，小陈拉她到一边偷偷说，"对了，我跟你说一件事，你擅自缺席集团会议后，经理被陆总骂了一顿，她很生气，这两天给小帅哥施压逼着他赶快招人，如果招到了她就打算辞退你了！"

林琰琰的心一抖，她立刻想到的是如果公司辞退了她，她会得到赔偿金，可是来公司没满一年的她能拿多少钱？而且一旦被辞退，就无法申请预支工资了，她拿什么支付林巍巍的医药费，将来没有工作，林巍巍又处处要钱，房租和生活费也要钱，她怎么办？

林琰琰已经如坐针毡了，拍拍小陈的手说："小陈谢谢你，谢谢你真心相告，我先去找经理请罪了，改天再……"她本来想说请人家吃饭的，可是现在哪怕一毛钱对她来说也很重要，她也只能当铁公鸡了，就改口说，"和你聊聊！"

说完，扔下一脸愣怔的小陈，大步朝人事经理办公室走去。

Miss李正对着电脑工作，听见敲门声就让进来了，然而一看是林琰琰，她的脸立刻垮了下来。

这两天林琰琰让她非常失望。本来当初她和景总一起把林琰琰招进来的时候还非常看好林琰琰，很想花心思培养的，谁知道林琰琰竟得罪了陆总不说，事后还因个人私事而置公司利益于不顾，最重要的是还扯着她一起受到了牵连。

看着Miss李一脸冰霜的样子，林琰琰强迫自己上前："经理，我是来跟您道歉的。"

Miss李起身，关上了百叶窗帘，阻隔了外面的视线之后，没好气地问："道什么歉，为昨天你缺席会议而道歉？"

林琰琰难过地低下头，声音哽咽："我知道我昨天的表现给部门带来许多损失，也让领导对您不满，但是我弟弟出车祸住院了，伤得很严重，我家里只有我和我弟弟，我必须照顾他，如果我不在他旁边，就没有人照顾了。"

Miss李微微冷笑了一下："如果公司不准许你请假就会显得无情无义，缺乏人道主义精神，我做人事这么多年了，也不是不懂得体恤员工，但是你要请假怎么不提前申请呢，为什么非得等会议安排了，所有领导都等着你的时候，你就缺席？我明明看到你中午就神色匆匆地出去打电话了，你说，难道那时候你不知道你弟弟出事了？"

"当时……我只是联系不上我弟弟，出门给他班主任打电话，我还并不知晓他出事了，等到下午准备开会的时候……我才……"

Miss李不由分说地打断她："就算事出紧急，可是集团会议这么重大的一个会议，所有领导都在等着你，你哪怕延迟一个小时再过去也不要紧吧？你弟弟现在还好好的吧，没有因为这两三个小时见不到你就怎么样吧？再说了你又不是医生，你去了能给他做手术？你说你当时稍微有点儿心为公司的利益考虑，就耽搁那么一个小时过去，又怎么了？"

林琰琰觉得Miss李的话越说越难听，她本身也是做HR的，Miss李这样的做事方法会寒了员工的心。但是她现在有求于人，于是只好忍着任她谴责不去反驳。

Miss李又说："嘀，现在说得多了，反而显得我没有人文关怀没有人道主义精神了，那我也实话告诉你吧，我对你不满，不是因为你缺席会议去医院看望你弟弟，而是你擅自离岗，还态度恶劣。公司花钱请我们，就需要我们为公司出力，不要领了公司的薪金，心却不在公司身上，这样的员工是无法为公司做好事的！"

林琰琰还是一脸虚心接受教诲的样子，不敢抬头。

"你说你来道歉，就能弥补你给公司造成的损失吗？能挽回领导对我们部门不信任的心吗？如果这些你都说能，那我就原谅你，既往不咎！"Miss李顿了顿，"可是你不能吧，你造成的这些损失都是没法弥补的，即便要弥补也要花很长时间很多心力。所以根据公司的管理规定，不好意思，我辞退你了！"她最后斩钉截铁，终于说出了最想说的一句话。

话音刚落，林琰琰迅速抬头，紧张地为自己辩解："李经理，你不能辞退我，你没有充分的理由辞退我。"

"什么充分的理由？嘀……"李经理轻笑一声，"你昨天下午和今天一整天的假我都没有批准，按照公司的考勤管理规定，员工擅自离岗半天，按旷工1天处理，连续旷工2天，就可以辞退了。而你已经旷工两天了，林琰琰！如果你要问赔偿金的问题，你做HR的自己最清楚！你来公司不足一年，辞退按一个月工资支付赔偿，再加上没有提前30天通知的代通知金，公司最多赔偿你2个月的工资，这个成本，我开除一名不听话的员工，领导还是同意的！"

林琰琰听得心惊胆战，情急之下她上前拍着Miss李的桌子喊："你不能开除我！"

Miss李被她这一拍给吓到了，一屁股坐回了座位上。

"如果你开除我，进行到一半的薪酬改革工作你要怎么办？重新找一个人吗？就算是经验再足的HR，刚进公司也需要花时间了解公司，而且这么大的数据，这么长时间的思路积累，她能一下子接受？马上要年底了，你能保证年底前她能完成这个工作？要是完成不了，才是对部门最大的损失！"林琰琰的眼神执着，"如果你执意要开除我，好，那我会向仲裁起诉公司！你说你有足够充分的理由，但是公司的规定里面也没有说不允许员工请假的吧？我有请假的权利，我因有重大的事情必须请假，我弟弟出车祸了需要照顾这个理由很充分，你不能不批准我的假期！如果你不批准还非要辞退我，那你就是恶意辞退，我相信仲裁庭也不会支持你的。Ⅳ是上市公司，要是这件事处理不好，宣扬出去，你让客户怎么看，你让股民怎么看，你怎么向公司的股东交代，我想这个问题才是李小姐你应该慎重考虑的吧？"

Miss李完全被她的话惊到了，错愕地张大嘴望着她，这个从来不拒绝不争辩的下属，竟然口才如此厉害，她之前确实小瞧了。

林琰琰缓了缓，继续说："经理，不要因为个人感情而做出错误的决断。我知道我曾经给你造成很多麻烦，你很讨厌我，但是如果你因为厌恶我而不惜代价辞退我，我想后果你也一定不想看到。相反，你要是给我一个机会，说不定我会给你惊喜，双赢的合作难道不比相互损害利益的挤对强吗？"

说完这些，看Miss李还在震惊当中，林琰琰立刻离开桌子低头道歉说："抱歉，这两天给领导造成麻烦了，我会写一封报告给总部，承认自己的错误，如果要处罚我也接受，接下来，我会好好工作的！"

说完，林琰琰就自顾自地开门出去了，Miss李一肚子气也只来得及喊一声"你……"，就被门挡在了里面。

林琰琰走出李经理的办公室，同事们皆惊愕地看着她，刚刚她反驳李经理的声音很响气势很足，外面的同事都听见了，大家压根儿没想到平时默不作声的林琰琰还有这么牛气的一面，最重要的是还句句击中要害。

虽然大家心里非常佩服林琰琰，但也不敢明面上赞同，只看了她一眼后，又都低头工作了。

林琰琰回到自己的座位，此时还有几分钟就下班了，她打开电脑里的OA系统，拟了一封报告，交代这两天缺席会议缺席工作的原因，向总部道歉并且申请请假。末尾拟了一份加快薪酬改革进度的计划，争取挽回损失，并且愿意接受公司处罚，但因为弟弟的医药费原因，她也向公司申请支援，希望公司发挥人道主义精神，预支她半年的工资。然后把报告发出去了。

因为考虑到报告如果先经过Miss李那儿，Miss李是绝对不会批准的，那么后面的领导也都没法看到了，所以她做了一个并联的流程，直接同时通知李经理、副总经理、总经理和集团人力资源总监。等所有领导审批后，流程就直接走到子公司财务经理身上，财务经理同意了，就知会出纳了。

她赌得挺大胆，但是也只能出此下策，这个流程走完后Miss李绝对不敢擅自不批，因为如果大领导们都批准了，她一个小小的子公司人事经理哪还敢反驳。所以等Miss李看到这个流程以后，即便对林琰琰再恨，也只能忍了。

报告发完，其他同事陆续下班了，林琰琰也跟着疲惫地收拾东西下班了，她还得赶紧去筹今天的医药费。

她先把各种理财基金账户里的钱都取了出来，再把存在银行的钱取了出来，然后回到家里，清点有没有值钱的东西。可是还远远凑不够林巍巍的手术费，她平时也是入不敷出的，现在根本解决不了这突如其来的大额费用。

把钱算一算之后，她垂头丧气地出门，正好碰见隔壁邻居王阿姨。

王阿姨见林琰琰很憔悴很低落的样子，就热情地关心了几句。

林琰琰本来不想麻烦王阿姨的，可是她真的没有办法了，人在屋檐下不得不低头，哪怕自尊心再强，也无法硬撑过去。所以她把林巍巍出车祸的事情对王阿姨说了。

王阿姨二话不说回家里翻箱倒柜，把家里的钱都给她了，又带上银行卡陪林琰琰出门。

林琰琰被王阿姨的热情吓坏了，她连连拒绝："阿姨，您真的不用帮我，不用这么麻烦，您给我的这些钱已经够用了，不用再去银行。"

"家里这点儿钱哪里够用呢？阿姨银行里还有点儿存款，平时退休金也够用了，那些存款用不上，就先借给你们姐弟俩吧。你们也怪可怜的，阿姨真是心疼你们啊！"

林琰琰的眼泪顿时喷涌而出，这是她这些天来遇到的第一份善意。

总算七拼八凑地把医药费支付了，她又开始深深忧虑，支付了今天，明天又该怎么办？

第二天早上，林琰琰必须回公司上班了，既然丢不起这份工作，也写了报告请求公司原谅，她就该好好珍惜。可是她去上班了林巍巍怎么办？

正当她快愁坏了的时候，王阿姨早早就过来了，还给她和巍巍买了早餐。王阿姨说："我就猜到你可能需要找个人照顾一下巍巍的，正巧我这老太婆没什么事，平时在家里闲着也是闲着，就由我帮你照顾巍巍吧，你好好回去上班。"

林琰琰挺感激王阿姨的，抓着她的手再三感谢之后就打算去公司上班了。

临出门时，王阿姨又喊住她："琰琰，等一下，王阿姨有一番话想要和你说。"然后就拉着她的手出门，躲开门口坚守的两个警察，到人少的地方说，"琰琰啊，你还记得前几个月王阿姨给你介绍的我的远房表侄吗？就是你曾经到丽香饭店相亲的那个。"

林琰琰想了一下，点点头。

"你对他印象怎么样？"王阿姨眼里闪着几分希冀。

对他印象怎么样？说实在的林琰琰早把人家忘了，连人家叫什么名字，长什么样她都不太记得，印象中那个男人挺矮的，黑黑瘦瘦的戴着一副眼镜，挺能聊的，吃饭的过程中一直说个不停，然后就不记得其他了。

王阿姨见她迟疑，就试探地问了句："你还记得他叫什么名字吗？"

林琰琰尴尬着一张脸，点头摇头都不是，因为觉得挺对不起恩人的。

王阿姨叹息一声："估计你早忘了，也怪我，当时回来就没有仔细问过你的感受。不过话说回来，当时我觉得你们两个都互不对眼的，也不好意思再问你们的感受了。谁知道过了几个月，我那表侄忽然想通了，又主动找我问起你的情况来了。"她脸上洋溢着欣慰的笑，"我瞧着呀，我那表侄现在对你挺上心的，一直打听你的情况，你要是愿意和他接触，说不定有戏。"

林琰琰沉默不说话，默默地低下头，生怕王阿姨看出她眼里的迟疑和抗拒。

王阿姨又趁热打铁："你现在的处境不是很好，如果有个人帮衬就好很多了。我那表侄虽然出生在小镇上，但是有本事，自己在城市里也拼出一番作为了，前年还买车买房了，他要是看得上你，你也愿意跟他，那巍巍这件事，他还是能帮得上忙的。我不敢说他能打通关系让警察放过巍巍，但是巍巍的医药费和你将来的生活问题都不用发愁了。"

林琰琰终于抬起头来了，抿了抿唇似乎想努力挤出一丝笑，可还是不怎么笑得出来，她很客气地说："王阿姨，谢谢您的好意了，不过关于相亲这件事，我可能还要仔细想想，因为我也不想因为我的问题而连累别人，如果是因为巍巍我才接受人家，那是对我自己不负责任，也对对方不公平，我不想连累了别人。"

王阿姨瞧了她一会儿，目光渐渐失望，叹息一声："好吧，那你好好考虑，阿姨是真心觉得你需要一个人帮衬啊，你一个女孩子带着巍巍，太辛苦了。如今巍巍又发生这样的事，你怎么撑得过来？你好好想想，要是想清楚了告诉王阿姨啊！"

林琰琰点点头，与王阿姨告辞就去上班了，然而她走了几步又回过头来，再三对王阿姨道谢，这才愧疚地离开。

在地铁上，林琰琰一直想着王阿姨早上说的事情。

她从小自尊自强，自从妈妈死后，一个人带着弟弟，看惯旁人的冷眼，更懂得自尊自爱了，所以刚才王阿姨说让她因为巍巍的事考虑接受上一次的相亲对象，她心里下意识地就拒绝了。

古时候，只有卖身的女子才会因为一个条件而屈服于男人，她不是卑贱的女性，她不想自己沦落至此，不想拿自己的婚姻当作筹码而换取短暂的利益。而且以她家里这番境况，小伙子若是了解也未必接受，她又何必自取其辱呢？

可是，她真是山穷水尽了。早年妈妈死后她还能投奔外婆家的，可是外婆家的生意遭到同行的排挤越来越不好，最终把公司都卖掉了；舅舅霸占了所有家产，连未出阁的小姨都不让进家门，就怕和他分家产，更何况他们无亲无故的姐弟两个了。她受不了舅舅的嘴脸就毅然把弟弟带出来独立生活，直到外公外婆双双过世，她再也不曾去过舅舅家了。唯一还有联系的就是小姨，可是小姨远在国外，远水解不了近渴，也帮不了什么忙。

虽然现在意外得到王阿姨的帮助，可是王阿姨毕竟不是自己的亲人，帮过了这茬，以后也不能总是找人家，而且王阿姨的钱她也要还呢，将来她该怎么办？

在强大的命运压迫之下，有时候林琰琰都觉得很累，很想低头，不想再坚持那一身傲骨了。可是每每想到放弃，想到要低声下气寄人篱下，她又不甘心，她不该是那样的人啊！哪怕再苦再累，她都不应该向命运低头啊！

林琰琰到公司以后，还在想着怎么面对Miss李难看的表情时，没想到她根本不在，今天早上就外出开会去了。

她心里稍微松口气，入座的第一件事就是打开OA看看领导对她的报告有什么回应。

Miss李果然如她所料，根本不敢审批，副总经理却是早早就已经审批了的。副总爽快，回复意见简单明了地同意了林琰琰的请求，并呈示总经理，希望陆总也能批准。

集团人力资源总监也批属了意见了，说林琰琰情有可原，这件事可以原谅，并应该得到公司的人道主义关怀，不过预支工资的问题，还得由子公司总经理陆总说了算。

总经理那一栏，陆莘透没有审批。

虽然这件事还没有完全落定，但有了副总经理和集团人力资源总监的支持，林琰琰感觉离成功也不远了，接下来的一步就看陆莘透的意见。

这至关重要的一步让林琰琰心悬一线，她最担心的是陆莘透因为私人恩怨为难她，毕竟他的目标就是整她、整死她为止。

可是陆莘透要是真敢当着集团领导和副总经理的面这么整治她，那他的心胸和器量也实在难以服人了。他应该不会在其他领导面前自毁形象吧？林琰琰这样安慰自己。

她忐忑地到茶水间冲咖啡，最近睡眠不足精神不好，需要靠咖啡来提神。

行政部薛芬恰巧也在茶水间，看到她就惊诧地问："咦，琰姐，你回来了？"

"嗯，我回来上班了。"

"你最近怎么了，精神状态很不好，连景总都在过问了。"

林琰琰奇怪地看着她。

薛芬捧着咖啡杯走到她面前："昨天景总来过了，他知道你缺席会议的事情了，我还听到他问你们经理你家里是不是出了什么事，什么时候回来上班呢。"

林琰琰很意外，喃喃地说："是吗……"

她觉得挺对不起景辰的，想当初景辰那么努力地在会议上帮助她，还给她安排了一个景辉集团人力资源部薪酬组的专员过来帮助她，她却没有好好珍惜，一听到林巍巍出了事脑子里就没有工作了，完全辜负他的期望。但是她也不敢再说什么，泡好了咖啡，就回到自己办公桌前开始工作。

工作已经落下了两天，她先忙着处理了一些临时的比较紧急的事情，才正式开始薪酬改革的工作。然而才坐了一两个小时，她就感觉她的状态无法集中了，即便喝了两杯咖啡，似乎也没法提神，精神还是很游离，脑子很疲倦，根本没法投入工作。

林岚坐在她前面的一个临时位置上，回头朝她喊："琰琰，你这个数据算错了，你得重新算一下，再把表重新发给我。"

林琰琰刚摇头想问她是哪一个数算错了，顿时觉得眼前一黑，天旋地转，她差点儿栽倒在地上，只能抓住办公桌努力固定身子，闭着眼睛缓缓神。

林岚注意到她的不正常，皱眉担忧地问："琰琰，你怎么了？是不是不舒服？"

林琰琰睁开眼睛，慢慢地看得见了，就摇了摇头说："我没事，只是有点儿头晕。"

"你是不是最近没休息好，有点儿低血糖啊？"

林琰琰虚弱地笑笑："没事的，我揉一下眼睛就好了。你把表格发给我，标颜色告诉我哪里算错了，我重新核对一下吧！"

她接过表格之后还是很晕，只能不停按揉太阳穴来刺激自己。谁知这时候杨秘书忽然打电话来说："林琰琰，请到总经理办公室一趟，陆总有找。"

林琰琰答应了。挂了电话，她的眼前还是一片漆黑，她努力闭了闭眼再睁开，也是忽明忽暗看不真切，她努力缓冲一下，等稍微好一些便往陆莘透办公室走去。

她知道，陆莘透找她可能又有一番刁难了，她必须有强壮的身体和足够的精力来面对他。

到总经理办公室以后，杨秘书先进去通知了。也不知道陆莘透交代了什么，杨秘书待了好长一会儿才出来，出来的时候看林琰琰的眼神都不太一样了，掠过了一眼才伸手请林琰琰进去。

林琰琰沉默地走进去，头还是晕晕的，之前在医院的时候她并不觉得她有这样的状况，可是今天早上来公司，她就觉得这个症状越来越明显了，难道真如林岚所说她有点儿低血糖了吗？

见林琰琰摇着脑袋走进来，陆莘透只是微微抬头瞥了一眼，就又低头盯着电脑屏幕皱眉道："你给我解释一下，你这封报告是什么意思？"

"没什么意思，就是字面上的意思。"在陆莘透面前，林琰琰一向没有好声好气说话的自觉。

陆莘透呵呵一笑，透出几分冷意："你来公司时间也不短了，你难道不知道

OA流程怎么走吗？你没有经过你的上级经理审批，就擅自并联到副总经理和集团领导那儿，看来你是想借助大领导来施压，让你经理过不去吧？"

林琰琰沉默着没有说话，反正她心里就是这么个意思，没什么好狡辩的。

"那好，我也给你看个报告，是你经理今天早上发的，你经理说你自视清高、目中无人，恐怕会给公司带来后患。"他把手提电脑转过方向来，给林琰琰看。

果然是Miss李刚刚发来的报告，内容不长。她头昏眼花又心急如焚，根本一个字都看不进去，但从陆莘透的话语里她还是能猜测大致是什么内容。她本以为Miss李看到她的报告后只能咬牙忍了，没想到她还是破釜沉舟捅了一刀，这也许才符合职场女人尤其是女经理的性格吧，怎么可能忍气吞声让手底下人拿捏？

林琰琰被Miss李的这一招打蒙了，下意识准备反击，但是忽然一想自己这么正面交锋还是太冲动了一点儿。她把目光移回陆莘透身上："那陆总怎么看？"

陆莘透靠回转椅上，十指交叉，薄薄的嘴唇里却吐出让她绝望的话："我不批准你的报告，但你经理的报告我可以考虑一下！"

果然，他还是睚眦必报连这个机会也不放过！林琰琰以为陆莘透好歹会顾及其他领导的面子，不会驳回她的报告，没想到他一句话就把她打死了。

她瞬间觉得眼前一黑，暗暗握紧拳头，努力保持镇定问："为什么？"

"作为一家公司的老板，当然优先考虑中高层员工的想法，而且你作为一名基层员工，僭越顶撞你的领导，你真的觉得这样的行为在职场很合适吗？我要是支持你，别人怎么看？是不是IV集团将来都可以容许所有的员工像你这样？"

"我认为，只要是有理的东西我就应该去争取，而上司若是公私不分无理取闹，我为何要委曲求全？"

"你觉得你服从公司安排是委曲求全，而你擅自行动就很有道理？"陆莘透咄咄逼视着她。

林琰琰沉默了。

她不置可否，其实不管她做得对不对，陆莘透都不会支持她的。

"回去，把你的报告撤了，我不容许有任何越级上报的流程存在。"陆莘透冷冷地宣判，也击碎了林琰琰的所有希望。

林琰琰没有动，她心里一直有个疑问，缠绕了她很多年，每每陆莘透逼迫她就忍不住冒出来，事已至此，她终于忍不住问了："我很想知道，你只是因为林子说才对我这样子的吗？除了林子说，当真没有别的原因？你只是因为太爱林子说了……才对我赶尽杀绝？"她的声音很沉，像从墓穴里发出来的。

陆莘透盯着她，嘴角带笑，并没有马上回答。

林琰琰紧了紧喉咙，逼迫自己继续说："假如我向林子说道歉，我向她赎罪，你是否会放过我……或者，你不愿意放过我也可以，我只求你放过我弟弟可以吗？我只求我弟弟没事，这是他活下来的唯一机会，我求你仁慈一点儿，不要毁灭我们的所有希望……就当是面对一个陌生人，求你不要毁灭一个陌生人生存的希望可以吗？"

林琰琰语带哀求，她只是在乞求他，小心翼翼地乞求他给她一点点希望。

这是她第一次低声下气地求他。她已经走投无路，如果陆莘透断了她这个希冀，她真的不知道怎么面对接下来的生活考验，她已经放下自尊，只祈求他能放过她一次！

陆莘透双眸微动了一下，笑容轻敛，却没有说话。

林琰琰期盼地望了他一会儿，眼底渴望的光逐渐在沉默中熄灭。陆莘透一直这样默不作声地看着她，直看得她心底发凉，她再也无法继续待在这里，失落绝望地低头转身出去了。

陆莘透一直注视着她的背影，感觉非常陌生。中学时期风风火火的林琰琰从何时起居然变得如此沉默而孤独。看着她难受至死的样子，他并没有感觉到半点儿开心，反而阴霾阵阵，他真的要对一个希望渺茫的女人如此赶尽杀绝吗？

当他看到林琰琰抓着门把手后停止不动时，低着头呆呆站着，似乎还在迟疑。他下意识地以为她又要有新的花招，忍不住嘴贱地讥诮道："怎么，还不舍得离去？"

林琰琰的身子微微晃了晃，她紧紧地握住门把手，想努力让自己看上去不那么狼狈，然而身体仍是不受控制。

陆莘透也察觉出她的异常了，蓦地站起来问："你怎么回事？"

他话音未落，林琰琰已经如一团棉花一般面朝下瘫软在门口。

陆莘透大惊，几个大步跨向她："林琰琰？"

他蹲下来伸手拍她，她没醒。他把她的身体正过来，就看到她面色灰败，唇色苍白如雪，整个人没有了一丝生气。

陆莘透意识到出事了，一瞬间紧张起来，一股焦躁直冲头顶，令他冷汗直冒，他心慌地开门呼唤杨秘书。

杨秘书急急忙忙进来了，看到林琰琰倒在地上，惊讶得差点儿尖叫，连忙捂住嘴巴止住声音，她慌张地说："陆……陆总……她……"

"快叫医生！"陆莘透再次蹲到林琰琰身前弯腰将她抱起，头也不回地吼。

杨秘书才如梦初醒一般，赶紧出去打电话了。

当他抱起她的那一刻才知道这个女人原来如此轻，按说一米七的人，却轻得像个玩偶。陆莘透连连皱眉，凑得近了他才看清楚她化了妆的脸上有很重的黑眼圈，皮肤干枯，显得很憔悴，气色非常不好。很显然，她这几天都没有睡好。

一刹那陆莘透心里不由得有点儿疼，这点心理变化让他十分抗拒，他不喜欢这种陌生的感觉，在他的世界里，男人不该为一个女人而受到影响。他只在年少轻狂的时候偶尔为一个女人心疼过，而成年后就再也没有过那种感觉了。

他把林琰琰放在沙发上后也不想凑近她了，就后退两步双手叉腰，居高临下地看着。他的目光始终没法从昏迷不醒的林琰琰身上移开，即便他心里再排斥再抗拒，还是忍不住担心她。

陆莘透感觉整个人都不好了，杨秘书迟迟不见回来报告，他焦躁地踱来踱去，也不知道是因为不喜欢自己的心情而烦躁，还是因为医生迟迟不来而烦躁。

很快，杨秘书回来了，不过她还带着人事经理。她们才进来，Miss李就上前说："陆总，我听说林琰琰在您办公室里晕倒了，您让杨秘书打120？"

陆莘透皱眉看着Miss李，等待着她的下文。

Miss李尽量以最温和的语气劝慰看上去很焦躁的老板："我估计她是累着了才晕倒的，这种事情没必要惊动120，一来我们是大公司，这样的惊动传出去不好；二来等120来了说不定人早已经醒了，没这个必要。我们公司不是有储备的药箱吗，给她抹点儿药休息一会儿说不定就好了。"

陆莘透转头冷冷地对杨秘书说："我的吩咐你是没听清楚还是没听见？谁是你的老板？"

杨秘书吓了一跳，才意识到不应该自作主张把李经理带进来，也不该不按老板的要求马上打电话给120的。她惊慌地道歉，并赶紧出去打电话了。

120过来还需要一段时间，而林琰琰一直都没有醒过来，即便同部门的同事给她抹了点儿药，也还是昏迷不醒。

林岚探了探她的呼吸，见她呼吸平稳，放下心来："琰琰应该只是睡着了，因为太累，睡得很深，所以没有醒过来。身体应该没大问题，大家不用太担心。"

Miss李见状趁机上前强调："是啊，陆总，她应该只是睡着了，叫120……惊动太大了……"

Miss李话没说完，见陆莘透的眉头都纠结在一起，脸更黑了，散发着生人勿近的气场，于是音量越来越小，到后面都不敢吭声了。

大家都看着林琰琰躺在陆莘透办公室的沙发上，也没有人敢提要把她抱出去，生怕做错一步惹来老板责骂。

好不容易120来了，陆莘透也下意识地想跟过去，想想觉得不妥，就吩咐杨秘书："你跟着，要是有什么问题及时汇报。"

陆莘透回自己的办公室，Miss李紧随其后不断打着小报告："陆总，120过来这个动静不算小，而且林琰琰是在工作期间晕倒，传出去对IV不好，要是产生子虚乌有的负面新闻就麻烦了。"

见陆莘透没有说话，Miss李以为有效果，更进一步说："陆总，林琰琰一旦住院就是工伤了，她又是个麻烦人物，要是趁此机会要挟公司，可是很大的问题。这么敏感的人物，您又何必……"

"李经理，"陆莘透回头盯着她，"你当初是怎么坐上人事经理位置的？"

Miss李本来还想回答，但愣了一下立马意识到陆莘透这个语气分明是反讽。

她讪讪一笑，改变态度赔笑："是我思想狭隘了，陆总的考虑要更周到一些！"

"所以你还对我的决定有什么质疑吗？"陆莘透皮笑肉不笑地问她。

Miss李支支吾吾几声，就不敢回应了。

陆莘透见她终于不再啰唆了，做最后一次警告："你在人事经理的岗位上，除了为公司考虑，也要为员工负责，我不希望你一而再再而三地反驳我的决定，听明白了吗？"

"是，属下明白。"Miss李赶紧低头哈腰。

"你出去吧！"

Miss李迟疑了一下，还是不死心小心翼翼地问："陆总，关于我早上的报告……"

"我的工作要向你汇报吗？"陆莘透眉眼间透露出明显的不耐烦。

Miss李顿时不敢多问，赶紧出去了。她觉得越来越看不懂老板，不是一直看林琰琰不顺眼吗，她这下想到办法可以修理林琰琰，老板看上去又不乐意了……老板的心思比海底针还令人捉摸不透啊！

陆莘透盯着电脑屏幕上还没有关闭的林琰琰的报告以及Miss李的报告，在林琰琰晕倒之前这两个报告没什么好抉择的，他毫不犹豫就可以做出审批意见，然而在经过刚刚那件事后，他开始犹豫了。只要一想到她苍白着脸在他面前徐徐瘫倒，心里就会抽过一丝丝疼。他烦躁地用力抚了抚胸口，像是可以拂去一些不该有的情绪。

如果抛开母亲的因素，他其实并没有这么讨厌林琰琰，就算母亲与关家有天大的仇恨，那林琰琰也都是隔了几代的人了，她确实有些无辜。可是如果放过她……陆莘透想了想，觉得自己真是疯了，于是把林琰琰的报告关了，马上准备审批Miss李的报告，然而在下手的一刹那他又犹豫了，始终没法点下去。

最终他烦躁地起身，到窗边抽烟。

外面城市的景象宽阔，高楼大厦林立，车如流水马如龙，太阳已升至半空，阳光非常刺眼。

他抽着烟，忽然瞥见35楼销售部的位置，想着林琰琰当初在那里工作，而景辰站在他现在的位置观看，两人心意相通，相互欣赏……他忽然走回办公位，掐灭了烟头，抓上车钥匙就出去了。

他边朝电梯方向走边打电话："杨秘书，人送去了哪里？"

Miss李在办公室里分明听见陆总走过去，还打电话询问林琰琰去向的声音，她不由得惊愕，越来越担心自己是不是揣摩错了老板的心思而做了错事……

第十二章
为何不认命?
为何不认命? !

林琰琰睡了很深很深的一觉, 醒来发现自己躺在医院里, 旁边是同部门的小唯在照顾。

小唯在削苹果, 没有注意到林琰琰醒了。

林琰琰惊愕地打量四周, 不明白她怎么就在医院里了呢? 明明刚刚还在陆莘透的办公室里, 被他羞辱。

不过刚刚的那一觉睡得很好, 她感觉自己好久没有这么踏实地睡过觉了, 这几天担心林巍巍的伤情和案情, 几乎几天几夜没合眼, 身体的确是虚弱些。

林琰琰撑着坐起来, 刚坐起的一瞬间一阵头晕, 她赶紧扶住额头问: "我……我怎么会在这里?"

小唯连忙放下苹果: "啊, 琰琰, 你醒了啊!" 然后一脸八卦地嗔怪, "你还说呢, 你在陆总办公室晕倒了, 是陆总命杨秘书打120把你送过来的。"

"啊……" 林琰琰没想到是这个结果, "陆总没有责怪我吗?"

小唯奇怪地摇头: "陆总可担心你了。经理说你只是累了需要休息, 结果陆总非要叫120把你送到医院, 送过来了, 医生检查后说你只是累倒了, 只要多加休息身体就能恢复, 没什么大问题, 让我们不要担心。"

林琰琰讪讪一笑, 都不知道怎么接话, 顿了一会儿才对小唯说: "麻烦你照顾我了, 我现在好多了, 谢谢你们。"

"那我现在就去给经理打个电话说你醒了，她还需要向陆总汇报呢。"

"嗯……"林琰琰想不明白，陆莘透这突如其来的关心，又是玩的哪一出？

小唯的任务也只是守到林琰琰醒过来，既然林琰琰醒了，她就准备回公司交差了。

林琰琰在医院休息了一会儿，终是担心林巍巍，就起身出院了。

还好这一次的住院费不是她出的，小唯已经付好，并且，因为陆莘透亲自开口，公司还给她放了假，她也就安心享用了。

林琰琰到林巍巍的病房后，才发现王阿姨真的一直守在这里。

因为非亲非故，如今王阿姨帮了她这么大的忙，她真的非常感谢。

王阿姨一见到她便开始絮絮叨叨她不在时候的情况："巍巍倒是没什么事，虽然一直昏迷不醒，可病情很稳定。但是……"

"但是什么？"林琰琰心里一惊。

王阿姨忽然把林琰琰拉到一边，悄声说："早上来了个女人，穿着还蛮贵气的，她问我是林巍巍的什么人，我说是隔壁邻居，她就不理我了，又看了巍巍几眼，然后询问那两个警察巍巍的病情。原以为是巍巍的亲戚，但是看她的言行举止又过于冷漠，完全不像。"

"那个女人是不是短头发的，穿高跟鞋的话身高差不多和我一样？"

王阿姨惊疑地点点头："是啊。怎么，你们真的认识，她是你们的亲戚？"

林琰琰苦笑："她是巍巍打伤的那个孩子的舅母，也就是警察厅胡厅长的夫人。"

"啊……"王阿姨惊愕，搞了半天好不容易盼望来个探望姐弟俩的人，居然还是仇人。

林琰琰知道胡夫人来关心林巍巍是为什么，因为马上要开庭了，如果林巍巍老是昏迷不醒怎么行呢，法律上对病人还是有照顾的，万一等到判决结果都出来了他还病着，就不好执行了。王家恨透了林巍巍的，怎么能让林巍巍因为病着就逃脱……

王阿姨一声叹息："我觉得巍巍这孩子虽然调皮了一点儿，但怎么也不像是能把人伤成这样的孩子。巍巍还是善良的，当初你们刚刚搬来的时候，我正好风湿病犯了，腿脚不便，不方便上楼，他看到了还热心扶我上楼呢。要知道这个年纪的孩子最是人烦狗嫌的时候，他看到腿脚不便的老太婆走路，不嫌老太婆挡道儿也就罢了，还主动关心一个老太婆并扶他上楼？这样的孩子怎么会做出故意伤人的事？"

林琰琰也不相信，她对自己的弟弟什么品行最清楚，可是事实摆在眼前……说到底是她这个做姐姐的失败，没有把弟弟教育好，她有责任承担，过两天就要开庭了，还不知道结果怎么样……

想到这里，她就心痛。

王阿姨瞧了她一会儿，又对她说："琰琰啊，你这个处境阿姨看在眼里，也很心疼，可阿姨毕竟能力有限。早上王阿姨跟你说的事情你考虑得怎么样？中午我那远房的侄子又打电话过来了。"

林琰琰没想到那小伙子这么执着，当初他们相亲的时候她也没觉得小伙子会看上她，而且她现在连人家叫什么名字都不记得了，怎么可能还接受人家？可是她又不好拂了王阿姨的面子，就低头不说话。

见她似乎有点儿动摇，王阿姨进一步趁热打铁："你不用有心理负担，你家里的事我也简单跟我表侄说了下，他考虑了一下，表示能接受，毕竟犯错误的是巍巍，你是个好姑娘，你并没有错啊。相反因为弟弟犯错你还不离不弃，更体现你的有情有义，善良的姑娘将来也会对公婆孝顺，我那表侄找女朋友没什么要求，就是要对公婆孝顺就可以了。"

继而王阿姨拉着她的手："阿姨是心疼你啊，你看你孤零零的一个人，没什么人照顾，弟弟出了事连个商量的人都没有，而我那表侄，比一般的男人条件都要好许多。他也是找了好久的女朋友，难得遇上一个让他下定决心结婚的女子，也不容易，你们就蛮登对的。"

林琰琰不由得苦笑，连相互了解都算不上的人，哪里来的登对呢？

"你看看，你要不要考虑考虑？"王阿姨诚恳地劝说。

而在医院的另一面走廊里，陆莘透静静地伫立，闷声不响地听着对面走廊传来的说话声，那个老太婆叽叽喳喳地推销她那个好得不得了的表侄，林琰琰倒是始终没有说话，陆莘透十分好奇林琰琰能说什么，可惜林琰琰一直不吭声。

就在王阿姨说话的空当，远方廊道上忽然传来一道亲切的打招呼声："阿姨！"

远远地，走廊上走过来一个人，个子不是很高穿着风衣，走起路来衣服摇摇摆摆倒也挺有范儿，可惜风衣底下是牛仔裤，这种打扮让林琰琰有些不能接受，她从小的环境养成她就算再穷困也力求精致的习惯，显然对方是不怎么注重穿着打扮的随性的人。

小伙子提着一篮水果和一些补品，快步走到王阿姨面前："阿姨，原来你在这儿啊！"说罢看向林琰琰，他的目光紧紧地锁在林琰琰身上，视线大胆表情害羞。

林琰琰看他甲字脸，浓眉大眼，皮肤挺黑，鼻梁上架着眼镜，很熟悉的感觉，仔细想了一会儿，才想起来了这不是王阿姨口里提的远房表侄，之前和她相亲过的那位吗？她不动声色地立着，心里却想，怎么直接找来了呢？难道是王阿姨告诉他医院地址的？可是她与他没什么关系，她也没有答应要和他相处呢，他就这么找过来真的合适吗？

王阿姨见侄儿已经来了，就高兴地对林琰琰说："他这两天过来出差，本来想见我一面，但是我不是一直在医院照顾巍巍吗，就说要不然他过来看一下吧。所以……"王阿姨又讪讪转头问林琰琰，"你还记得他吗？高进，就上次你们还一起吃过饭的。"王阿姨对林琰琰使了个眼色，明明刚刚还十分热络地给林琰琰介绍侄儿，这下人来了她反而装生疏假装给林琰琰介绍了。

高进目光一直盯着林琰琰，这会儿听王阿姨说了，就主动朝她伸出右手说："你好。"

林琰琰迟疑了一下，还是礼貌性地伸出手与他握手，语气平淡无波地说："你好。"

王阿姨呵呵笑了两声，就回头问小伙子："哎，进儿，带午饭来了吗？我估计琰琰到现在都没有吃呢。"

林琰琰赶紧摆手说："不了，王阿姨，我来的路上吃过了。"

"啊，我还担心你没有吃呢。我倒是真的没有吃，早上到现在一直守着巍巍呢，要不是你来了我估计顾不上吃中午饭。所以啊，让我侄儿给我带饭来了。"

林琰琰立刻感动地道谢。说实在的，王阿姨不辞辛劳帮助她，她还是很感动的，可惜受人恩惠也必须相应地做出一些牺牲。不管王阿姨是真心实意帮助他们，还是只是为了拉拢她，使她与高进亲近一些，她都很感激王阿姨给予的帮助，对于高进的到来，她也不好露出明显的不乐意的表情了。

王阿姨招呼着几人进入林巍巍的病房。高进本来跟随在王阿姨后面的，谁知看到林琰琰还没进去，就想让出位子让女士先进。可是林琰琰想的是来的都是客，也有意想让他先进去，他进入之后她才跟上。于是就在高进停步回头，林琰琰又低头走路的瞬间，两人就撞在一起了。

高进跟她差不多高，林琰琰即便穿着平底鞋，额头也快能撞上高进的额头了，所以两人在撞上的一瞬间差点儿亲上了，林琰琰吓得连忙后退。

高进也愣了一下，随即很开心地笑问："哟，对不起，没撞着你吧？疼吗？"

林琰琰明显看到他眼里很兴奋的情绪，心里有点儿厌恶，可是脸上仍旧装作平静无波地回答："没事，是我自己不小心。"

高进还是带着笑，就请她先进去了。

陆莘透阴着脸在后面看着，他对林琰琰这般低声下气迁就忍让觉得不可思议——那个王阿姨明显是为了给她介绍对象才对他们姐弟这么好，她不当面拒绝也就罢了，还委曲求全对那个男人低声下气，之前的倔强和傲气都被狗吃了吗？

陆莘透有点儿恼怒自己对这个女人才生出的一点儿好感。这些年她避开他不见，也没有求过林行远，他还以为她多有骨气呢，在公司里面对于他一再刁难她都硬气地挺着，从不退缩，他还以为她有一身傲骨，还让他刮目相看。没想到今天一见，也不过是个为了利益能够随便向男人低头的女人，那就真的没什么好欣赏的了！

陆莘透带着满腔的愤怒和不满，转身走了。

林琰琰从公司那边获了假，所以等王阿姨用过午饭后，她就请王阿姨回去休息了。她以为，请王阿姨回去，高进也会跟着一起走了，谁知王阿姨走到门口突然回头说："琰琰你也挺累的，估计待会儿你也得休息，反正我这表侄也没什么事，就让他陪陪你吧，也算是帮忙嘛！"

王阿姨看出来林琰琰想拒绝，立刻出言制止："阿姨把你们当儿子女儿一样，巍巍出这样的事，阿姨肯定要帮忙照顾的，可是阿姨也老了，不能一直陪着巍巍，就让高进代表阿姨出面吧，你不要拒绝啊，不然就是不给阿姨面子了！"

眼看王阿姨故作生气而且态度坚决，林琰琰也不好拒绝，就默许高进留下来了。

室内气氛挺尴尬，林琰琰一般不主动找不熟的人说话，而且她也确实没什么话和高进说。倒是高进看看林琰琰，又看看病床上的林巍巍，很努力地想找话题。可是他毕竟很多年没有交女朋友了，因此在与女孩子单独相处的时候，根本不知道该怎么主动挑起话题。

他眼见着林琰琰给林巍巍擦汗，然后掖被角，赶紧故作关心地插话："这天气，还能出汗吗？"

"躺得久了，就有汗了。"

"哦……"高进看她忙上忙下不理睬自己，不由得尴尬找话，"你……可能……都不记得我了吧？其实那天见面，我对你还挺满意的，就是后来……工作太忙了无暇顾及，耽搁了一段时间，才联系你，是我不对……"

林琰琰内心很疑惑，他干吗跟她道歉，他们又不是男女朋友。而且他那天见面以后，忽然好几个月不找她，真的只是因为工作忙吗？还是已经没得挑了，觉得她不错才回头？她也不拆穿，只是默默地点了一下头说："你挺好的，可惜，我家这情况，我也不敢耽搁你。"

"我阿姨……把你和你弟弟的情况简单和我说了一下，她说你弟弟被人打

了，你一个人辛苦照顾他，不离不弃，很让人感动。"

林琰琰惊愣地抬头："王阿姨是这么跟你说的？"

高进点头："难道不是吗？"

林琰琰低头想了一会儿，她觉得应该把实情告诉高进，让他知难而退，她也不想耽搁人家，就实话实说了："实情也差不多是这样子吧，不过跟你想的可能有些相反。我弟弟他不是被别人打了，而是他主动打了别人，还把人家打成重伤住院了。我弟弟之所以伤得这么重，也看着像一个受害者，是因为他追着别人打的过程中出车祸了，才……沦落至此。"

说完这番话，林琰琰觉得挺难堪也挺难过得低下头，这本来是她的隐私，她并不想向外人宣扬的。

高进听完这一番话以后，完全惊愣了。

见他如此反应，林琰琰默默地扯了扯嘴角，果然王阿姨还是太美化故事了。

她盯着林巍巍打着吊针的手又继续补充："而且，我弟弟打的人不是别人，正是警察厅厅长的侄子，现在那个孩子还躺在医院里时好时坏，家属已经上门闹事了……我很心疼我弟弟，我也想有一个人帮我、帮他，助我们渡过难关，可是我不想耽搁你！"

她说这么多已经称得上诚恳了，说完抬头望向高进。

高进果然迟疑了，心里各种想法绕成一团：毕竟与林琰琰感情不深，既然是相亲找来的女朋友，那就应该找身世干净的，而不是找一个自带一堆麻烦债的。可很显然，林琰琰不符合他娶妻的标准。他又看了看林琰琰，可是就冲着她的身材长相，还有学历，综合条件都是他最近相亲对象中最好的。女人嘛，也不一定要家境多好，更何况他事业有成，专门养一个女人绰绰有余，不一定需要老婆帮助他什么，所以他找老婆，找年轻漂亮学历高能装门面的女人就可以了……

林琰琰以为成功击退他了，正准备说告辞的话，谁知高进忽然开口："如果我不在乎这些，那你是不是愿意……跟我处一处呢？"

林琰琰惊讶地抬头——怎么回事，这人是没听明白她的意思吗？

高进向前跨了一步，继续说："我不是不能接受你的身世背景，毕竟你弟弟的事，是他自己犯的错，你也只是受害者。所以我可以接受这些，就看你愿不愿意与我展开一段真诚的恋情，尝试一下，我们也许能步入婚姻呢？"

林琰琰完全蒙了。

看她呆愣的样子，高进尴尬一笑："抱歉，我太心急了，我这人平时心直口快，不爱拐弯抹角，所以可能唐突了。但是……我和你相亲过，所以你能想得到我今天来这里是干什么。我只是……只是觉得你还不错，与我还蛮般配的，所以想试试，不知道你……愿不愿意给一个机会？"顿了一下，他表白似的说，"我相信，我不会让你失望的。"

林琰琰皱眉："你不在乎我的家庭背景吗？"

高进笑笑："你都能跟我坦白，说明你是个诚实善良的姑娘，只要你心地好，就是最大的优点，我还有什么好挑剔的？"

林琰琰正不知道接下来该如何接话，高进忽然热情起来，主动帮她照顾林巍巍，俨然已经跟她是关系亲密的男女朋友一样，让她简直无所适从。可是因为这人是王阿姨的侄子，她也不好把话说得太绝了。

有时候林琰琰觉得真的没办法理解男人的想法，就像眼前这个高进，相亲的时候她已经很明显感觉到他对她的家庭背景不满意了，然而时隔几个月居然又回头找她了，还说不嫌弃她的一切。

比如陆莘透，明明对她深恶痛绝，非要把她往死里整，可是她在他的办公室晕倒后他忽然又对她宽仁了，还主动给她放了几天假。要知道像他那种平时为了整她都可以不顾公司利益和自身形象的人，哪里会做出这么仁慈的事？

比如景辰……提到景辰，林琰琰就忧伤，她已经好长一段时间没遇到景辰了，这时候的景总在干什么呢？是在与各种商界精英会见，还是只是在家里默默地陪着他的女朋友？

想着景辰，又看着眼前的高进，林琰琰忽然认命了，也许她的人生就合适高进这样的男人吧。毕竟她的条件不是很好，怎么还能去奢望景辰？还不如就跟高进将就着过一辈子，她也26岁了，还能折腾到什么时候？

很多夫妻，都是没有经过恋爱就结婚了，婚后才开始培养感情，照样能过一辈子，她现在的处境，花心思照顾林巍巍还来不及，哪里还有闲情去想情投意合？

为何不认命？为何不认命？

林琰琰扪心自问两声，忽然叹息了。

晚上，王阿姨又来医院了，大概过来视察林琰琰和高进两人相处得怎样，眼见他们两人似乎处得不错，不由得喜上眉梢，连忙催促他们俩出去吃饭，她来照顾林巍巍就好。

林琰琰终于沉默地顺从了。

两人去医院附近的餐厅吃饭，高进选的地方装修格调很像林巍巍学校附近的那一家餐厅。林琰琰一走进去，看到这种格调就想到当初被冯清当场大骂并被泼茶水的情景，心底阴影连连。

眼看着林琰琰有些迟疑，高进立刻敏感地问："怎么了，不喜欢这个地方吗？"

林琰琰沉默了一会儿，摇头说："没事，我们进去吧！"不能因为摔倒过一次，从此对类似的地方就有阴影，这样人也是不健全的。

两人选了靠窗的位子坐下，点餐之后，高进去洗手间，林琰琰一个人待着，她努力想着温暖的事，忽然觉得，这种相似感虽然让她害怕，但也有她留恋的东西。如果没有那天晚上冯清伤害了她而景辰出手相救，她根本不会与景辰有接触，也不会知道景辰认识她，更不会有上次会议时，销售部的人刁难她时，景辰出面帮助了……

景辰的每一次出面，似乎都能给予她温暖。

林琰琰正痴痴地想着，忽然听到一声春风和煦的打招呼声："林小姐，没想到你也在这儿。"

林琰琰循声抬头，当她看到景辰西装革履、英俊挺拔地站在她面前时，她简直震惊了，呆呆地望着他，立刻下意识地站起来。

景辰站在她面前，嘴角带着温润的笑，怎么看都是温润似玉的谦谦君子。

这位君子，曾经在她的思绪里出现，如今就惊喜地站在她面前，林琰琰简直像做梦一样，都不敢相信眼前的一切。

她望了他许久，才呆呆地打招呼："景……景总您好，您……怎么也在这儿？"

"跟朋友过来，没想到居然在这儿碰见你。"景辰回头冲他所在的那桌示意了一下。

林琰琰顺着他的目光看过去，果然看到不远处桌子坐着两个人，一个是林琰琰见过的美丽姑娘；另外一个是洋人，着装居然很休闲，与景辰西装革履的样子完全不同。她猜想景辰应该是下班以后就跟着他的未婚妻一起来见这位洋人朋友的吧，所以连衣服也没来得及换。

看到景辰的未婚妻，林琰琰颇感失落，低下头想掩饰情绪。

"最近还好吗？我听说你家里出了点儿事？"景辰的声音在头顶悦耳地响起。

林琰琰苦笑："还……挺好的，谢谢景总关心。"她的这些繁杂俗事，就不让景总过耳了吧。

景辰望着她，眼神却有几分幽深，有几分怜惜。他从林岚那儿已经知道林琰琰的近况，听说她今天还晕倒了，被送往医院才缓过来，陆莘透都不得不放她几天假。真是个要强的女孩子，一直不肯向命运低头，他个人是很欣赏林琰琰的。

"工作上顺心吗？"景辰又关切地问。

"嗯，有林姐帮助，还挺顺利的。"顿了一下，林琰琰头脑一热，从桌上抓过红酒倒了两杯，双手恭敬地将一杯红酒递给景辰，"说起来还要谢谢景总的帮助，如果没有景总，我都……不知道怎么渡过这一道难关，所以，我能否敬景总一杯酒，谢谢景总的帮助？"

景辰抿唇笑笑，与她轻轻地碰了碰杯。

仰头喝酒的一刹那，林琰琰看到景辰并没有动，只是抿唇淡笑看着她，眼底一片温柔。林琰琰都以为自己出现错觉了，等她喝完了举杯向景辰示意，景辰才优雅地把他手中的酒浅尝干净。

那一瞬间，林琰琰心里泛起不一样的感情，有点儿敏感，有点儿激动，忽然胡乱揣测，景总是不是对她有不一样的感觉，那个目光，根本不像是看待一位下属，一位陌生人的。

林琰琰正胡思乱想的时候，高进从洗手间回来了。

高进一看到玉树临风、英俊挺拔的景辰和林琰琰笑谈，十分惊讶的同时心里警铃大作，这位男人明显出身不凡，不论是穿着相貌，还是气质举止，都流露出矜贵之气，能让周围的男人立马失色。

高进惊讶地问林琰琰："这位是……"

"我的前任上司景总。"

高进点点头，还是忍不住打量景辰，林琰琰天天在这样的人手底下工作，能安心吗？这个上司会不会已经有女朋友了，为什么与林琰琰这么亲近？难道一个上司看到员工还主动过来打招呼吗？

与此同时，景辰也在打量高进，他礼貌地问林琰琰："这位先生是？"

林琰琰正纠结着怎么介绍高进，她很不甘心，很不想景辰对她产生误会。可是高进已经主动上前握住景辰的手，笑着自我介绍了："景总您好，我是林琰琰的男朋友，我姓高，单名进。"

闻言，林琰琰顿时瞪大双眼盯着高进，她真的没想到高进这么敢说。她又慌乱地赶紧看向景辰，很害怕景辰误会。

景辰眼里有一瞬间闪烁，很快又恢复神色如常，伸手与高进握手说："高先生您好！"

林琰琰想插到他们中间解释，可是高进不留痕迹地挡住了她对景辰说："景总，我很荣幸能见到琰琰的上司，感谢您之前对琰琰的照顾！"

"照顾？"景辰疑惑，然后笑着说，"照顾称不上，林小姐是一名优秀的员工，公司珍惜这样的人才。"

"那也一定是景总照顾的了，否则琰琰跟您也不会这么熟悉。"高进话里有话，却还能笑得很坦诚，简直让人不知该怎么回应。

景辰迟疑了一下，目光打量着两人。

林琰琰寻到机会就上前解释："景总，不是这样子的！"

可是景辰那边的洋人朋友开始抬手唤他："Wiliam！"

景辰回头望了一眼，就对两人说："抱歉，我朋友叫我，我先失陪了。"他临走前又想起什么，对林琰琰说，"林小姐有男朋友帮助，应该能早日摆脱困境，祝你苦尽甘来，一帆风顺，早日回来上班！"

林琰琰所有升到嘴边的话都在他温柔疏离的话语后卡住了，它们很努力想要冲破喉咙，可是最终还是被咽下去，她低头失落地说："谢谢景总祝福。"

景辰头也不回地离去了，那步伐明明走得很从容，可是林琰琰莫名觉得太过于潇洒，以至于令她感伤了。

林琰琰坐回位子上，开始有点儿埋怨高进。可是高进在社会这么多年不是白混的，挺懂得揣摩别人的心思。他小心翼翼地不去触犯林琰琰的情绪，一边夹菜一边哄她。

俗话说伸手不打笑脸人，高进也没什么错，林琰琰根本没法责怪他。

草草吃了晚饭，林琰琰就打算回医院了，高进一路护送。

外面下着小雨，高进打开伞与林琰琰并肩挤在一起，穿过人多的地方时，高进还主动揽过林琰琰，不过他感受到林琰琰的排斥，过了斑马线就顺其自然地松开了。他还是不敢太过唐突。

饭店内，景辰一直注视着他们离去，不自觉地露出落寞的表情。

"哥，心上人走啦？"旁边的鬈发美女问。鬈发女子的头发稍微改了造型，没有像往日那样松散，而是全拨到一边，显出几分风情妩媚。

她是景辰的堂妹景心。

景辰斜了景心一眼，摇摇头轻笑："真是没大没小。"

"我怎么没大没小了，我可看着你观察人家一个晚上了，人家一来你就主动上去打招呼，人家走了你还恋恋不舍，你以为我看不出来啊？"

"别胡说，她已经有男朋友了。"景辰轻轻说道。

景心眼睛一亮，暧昧地凑过来："男朋友又怎么样，现在啊，只要没有结婚都有机会。这个女人是你之前偷偷送围巾的那位吧，还骗人家说商场打折了。"看到景辰惊讶地看她，景心就骄傲地说，"我记忆力好着呢，别想蒙我！"

景辰无奈摇头："真拿你没辙了。"

"哥，要我说啊，你不至于这么保守吧？家里给你安排的那什么市长千金，你也就见过两回，你还真愿意与她订婚啊？"

"景心，你越来越胡说了，大人的事，你少管。"景辰微微皱眉，略显不悦。

景心见好就收："好，我不管你，但是我真怕你后悔啊哥，婚姻是要自己选择的嘛，管什么家里安排！反正要是我，谁也别想给我安排！"

景辰还是摇头叹息，对这个心直口快又刁蛮的堂妹他一向没辙，难怪叔叔婶婶对她也备感头痛。

临近医院时，林琰琰忽然停下来，高进问她："怎么了？"

林琰琰说："高进，我有话想和你说。"

高进一猜就明白她想说什么，林琰琰对他刚才的冒犯举动很不满呢。但他又想林琰琰在景辰面前这么介意，难道是暗恋她的上司？他努力维持脸上的笑容说："怎么了？"

林琰琰抬头看着他，眼神冷淡犀利："高进，我是你女朋友吗？"

高进笑了笑："我刚刚……其实也就是开个玩笑，看看在外人面前，你愿不愿意接受我，没想到你生气了。"

林琰琰继续严肃地说："我不知道你是什么性格，但是我是很认真的人，我不喜欢随便拿自己的感情开玩笑！没错，看到你愿意接受我和我弟弟，我刚开始是考虑着接受你的，才同意和你出去吃饭，可是我真的还在考虑阶段，并没有答应你……"

她还没有说完，高进就低头认错了："那……我以后不随便开玩笑了，一直等着你接受为止，你看这样行吗？"

林琰琰无话可说了，原本想要拒绝他的，但才打开话匣子他就主动认错，她要是再纠缠就显得无理取闹了。

高进小心翼翼地说："那……现在……你心里也是认可我的是吗？"

林琰琰忽然冷淡地抛了一句："再说吧！"说完就回医院了。

高进望着她，眯了眯眼，直觉这个女人心里有人了。他是来找一个可以共度一生的女人的，要是这个女人心里没有他，他就要考虑一下了。不过看着刚才那个男子这么优秀，应该不会看上林琰琰这种小家小户还带着麻烦的女人吧，应该只是林琰琰单相思。看在林琰琰外在条件还不错的份上，他愿意再试一试。

第十三章
那就让我把你推下楼去吧，
让你也感受一样的痛苦，如此，我才能原谅你！

林琰琰与高进不温不火地处了两天，高进临走之前偷偷把林巍巍的医药费给付了，还派人给林琰琰送了一束花。

林琰琰知道后很惊讶，花她没法退，也不好当着王阿姨的面扔掉，只能尴尬地收下，但是林巍巍的医药费，她是不敢收的。

她送高进出门的时候对他说："你把你的账号告诉我吧，这笔钱就当是我欠你的，过几天我筹到了钱就还你！"

高进笑着推辞："没关系的，就算你现在还没有接受我，咱们也是朋友，我帮你一下也没有什么。"

"这是一笔不小的数目，我不能白拿，把你的账号给我吧！"林琰琰很坚持。

其实高进也只是在林琰琰面前装装样子，经过这几天了解，他知道林琰琰是个认真自强的姑娘，不可能收他的钱，但他想在她面前表现好一些，想让她感动才故意这么做的。等林琰琰一再要求他给账号的时候，他就乖乖给了，毕竟还真的是一笔不小的数目。

在现代社会名利场上，即便是相亲，男女也计较得失，那种还没有确定关系就白白为对方奉献的人已经很少很少了。

高进走了，今天是林琰琰休假的最后一天，而且今天就要开庭了。

林琰琰拜托过王阿姨之后，稍微收拾，就往法院去。

林巍巍还是昏迷不醒，完全不能陈述当时的状况，只能靠外人描述。林琰琰觉得这样对林巍巍很不利的，因为外人的口径再真实也会有出入，更何况她现在觉得林巍巍的五个同学一起把主要问题全部往林巍巍身上推实在很蹊跷，这里面存在很多疑点。

可因为她没有证据，也没有了解当时的情况，也不好说。

林琰琰这几天联系了一位律师替林巍巍辩护，可当她走进法庭，看到原告王禹智的辩护团几乎是整个律师工作室时，她的心就凉了半截。

果然，她不论在哪一方面都没法与对方抗衡！这场官司，她真的没把握了，不知道法院将给林巍巍什么判决。

商权等同学的家长也带了律师过来。刘意涵看到林琰琰主动上来打招呼："姐姐，你来了，今天只是你一个人带着律师吗？"

林琰琰苦笑："我家里只有我了。"

刘意涵又难过地低下头："巍巍真可怜，他以前对我可仗义了，我却帮不上他什么忙。"

林琰琰拍拍他的肩膀："没关系，你们都是孩子，正是需要保护的时候，这个案子你没有涉及已经很幸运了。"

这个案子涉及的只有林巍巍、商权和另外两个同学；刘意涵和另外一个少年因为没有动手所以担责不大，不过也受到学校的狠狠处分了。

林琰琰盯了刘意涵一会儿，忽然拉他到旁边悄悄说："意涵，姐姐看你对巍巍真的是有心，你们是很好的朋友吧，那姐姐能不能诚恳地问你一句，当时现场，巍巍真的是主犯吗？"

刘意涵惊讶地望了林琰琰一眼，面色绯红低下头来喃喃说："姐姐，当时我很害怕，我躲开了所以并不是很清楚……"

林琰琰非常讶异他会这么说，倒不是说他说得不对，而是觉得他的表现与在公安局做笔录时说得有些不一样，他当时也跟其他同学一起指认是巍巍先打人的，如今却说他躲开了不是很清楚。

林琰琰还想多问他两句，他妈妈就招呼他过去了。

假如刘意涵说谎了，单看这五个同学家里请来的这支律师团队，她恐怕也拼不过他们……林琰琰十分担心，心情更失落了。

这次开庭她没有什么把握，她请来的李律师也跟她说了，巍巍不占理，而且对方来头过大，很难打得赢，只能争取为巍巍减轻罪名。

当时林琰琰问："按巍巍现在的情形，有可能被怎么判？"

李律师叹息："根据《刑法》规定：故意伤害他人身体的，处三年以下有期徒刑、拘役或者管制。致人重伤的，处三年以上十年以下有期徒刑；致人死亡或者以特别残忍手段致人重伤造成严重残疾的，处十年以上有期徒刑、无期徒刑或者死刑。按照巍巍现在的情形，他已经把别人打成重伤了，还动用了管制刀具，受害者到现在都没有醒过来，可能……会判得很重。"

林琰琰当时就很激动，很紧张地问："难道真的要判几年吗？"

"判几年还是轻的……因为原告家属情绪很激动，你也清楚他们背后的势力……"

"李律师，我求求你了，我和巍巍只能拜托你啊。"林琰琰差点儿跪下了。

李律师摇摇头，只是承诺尽量帮助巍巍减轻罪行。

开庭之后，林琰琰被送上了被告席。她不懂得法庭上的辩护程序，李律师告诉她如果不懂规矩就尽量少说话，以免给对方攻击的机会，其余的可以全部由律师代理说话。

因此她在台上几乎没有讲话，她只是代替巍巍出庭，对方也不怎么问她，而问其余的几个孩子比较多。

林琰琰听着这几个孩子的供词和辩护律师的辩护，发现他们的律师都极力在帮辩护人洗脱罪名，一致把罪名推到林巍巍身上。

她很意外，这些孩子平时都跟林巍巍玩得比较好，没想到一上法庭他们就把罪责推得干干净净，全部落到林巍巍头上。

李律师一人孤军奋战，很难打赢这么多律师，尤其有些人还是带着律师团队过来的，最后开庭结束，李律师出来的时候感觉十分疲惫，力不从心的样子。

林琰琰的心越来越冷，沉到了谷底。

她没想到王禹智伤得这么重，刚开始她跟医院打听过王禹智的伤情，医院只说被捅了两刀一直昏迷不醒，但是看到原告家属摆出医院的证明之后，她才知道那个孩子比巍巍伤得还重，已经九死一生过两回了。

所以原告家属非常激动，一定要林巍巍坐牢，一定要重判。

她很纠结很难过，或许她一开始就应该去探望探望那个孩子，给孩子的家长道歉，至少可能会有些缓解的机会……可是当时她已经完全乱套了，林巍巍的伤让她焦头烂额，根本无暇想到更多。而且如果原告一定要法院对林巍巍重判，到时候她该怎么办呢？

林琰琰出了法院与李律师告别，李律师告诉她："你弟弟的同学很奇怪，他们一口咬定主犯是林巍巍反而像在故意掩饰什么，如果你可以单独和他的同学接触接触，从他们口中探出点儿什么，也许我们还有突破口。"

林琰琰面无表情地点点头，真的是心累了。

李律师说："你早上和刘意涵接触，他有向你说什么？"

林琰琰摇摇头，但是又说："李律师，我有空单独找刘意涵出来谈谈吧，但是我不能保证，对方律师是否允许他出面和我谈。"

李律师点头，又皱眉："今天这一开庭对林巍巍很不利，我们得尽快掌握最新证据，否则等判刑下来，一切都晚了。对了，巍巍醒过来了吗？"

林琰琰还是摇摇头。

"唉，可惜，要是巍巍醒来，就不只是听从他同学的一面之词了。"

林琰琰带着沉重的心情回到医院，才从电梯进到走廊，她就看到有个长发齐刘海儿的女孩儿低着头从林巍巍的病房里走了出来。

女孩儿穿着白T恤、运动短裤和球鞋，身后背着一个双肩包，长得很漂亮，皮肤很白，脸小小的，身材纤细。

林琰琰非常惊奇，巍巍的病房里从未来过其他人，这个女孩儿难道是他的同学吗？

女孩儿出门抬头就看到了林琰琰，似乎很吃惊，眼睛都睁大了，随即慌张低下头弱弱地打了一声招呼："姐姐你好，我是来看林巍巍的。"她圆润水亮的眼睛闪着单纯美好。

林琰琰都没来得及反应过来，女孩儿已经头也不回地快速往廊道远处走去。

因为她的步子走得很快，林琰琰注意到她的球鞋，白色的耐克板鞋镶嵌了两道亮黄色的边，林琰琰觉得眼熟，却不知道在哪儿见过。

女孩儿离开了，林琰琰也没多想就进入病房了，可是她怎么也没想到，病房里还有一个人。

那个人长发披肩，坐在轮椅上，此时背对林琰琰正安静地注视林巍巍。

林琰琰即便没看到那人的面容也知道是谁了，因此她止住了脚步，站在门口没有进去。

像是听出了来人的脚步，林子说忽然轻声说："你回来了？我来探望巍巍，毕竟他也是我弟弟呢，希望你不要介意。"然后慢慢地转过身来，眼神悲伤，"他一直都没有醒，即便我呼唤他，他也没醒。我听医生说如果他一直醒不过来，那就变成植物人了。"

"你来干什么？"林琰琰冷冷地问。

林子说没有回答，只是貌似关切地问她："姐姐，如果巍巍没有醒来，你是不是替他承担他犯下的所有过错？"

林琰琰真是不喜欢她说话的方式，装着柔弱说些尖锐的话。

"你来干什么？"林琰琰还是隐忍自己的脾气，继续问。

林子说低下头，又转动轮椅面对林巍巍说："姐姐，其实爸爸妈妈真的可以帮……"

"我不需要你们的帮助！如果你只是来探望林巍巍，那好，你探望完了，可以回去了！"林琰琰打断她。

林子说轻声叹息："姐姐，8年前你把我推下楼，到现在你对我都没有一点点愧疚吗？"

林琰琰沉默了，皱起眉头。

她觉得她从没有看懂林子说，有时候她觉得林子说腹黑心机，有时候又觉得林子说单纯柔弱，她真的不知道怎么定位这一位"妹妹"。

林子说转过身去背对她，声音哀婉："姐姐，我不想死，我的命本来应该是自由的，但是你把它毁了……"

林琰琰的心又紧紧地纠在一起："如果你来看望巍巍是因为这个目的，那你可以回去了，那是不可能的。"

"你没想过对我做任何补偿吗？"林子说低着头柔弱地说。

林琰琰微微笑了一下，似乎是讥笑，又似乎是无奈苦笑："林子说，我不想和你吵架，因为你本身也没做错什么，错的是你母亲，她硬要把你塞进我们的世界，因此磕磕碰碰也怨不得别人了。说实在的，我失手把你推下楼后我很后悔，有一段时间我甚至无法面对自己，我也想对你做点儿什么补偿，但是如果是通过林巍巍，抱歉，那绝对不可以，你觉得你没错的时候，林巍巍又有什么错，他凭什么给你补偿？你也少打他的主意吧！"

林子说慢慢地转过身来，一双清澈的眼冷意森寒，幽幽地望着林琰琰说："如果你也没法补偿，那就让我把你推下楼去吧，让你也感受一样的痛苦，如此，我才能原谅你！"

林琰琰第二天就要上班了，这几天经过休息调整，她虽然好了一些，可是思虑重重，精神状态仍是不怎么好。然而工作毕竟要做的，她也只能打起精神回公司。

她到公司才发现陆莘透意外地批准了她的报告。陆莘透居然妥协了真是难得！是看到那天她晕倒，害怕出工伤传出去对IV集团影响不好吗？不管他是怎么想的，只要报告批了，她可以预支工资，她和林巍巍就没有到绝地。

幸好这段时间有林岚帮忙，即便林琰琰请假了，也有人撑着，所以林琰琰回归后，工作接手得还挺顺利。

林琰琰去档案室调取文件的时候，正好碰到陆莘透从长廊远处走来，她不由自主地放慢了脚步，她在犹豫要不要对他说点儿什么。

谁知在她犹豫的时候，陆莘透已经不屑地别过目光，快速而冷漠地从她身旁擦肩而过了，仿佛她不存在一般。

她非常惊讶，这几天她没有来公司，应该也不存在得罪他的地方吧？还是……他依然看她不顺眼？

下班后，林岚热情地挽着林琰琰的手说："琰琰，我请你喝杯咖啡吧，庆祝你回来工作了。"

林琰琰尴尬地推托："不了，你帮了我很多忙，应该是我请你，但今晚我有事，改天我再请你吧，谢谢你的好意！"

林岚疑惑："你家里的事……还没解决吗？"

林琰琰苦笑，要是能这么轻易解决就好了，眼下还进入更艰难的时刻了，林巍巍的官司还没有结束，她一天比一天过得煎熬。

林岚只好遗憾叹息。两人一起下楼，谁知到楼下，就看到有人开着车来等林琰琰了。

那是一个30出头的男子，个子不高，皮肤挺黑，长相普通。对于向来独来独往的林琰琰忽然也有人来接了，着实让公司里的其他女同事意外。

林岚看那个男子目光紧锁林琰琰，还对她笑，便低声问："你男朋友啊？"

林琰琰没想到高进会来她的公司楼下接她，她从来没有向高进透露她的工作地点，王阿姨也不清楚，难道高进自己查了地图找过来的？

眼见公司里下班的同事越来越多，她几步上前低声问高进："你怎么来了？"

高进笑："我都几天没见你了，这不，明天赶上周末了，赶紧来看看你。"

林琰琰没法，回头朝林岚等人打招呼，让她们先回去了。

林岚等人也知道是什么情况，很识趣，便笑着离开。

只是林琰琰没想到，她回头的一刹那正好碰见陆莘透从公司大楼里走出来。

陆莘透显然看到他们了，眯眼瞧了瞧，面色更冷。

林琰琰转过头来低声对高进说："我不希望你下次来我公司找我，被其他同事看到不太好。"

"我也是体谅你下班了还得坐地铁回去，路途这么遥远，就赶过来接你了。你看我还没到下班时间，大中午的就从B市赶过来见你了，一直等着你下班，你也体谅体谅我吧。"

林琰琰皱皱眉，沉默不说话。

高进忽然扬起下巴指着她身后的人说："那人是谁，为什么一直看着你？"

林琰琰回头，发现陆莘透居然还站在大楼门口远远地看着她，一动不动，微眯的眼神也有些许犀利和讥讽。

林琰琰想到早上陆莘透莫名其妙对她摆脸色，心想陆莘透此时说不定正在讥讽她找了这么一个男朋友呢，心下也不开心了，就对高进说："不认识的人罢了，你不用理他。"

高进打趣道："我发现你身边的人都是挺奇奇怪怪的。"

明眼人一看就知道身后那个男子气场不一般，一定是有社会地位的人，而他一直注视着林琰琰，难道不是认识她吗，可是林琰琰居然说不认识他。就像那天在餐厅里碰见景辰，林琰琰只说是前上司，可是前上司怎么对前下属如此关心？

高进盯了陆莘透一会儿，忽然下了决心似的，揽上林琰琰的腰说："走吧，先去吃个饭，然后去看望林巍巍。"

林琰琰虽然心底抗拒，可是高进的手也只是虚拢了一下，并没有过分，她也就作罢了，默然跟着高进上车，坐车离去。

直到两人走远了，陆莘透才轻不可闻地从鼻腔喷出一丝气息。

他的心像被一只大手揪起了，又愤怒又难过。林琰琰这个女人简直是没心没肺，他帮她简直是白帮了，他对她的恩情还没过呢，她又马上投入别的男人的怀抱了，这勾搭男人的本事还真不小！他算是搭错了好心白白帮她！

　　林琰琰和高进一起去吃饭，高进对她套近乎，她没有明显地拒绝。这焦头烂额的时候，她真的需要一个可以跟她分享苦乐，可以与她商量事情的人。

　　高进给林琰琰夹菜，见她若有所思，也没有怎么动筷子，就问她："你怎么了，没有胃口吗？"

　　林琰琰摇摇头："待会儿我想去探望王禹智，你可以送我过去吗？"

　　"王禹智？"高进皱眉，"就是巍巍……打伤的那个学生吗？"

　　林琰琰点头："这么长时间我都没有去慰问过人家，挺不对的，不论家属对我有多大的意见，我总应该过去探望探望的。"

　　高进想了一下，问她："待会儿就要过去吗？"

　　林琰琰点头："我只有晚上有时间，所以今天就去看看他吧，看过他之后再去医院陪巍巍。"

　　高进也没有拒绝。

　　他们吃了饭就到王禹智所在的医院。这个地址还是林琰琰从刘意涵那儿打听来的，她到医院时已经是晚上8点多钟了，王禹智住的是VIP病区，此时时间尚早，王禹智的不少家长都在。

　　林琰琰靠近病房看到病房里不少人都在的时候，犹豫了一下，但是看了看一直站在她身边的高进，她还是拎着慰问品鼓起勇气走进去了。

　　这时候林琰琰觉得有一个男朋友真的很重要，很多她一个人无法面对的场合，有一个人陪伴在身边确实令她安心一些。不管她喜不喜欢高进，高进确实在她最困难的时候给予她很多鼓励。

　　王禹智的妈妈和胡厅长夫人以及几个亲戚都在，林琰琰走进去的时候，他们很惊讶，王禹智的妈妈站起来，大概几秒之后反应过来林琰琰是什么人，于是语气很冷地问："你来干什么？"

　　相比刚知道自己儿子被人打成重伤时候的激动，王禹智的母亲情绪已经明显缓和许多了，可是看到林琰琰出现，她眼神里还是忍不住透出怒意。

　　林琰琰双手提着礼品，低着头说："我来……看望王同学的，我弟弟昏迷不醒，不能亲自过来赔礼道歉，所以我代表他过来了。"

王太太冷哼一声，忽然大步走到林琰琰面前。

林琰琰还紧张了一下，对王太太当初拿着皮包打她的举动印象深刻，生怕她激动起来又打人，所以下意识地向后退，可是高进站在她旁边，像一座山一样，让她一下子没有那么害怕了，所以只是静静地站着。

王太太冲过来质问她："当初不来，你现在才来不觉得有点儿晚？"

林琰琰也不好解释，当初她焦头烂额，为了林巍巍的病情和医药费四处奔波，根本没法腾出时间来看望王禹智，这件事是她不对，她没有什么好辩解的，很诚恳地低声说："对不起！"

"我儿子曾经在鬼门关里绕过一圈儿，我都不知道他现在能不能挺过去，只能找最好的医生医治他，就刚刚，他还休克了……"王太太忽然指着病床上的王禹智质问林琰琰，眼神凄凉，泪流满面。

林琰琰低着头默默听着不敢说话。

"你拿来的是什么，就你这些东西能挽救我儿子的命吗？"她又指着林琰琰手上的礼品。

林琰琰头低得更低，在她26年的岁月里，曾经年少轻狂，也犯过不少错事，但是没有哪一件，会像今天这样，令她无地自容。

明明不是她犯的错，可她却比自己犯错还难受，因为这是她的弟弟犯下的错误，这是她所珍爱的一直尽心尽力保护的弟弟给别人造成的伤害，还是这么严重的伤害。她内疚，她恨铁不成钢，没有教导好弟弟，身为一个监护人没有尽到应尽的责任，她很失败，而这种挫败和痛苦的感觉没有任何一种情感能比拟。

林琰琰惭愧地低声说："对不起！"

"我不需要你没用的道歉！"王太太激动地下了逐客令，"你走吧，我儿子不需要你们假惺惺地道歉，所有的恩怨，法庭上解决！"

林琰琰紧张了，她来道歉就是想缓和一下关系的，如果对方能稍微原谅一下她，那法庭上也许就不会那么针锋相对，可是王太太好像一点儿都不能原谅她。

林琰琰想竭力争取一下，就说："王太太，我真的只是来道歉的，我弟弟对王同学做了这些，我良心不安愧疚难耐，真的很诚心地跟您道歉。不管法庭上的结果如何，巍巍的确犯错误了，我对我弟弟造成的事表示很愧疚，所以上门赔礼，希望您能给我们一次机会！"

"你为什么不让你弟弟来道歉，是你弟弟对我儿子造成伤害的，我只想让你弟弟对我儿子磕头道歉，而不是你代替他来！"

林琰琰双眸微动，轻声解释说："我弟弟他昏迷不醒，如果他醒过来了，我一定带着他登门赔礼道歉的，王太太，希望您能给我们一次机会！"

王太太忽然激动起来了："我给你们机会谁给我儿子机会，是谁把我儿子弄成这样的？我为什么要原谅你们？"她两眼泛着泪光，声声控诉，"你怎么还有脸来道歉，口口声声求我原谅你们？"

胡厅长夫人上前拍拍她的背安抚她，同时冷漠地瞥了林琰琰一眼，似乎对林琰琰的到来对王太太造成刺激有点儿嗔怨。

王太太又说："林小姐，你还没有结过婚，也没有孩子，但是听说你是一个人带着你弟弟的，不知道你能否明白一个家长对孩子的苦心，能否明白一个母亲，对自己儿子的怜惜和痛心？我的儿子原来活蹦乱跳、健健康康的，我辛苦养了他十几年，好不容易盼望他长大成人，结果他就……一下子变成这样了。我只有一个儿子，我所有的心血和心力都在他身上，万一他有个三长两短，你让我怎么办呢？我哭天喊地，能把他唤回来吗？你让我原谅你的弟弟，可是换位思考一下，要是我儿子把你弟弟打成重伤了，躺在病床上怎么也好不过来，甚至还有生命危险，你能原谅我儿子吗？这件事是我送个礼物上门，给你个机会赔礼道歉，你就能原谅我的吗？"

林琰琰摇摇头，沉默着。

王太太又说："所以，没法原谅，我一辈子都无法原谅你弟弟给我儿子造成的伤害！你也别再奢望拿着东西上门我就能原谅你，没门！你赶紧走吧！"

林琰琰的手纠结在一起，内心十分痛苦。她低声说："对不起！"放下了礼品，就要离去。

可是王太太又说："把你的东西拿走，别留在这里！"

　　林琰琰双手颤抖，这些礼物都是她很用心挑选的，虽然知道对方不一定看得上，可是已是极大表示她的诚心了，本以为王太太不接受她的道歉，好歹会收下礼物的，没想到王太太连礼物也不拿，可见对这件事的态度多么坚决。

　　林琰琰默然回头，把她买来给王禹智的贵重的东西都拿回去。

　　第一次道歉以失败告终了，出了医院的门，林琰琰的心情还是十分失落的。高进也不怎么说话，直到开车回去的路上，他才说："本来我还想着你要是上门拜访，多求对方几次，看看对方能不能给林巍巍一个机会呢，可是看对方今天的态度，几乎是不可能了。"

　　林琰琰靠着椅背望着车窗外，心烦地没有说话。

　　"要是这样下去该怎么办，看对方的态度，是一定要狠狠追究的。"高进漫不经心地说，却好像透着那么一丝不耐。

　　林琰琰也没有注意到高进的语气，她只是觉得心累了，闭了闭眼，靠到椅背上休息。

　　他们赶到医院里，林琰琰陪着高进去停车，然后低声对高进说："谢谢！"

　　高进觉得意外，走到她面前望了望她，忽然伸手捋了捋她额前的头发。

　　林琰琰望着他，从高进的眼神里她读出这个男人的喜欢，虽然称不上爱，但是对她有足够的好感，可惜她却没法用同样的心情回馈他。她别无选择地依赖着他对她的好，可却没法给他他最想要的，她的心在别人身上，所以她只能对他说谢谢。

　　"做我的女朋友好吗？"高进问她。

　　林琰琰又低下头没有说话。

　　高进微微有些失望，但还是试探性地问："如果你觉得我不错，咱们就试着相处，做我的女朋友吧，以后你的事就是我的事了。"

　　这个诱惑对于目前身处困境的林琰琰来说很大，可是她还是没法狠下心马上做出抉择。就在她沉默考虑当中，她的电话响了。

　　她拿起来刚说了一声："喂……"

对方便一直急急地说话，林琰琰没法回应一句，只能一直听着，眉头也越皱越紧，甚至手抖脚软，到后来她挂了电话二话不说就往楼上奔去了。

高进在身后追问："怎么了？"

"巍巍出事了！"林琰琰头也不回往楼上奔去。

那一瞬间高进的心也咯噔了一下，看林琰琰焦急的样子，很显然林巍巍出大事了，便也跟着林琰琰跑上楼。

刚到林巍巍所在的病房，见护士抱着本子在门口问："家属来了吗？32号床的家属来了吗？"

林琰琰跑上去："我，是我，我来了！"

护士一见到林琰琰就回头招呼医生。在护士错身的一瞬间，林琰琰看到林巍巍病房里聚集了几位医生和护士，似乎已经在给林巍巍抢救了。因为不知道到底怎么回事，她的内心越发焦急。

林巍巍的主治医师走出来，对林琰琰说："病人发生休克反应，我们已经极力抢救，他脑部的瘀血越来越大，必须要做摘除手术！"

林琰琰脑子里都是乱哄哄的，感觉自己进入了噩梦。主治医师一直在劝她赶快下定决心做手术，否则林巍巍就很危险了。

林琰琰双手颤抖地握住医生的手说："医生，这个手术危险吗，成功的几率有多大？"

主治医生叹息，但还是如实告诉林琰琰："成功的几率只有30%，但是如果不做，以林巍巍现在的状况……"医生回头看了一眼众人正在抢救的林巍巍，所有结果不言而喻。

病房里的护士忽然极力呼喊："李医生，李医生！"

李医生看了林琰琰一眼，又焦急地走进去。

林琰琰知道不能再犹豫了，虽然30%很危险，可是如果连这点儿微小的希望都不争取，林巍巍可能就没了，不论是什么结果她都要争取一下的。所以等医生急匆匆地再次出来的时候，未等医生开口，林琰琰当机立断说："我签，这个手术必须做，我现在就签字，麻烦你们一定要努力抢救我弟弟！"

然后她一把抓过护士手中的签字本，连上面的内容都没看清楚，就快速签字了，医生和护士这才把林巍巍推进手术室。

林巍巍的病房恢复了平静，可是林琰琰感觉自己的心已经空了，随着林巍巍和医生护士的离开，她的信念似乎也没有了。她好慌张，好害怕，害怕这一次赌博是一次惨烈的结果，她害怕她输得彻底！

上天不可能一直眷顾一个人，上一次林巍巍已经从鬼门关里绕过一圈儿，这一次他是否还能挺过去？林琰琰的眼泪就这样流了出来，她背对着人群，面向墙壁，默默抹眼泪。

高进上前劝她："别哭了，一切都会好的。"

林琰琰摇摇头，还是不住地流泪。

高进叹息一声，试探性地拥住她。

这一次林琰琰没有反抗，这时候的她太脆弱了，正需要一个怀抱。在苦难面前她已经被迫抛弃了她的爱情，而高进，是她唯一的选择。

也许本该如此，什么样的命运就匹配什么样的人，她不应该去奢想不属于她的爱情了，而眼前的高进，是最最合适她的！

第十四章
眼泪透过指缝滴落到地面，
洇开一朵朵黑色的小花。

林琰琰坐在手术室外的长椅上，高进在旁边陪着她，牵着她的手。然而这时候，林行远和冯清急匆匆赶来了。

林琰琰再度看到冯清和林行远出现时，心瞬间沉到谷底，这两个人这时候出现在这里，肯定又是在打林巍巍的主意。

林行远还没走近，就发现林琰琰身上散发警惕的气场，他连忙拉住冯清，略尴尬又略焦急地问林琰琰："琰琰，巍巍怎么样了？爸爸接到医院的通知，说巍巍病危，可是家属不在身边，我就赶过来了……"他看了一下手术室，又指着手术室说，"巍巍已经进去了吗？"

林琰琰皱着眉点了点头，却不做回应。

高进站在一旁，感受到了林琰琰的不正常，就问她："琰琰，他们是谁？"

林琰琰并不想回答这个问题，她的内心对林行远充满鄙视，她根本没有从林行远眼里看出他对林巍巍病情的焦急，他大概担心他的宝贝女儿没有拿到捐赠肾脏的遗嘱吧……她不想当着高进的面和这两个人争吵，可是她也非常不欢迎这两个人出现在这里，她冷冷地问："你们来这里干什么？"

"琰琰，爸爸……"

"我问你们，来这里干什么？"林琰琰蹙了一下眉头，很烦听到"爸爸"这个词。

高进再次问她："琰琰，他们是谁？"

林行远便主动介绍："我们是琰琰的爸爸和妈妈，请问你是？"

高进还没有回答，林琰琰立即嘲弄地笑道："我妈妈已经死了。"

也许感受到林琰琰的态度过于冷漠，林行远想解释："琰琰……"

"你重新组建了家庭，与我有什么关系呢，别动不动就自称是我的爸爸和妈妈！我妈妈八年前已经被你们联手害死了，你抛弃我和巍巍，怎么还好意思自称是我爸爸？"林琰琰的语气听着很平淡，其实透着无限的疏离。

高进越发看不明白了，只觉得这一家子的关系可能比他想的还要错综复杂。

林行远的笑容僵了僵，无言以对，尴尬地低下头。

林琰琰继续说："林行远，如果你们是真心来探望巍巍，心系他的病情的，那我欢迎你们。可若你们来是怀有别的目的，那就免开尊口赶快离开吧。当年是你自己说了井水不犯河水，为何今天还要过来？"

林行远顿时无地自容，十分尴尬。

冯清见状，拉开林行远上前愤慨道："林琰琰，你上次对我无礼，我念你心情激动，可以不计较，可这场手术要是没有我们夫妻两，你怎么收场？恐怕你连手术费都付不起！"

林琰琰冷笑："我和巍巍怎么样，都不关你的事，没人求着你付手术费！"她心里清楚地知道，他们之所以这样做，全都是为了巍巍的肾脏。

"你……"冯清被噎得连话都说不出了，她和林行远付了林巍巍的第一次手术费，她居然说没人求着他们？

"还有，我想告诉你们，就算你费尽所有手段，我和巍巍都不会成全你和林子说，你就死了这条心吧！"林琰琰眼里若隐若现地闪着泪花，她已经心力交瘁，却还要鼓起所有的勇气来保护她的弟弟。

冯清忽然双手抱臂冷笑："很可惜，今天我也要告诉你，就算你和林巍巍不答应，我冯清也有办法让你们同意！你以为林巍巍就算真的醒过来，他后面的麻烦就能解决吗？这世上，大概也只有我冯清有门路也愿意帮着林巍巍了，总有一天你和林巍巍会过来求我，我就等着你们来求我的那一天。"

"那恐怕真要让你们失望了呢，因为绝不会有那么一天的！"林琰琰挑眉轻声道。

两人说着说着又剑拔弩张了，林行远真怕她们又像上次那样发生冲突，上前隔开两人："清儿，算了，别和她争了，你就少说两句吧！"

冯清又恨又得意地盯了林琰琰一眼，轻哼道："好，我不跟你一般见识，反正总有一天你会收起你的骨气来求我的！"她说完别过头，高傲地找了位子坐下。

林琰琰看着她那志在必得的样子，心里很生气，但也只能忍着。她心烦得很，她已经为林巍巍的手术操碎了心，这两人还不放过她，紧要关头出现在她面前专门碍她的眼！可她又赶不走他们，只能努力当他们不存在，于是也跟着坐下来。

高进坐在她旁边低声问她："琰琰，他们……真的是你的父母吗？"

林琰琰冷冰冰地回答："不是！"

可是高进看那个中年男子的容貌，觉得林琰琰与他还是有几分相似的，于是小声嘀咕了一句："没听说你父母还在啊，而且你们的关系似乎不融洽，中间发生了什么吗？"

林琰琰此时正心烦，就说："如果你对我的家庭背景很好奇，那你就跟王阿姨打听吧，眼下我没有心情同你解释了，抱歉！"

高进不再说话了，大家一片沉默。

苦等了一会儿，值班的护士走过来对林琰琰说："林小姐，今天你弟弟的同学曾经来探望过你弟弟，并留了一样东西让我转交给你。"

当看到熟悉的信纸和信封时，林琰琰便问护士："请问是一位小姑娘吗，齐刘海儿的，头发还挺长，一米六左右。"

护士点头："是的。"

林琰琰立刻明白是之前在病房前遇到的女孩儿，应该是巍巍曾跟她提过的白玫了，然而白玫为什么总趁她不在的时候来探望林巍巍呢？这个让林巍巍怒发冲冠的女孩儿，之前退回了林巍巍写给她的所有情书，今天为何单单留下一封信？她心不在焉地打开信封，只见上头写着："姐姐，见信好，我是巍巍的女朋友白玫，今天我又偷偷来看望巍巍了，因为我无法忍受内心的愧疚和自责，看到他一直昏迷不醒，医生也说他有可能成为植物人，我的内心非常难过，我对不起他，我觉得我应该把真相说出来的，抱歉，因为我的害怕和自私，我一直隐瞒……"

林琰琰皱了皱眉，在女孩儿诉衷肠一样的忏悔中，她看到了整件事情中从来没有人讲出来的一些隐藏的细节——女孩儿说她家境不好，但因为长得漂亮，总是有一些男性追求她。她也因为家境的原因，会曲意逢迎那些男人，甚至与有钱的公子哥儿交往，这其中有一个就是王禹智。她不喜欢王禹智，可是也与王禹智交往了一年，期间她曾经想过分手，可王禹智的性格和手段都十分恶劣，她没法彻底了断干净，直到她碰到了林巍巍。林巍巍热情、仗义、对人真诚，也很真心地追求过她一段时间，她渐渐地也被感动了，也就接受了。就在他们交往后没一个月，王禹智就知道了。她和林巍巍交往是一直瞒着王禹智的，她从来没有跟林巍巍说过她的那些过往……她的举动惹怒了王禹智，王禹智曾强行把她带到酒店，想侵犯她，被林巍巍知道消息后赶来救了她……这场战火就正式挑起来了。那天晚上王禹智当着众人的面抖搂她的过去一直羞辱她，林巍巍愤怒之下才主动出手……

信的末尾，女孩儿诚恳地写道："姐姐，我真的对不起巍巍，也对不起你，我没有脸见你们，我祈求你们的原谅，对不起！"

林琰琰看完信，手一直在发抖，以至于信滑落在地。她并不想责怪白玫，虽然白玫隐瞒了这些事情，这么久都不到警察局主动坦白，可是最终白玫还是对她说出来了。她忽然不想责怪林巍巍，因为一个血气方刚的少年，在面对自己所爱之人遭人羞辱，怎么都无法克制自己的脾气的吧。那场斗殴中，也许还有他们想不到的真相，比如林巍巍并不想往死里打，王禹智可能中间也使出了什么手段，才令林巍巍如此冲动？比如林巍巍打人，并不是毫无原因的，王禹智同样也有责任……

想到这里，林琰琰灵机一动，立马拿出手机给林巍巍的代理律师打电话，她快而利落地把白玫的信告诉了李律师，末尾她问："这个消息对巍巍是否有帮助呢？"

李律师沉默了一下才回答："如果原告也有过错，可以减轻被告的罪行，但是你要留好白玫的信，还要找白玫收集证据，到时候可能要白玫出庭帮忙作证。"

"我知道了，我过后会试着联系白玫的。李律师，您有什么事要告诉我吗？"

李律师又沉默了一下，问她："巍巍现在怎么样了，醒过来了吗？"

提到这里，林琰琰刚刚有了点儿希望的心情又瞬间被冲刷没了，她难过又沉痛地说："没有……就刚刚……还发生休克反应，而且脑部的瘀血越来越大，被送进手术室了，如今还在动手术。"

"唉，如果是这样子，希望也很渺茫啊。我想跟你说，撞伤巍巍逃逸的司机已经被警方抓到了，这个案子审完，巍巍的医药费就有人赔偿了，你也不用这么伤脑筋，不过……王禹智那边情况也不是很好，你要有心理准备。"

"我知道，只要原告能治好，不要出现有人死亡，那什么样的结果我和巍巍都能承担的，而且现在案子也有新的转机，我们有王禹智过错的一些证据，希望能减轻巍巍的罪行。"

"但愿如此。"李律师其实还有话讲，可考虑到什么，最终把话题压了下去。

林琰琰仔细收好白玫的信，回到手术室门外。

也许是看到林琰琰的表情有些不一样，冯清和林行远一直盯着她。高进也问她："巍巍的同学给你留下了什么？"

林琰琰看着冯清和林行远说："没什么，一封对巍巍有用的信。"

高进挺高兴，追问："什么信？"

林琰琰没再说了，她觉得冯清的表情真的很有意思，冯清真的觉得她会求她吗？

如此，几人又相对无言坐了两个多小时，期间冯清起身打过电话，也给林子说打过电话说晚点儿回去；林行远一直坐着，虽然偶尔望着林琰琰，想说点儿什么，但是看到林琰琰冷漠的模样，他又压下了所有的话。

时间一分一分地走动，手术长时间没有结束，林琰琰的心又提起来了。不过幸好，在她的焦虑和不安即将达到顶点时，手术室的灯灭了。

林琰琰和林行远、冯清等人几乎是下意识地一起站起来，凑在门口等候着。

手术室门打开了，医生精疲力竭地走出来，揭下口罩对他们宣布："手术很顺利！"

手术很顺利！

林琰琰顿时喜极而泣，这一次，林巍巍是出现了转机的，不论手术也好案情也好，都是逐渐趋向有利的一面。

冯清和林行远的表情则很复杂，冯清低下头不知道在琢磨什么。

就在林琰琰的心情稍微放松时，她的电话又响了。

她一看是李律师打来的，正想着给李律师报喜，于是挺高兴地拿起来接："喂，李律师……"

电话那头的李律师，声音并不怎么兴奋："林小姐，刚刚有一件事我想告诉你，但是不想破坏你的心情，然而现在我不得不对你说。"

林琰琰听着李律师的话语，心不由得沉了一沉，压低声音问："什么事情？"

"我之前打电话给你时，王禹智的病情也一再恶化送进了手术室……"顿了顿，李律师才说，"就在刚刚，我接到通知，病人经抢救无效死亡了……"

林琰琰感觉一股强烈的电流从脚尖直蹿头顶，连手机都要握不住，幸好高进扶着她才没有倒下。

王禹智死了？！

老天还是要惩罚她，惩罚林巍巍！这个打击太大，她几乎承受不住。

"我知道……这个消息很坏，对你和巍巍来说无疑是个打击，刚刚得知了一点儿新情况，可是要是受害者没了，那……即便是受害者有过错，巍巍的罪责仍是重大，难以逃脱。"李律师很无奈但也很如实地禀告。

林琰琰脑海里闪过这几天接触到的《刑法》种种条例，声音都有些颤抖："李律师……没有办法了吗？"

李律师又说了什么，林琰琰的手一直颤抖，表情万念俱灰，眼泪甚至流了下来。她非常痛苦非常煎熬，连林巍巍被推出来了，她都没有反应过来。

她身子微微颤抖，高进扶着她："琰琰，你怎么了？"

她挣开他的手："没事，我没事……"她努力让自己站直，然后无力地走向林巍巍的病房。

冯清一直在关注林琰琰的举动，眼下见林琰琰忽然如雷击如霜打般低落，便敏感地意识到什么，她走到林琰琰面前，挑着眉问："李律师是林巍巍的代理律师？看来案情不容乐观？"

林琰琰已经没有心情面对小人的嘲弄，她真的很疲惫，所以完全不想回应。

"没关系，你不告诉我，我一样能知道，我对林巍巍的案情可是一直关注着，过不了多久，刚刚发生了什么我便都知晓了！"

高进眼看林琰琰憔悴无力，而冯清还在落井下石，就下意识地想要保护自己的女人。他轻轻架住林琰琰对冯清说："这位阿姨，我虽然不清楚您和琰琰是什么关系，但既然您过来看望巍巍便也是希望巍巍好的，为何在这里说风凉话呢？"

冯清莫名地冲他讥笑了一声，不予理睬。

"如果您没什么事便请回吧，我想巍巍有我和琰琰照顾就足够了。"

"这还没成一家人就开始赶人了，你对林琰琰倒是痴心啊，可惜你对她了解吗？你对她的过去了解吗？对她的家庭和她现在的负担了解吗？小伙子，恐怕你只看到人家光鲜亮丽的外表而没有真正知道她将带给你的负担啊！"

高进笑了一下："阿姨，我们两个怎么样也不需要您一个外人来担心的。"

这句话差点儿激怒冯清，她刚想斥责高进，然而手机响了，她狠狠白了高进一眼走到角落接听，起初很惊讶，中途皱眉看了林琰琰一眼，然后露出得意的笑容。她对电话里说了一声："我知道了。"随后就挂了电话，直接朝林琰琰走来。

冯清得意地走到林琰琰面前，手上举着手机扬了扬："王禹智死了。看来，刚刚你是听到这个消息才如此难过的吧！"

高进也愣了一下，皱眉问："你说什么，王禹智死了？"

冯清却没有理会高进，走近一步凑近林琰琰笑道："老天还是帮我的。"然后得意地说，"不瞒你说，我冯清在社会上摸爬滚打这么多年，还是积累了不少人脉的，林巍巍出事后我就开始准备，我有能力帮助林巍巍，但是我就是不愿意帮他，因为我求你们的时候你们的姿态摆这么高。好了，你们也有求人的时候了，我就要看你们怎样求我！"

林琰琰垂着眼帘，但拳头渐渐握起来。她任由高进搂着，还是没有说话。

冯清继续说："你不想让林巍巍进去吧？你不想让他受苦吧？那就拿他的肾脏来换我女儿的命吧，当初我求你的时候你不同意，现在我让你跪下来求我！"

林行远觉得冯清也有点儿过分了，就上前拉着她的手说："阿清，够了……够了，让她考虑一下吧！"

冯清甩开林行远的手，冲他吼："她当初有多么嚣张，我现在就要让她有多难过！"然后她转身狠狠望着林琰琰道，"今天我不逼你，我会等着你来求我的！"然后转身走了。

林琰琰感觉整个人要虚脱了一般，慢慢松开高进的手，找了旁边的椅子坐下了。高进看着她这样，低声问："刚刚那个女人是你的后妈？那个人是你的爸爸？"

林琰琰难过地把头埋进手掌里没有说话，眼泪透过指缝滴落到地面，洇开一朵朵黑色的小花。

林巍巍手术很成功，医生说清除了瘀血他应该能醒过来，降低了成为植物人的风险。这是很值得高兴的事情，可是林琰琰却没有什么心情，她到病房内看了林巍巍一会儿，忽然对高进说："你能……陪我去看看王禹智吗？"

高进惊讶了一下，问："那孩子……已经死了……"

"是，正是因为他已经死了，所以我才要去看看。"林琰琰声音很低，内心依然很自责。王禹智好像是独生子吧，王太太就只有王禹智一个儿子，如今没了，不知道得多痛苦。

高进最终还是开车载着林琰琰去王禹智所在的医院，因为李律师的消息很及时，林琰琰也很快过去了，医院里王禹智的亲属还没有散场。

王太太哭得撕心裂肺，要不是他的老公架着她，还有胡厅长夫人扶着她，她可能连站起来的力气都没有。周围王家的亲戚没有一个不抹眼泪的，就连路人都纷纷同情地望着他们。

丧子之痛，对于父母来说无疑是割了肉一样疼，况且他们那个年纪，养一个孩子多么不容易，就这么一根独苗，还断了。

林琰琰远远地望着，心也跟着一阵阵地抽疼，人家毕竟是因为她的弟弟才死去的，她带给这个家庭的伤害是无法弥补的，即便赔偿多少金钱，也无法弥补这种痛苦的分毫。

她躲在墙角看了一会儿，直到王禹智的遗体被送走，王禹智的亲属一路哭喊着追去，才默默地靠到墙上，闭眼流泪。

高进之前是跟随她上楼的，因为看到这样的场面也于心不忍，就先下楼了。

林琰琰脚步沉重地下楼，找到高进的时候，他正一手插入裤兜，一手抽着烟，低着头心事沉沉。

林琰琰沙哑着嗓音说："走吧。"

路上高进问他："王禹智死了，巍巍该怎么办？"

该怎么办呢？重伤致人死亡，不是一命抵一命，就是判有期徒刑10年以上，他已经满16岁了，虽然是未成年但也要承担完全的刑事责任，这根本躲不了。林巍巍这辈子毁了啊！她也就这么一个弟弟，母亲死后就他们两个人相依为命，结果林巍巍也还是……栽进去了！

"你后妈不是说有办法吗，要不然就求一下她吧……给巍巍减轻一下罪行也好啊！"高进忽然劝她。

林琰琰立刻睁开濡湿的双眼，泪眼迷蒙地看着他，眼里的光十分冰冷。

高进还想再说什么，林琰琰冷冷道："以后不许提冯清那个女人！"

高进只好沉默。他深深觉得林琰琰家庭的复杂远超过他的想象。这天从B市赶过来等她，短短的一天发生这么多事，到现在半夜了他还没有能睡下，这个女人也没有关心他一下，他心力交瘁了，下意识开始思考这场相亲真的值得吗？再加上林巍巍惹上这么烂一摊子，以后的赔偿和各种官司问题，他真的要和这个女人一起承担？

高进这么想着，内心越加烦躁，虽然没有说话，可是意志动摇了，明显想退缩了。

林琰琰给高进订了一家酒店，让高进去休息，自己则打车回医院守着林巍巍。高进并没有怎么拒绝，只平淡地嘱咐她小心，就自顾自上楼去了。

林琰琰一夜没睡，第二天原本是周六，可是她之前因请假落下的工作太多了，只能回去加班。可林琰琰完全没有心情去上班了，虽然她已经很努力地去珍惜工作了，可是发生这么大的事，她真的再没有心情回公司安安稳稳地上一天班了，就算回去，工作也很勉强吧，所以她还是硬着头皮跟Miss李请假。

Miss李很生气，质问她："林琰琰，你怎么又请假？公司上次不是给你放假一段时间了吗？陆总也很宽容地准许你每天可以提前1小时下班照顾你弟弟，这是哺乳期女员工才有的待遇，你都特殊享受了，你还想怎么样？"

林琰琰只说："对不起。"不论李经理说什么，她都疲倦地说"对不起"，然后就挂电话了。

请了假，林琰琰觉得她应该去找一下白玫，就算林巍巍减刑的希望很渺茫了，她还是要争取一下的，白玫给了她一丝希望，她不能放弃。

林琰琰不知道白玫家住哪里，就给刘意涵打电话打听。刘意涵听说她要找白玫十分意外，又听说白玫曾经几次去探望巍巍后，就很气愤地说："她……她怎么还有脸去看巍巍？！"

林琰琰只当他是为巍巍愤愤不平，没有想太多，安抚他几句，就要了地址。

白玫还在学校上课，但每天中午都会回家吃饭。林琰琰就踩着学生放学的点

在她习惯回家的路上等她。

大概12点钟的时候，白玫背着书包出现了。

小姑娘今天穿着校服校裙，还是穿着那双镶有金边的耐克鞋，看来她平时的鞋子不多。她走路的时候一直低着头，对路过的同学也不怎么搭理。

林琰琰细心地注意到周围不少同学都注视着她，甚至有人在背后对她指点议论，她也不在乎，不主动打招呼，别人跟她打招呼她也不回应，似乎是独来独往的冷美人。

林琰琰眼见她走近了，就站出来，对她微微一笑："白玫。"

白玫抬头看了一眼是林琰琰，愣住了。

林琰琰走近她："你刚刚放学吧，应该还没吃中午饭？姐姐请你一起吃中午饭怎么样？"

"姐姐，你……你找我有什么事吗？"白玫怯怯地开口，双手紧握着书包的肩带，眼神很警惕。

"没什么事，就是约你吃个饭，你看好不好？"

白玫忽然下意识地后退两步，有点儿惶恐，可她身后是马路，一时没法躲，只能站定："姐姐，我中午回家吃饭的，父母若发现我没回来，会担心，所以……还是算了。"

"吃完饭也可以回去的，姐姐送你也可以。"林琰琰好不容易找到她了，怎能让她轻易走。

可是白玫还是抗拒，甚至有点儿不顾马路边上的危险一步步后退："姐姐，不用了，我……我……"

"小心！"林琰琰真的怕她走到马路上，赶紧抓住了她的手，对她笑笑说，"你不用怕，姐姐真的好意请你吃饭的。"

白玫无辜地看着她。

林琰琰叹息一声，直入主题了："白玫，姐姐想和你聊点儿巍巍的事，如果你真的是巍巍的女朋友，应该会帮他吧？"

白玫本还在挣扎，但听到她这么说还是良心不安地低下头。

因为白玫说中午要回家，如果不回家父母会着急，林琰琰就找了一个附近的小餐馆吃饭。

林琰琰开门见山地对她讲明来意，她一直低着头没有回答。

最终林琰琰望着她祈求道："姐姐真的希望你能出庭帮巍巍做证人，这是巍巍可以减轻罪行的唯一机会了，请你帮帮他好吗？"

白玫低着头，看不到脸上的表情，就是不说话，阳光从窗外照进来，照着她细长颈脖的皮肤特别白皙，真的是纯白如栀子花一样的女孩儿啊。林琰琰想，这么纯洁的女孩儿应该是善良的，应该会帮助巍巍的吧。

结果白玫愣是从头到尾不说一句话。

林琰琰伸手过去轻轻握住她的手，真诚地说："白玫，姐姐知道你担心什么，但是你出庭作证，只是实话实说，不会有什么影响的。巍巍真的需要你的帮助，你也说了巍巍是因为你才这样子的，姐姐就求你帮他一次好吗？"

白玫瑟缩了一下，触电般地收回自己的手，最终低声说："我考虑一下，我想和我父母商量商量，可以吗？"

林琰琰继续轻柔地、低声下气地说："巍巍真的很需要你的帮助。"

白玫又说："我考虑一下，今天晚上给姐姐答复。"

林琰琰还想再说什么，但是看她为难的样子，也不好强逼了。她把自己的手机号码留给白玫说："姐姐给你电话，今晚你一定给姐姐答复好吗？拜托了！"

白玫收紧了字条，轻轻点了点头。林琰琰就放她回家了。

看着她青春美丽的背影渐渐消失，林琰琰叹息一声，真心希望白玫有点儿良知，不要自私地躲藏，能勇敢地站出来一起帮林巍巍作证。

林琰琰离开小餐馆后，给李律师打了个电话汇报了这个情况，李律师也通知她马上就要开庭了，让她做好心理准备。

如今这情况，王禹智都死了，她再做好心理准备又能怎么样呢？

林琰琰疲惫地回到医院，她以为高进会在医院里等她呢，结果到了医院并没有看见高进，这一个早上他都没有给她打电话也没有短信。

　　高进周五特地从B市赶过来陪她，但昨晚一直和她一起忙碌到很晚才住酒店，应该是很累了，难道现在还没有起床？林琰琰不好打搅他，就给他发了一条短信："晚上过来一起吃晚饭吗？"

　　发送完毕后她才上楼，正准备去林巍巍的病房，就听到楼道里一片吵嚷，好像有人在闹事，她以为又是哪一位家属跟医生护士吵起来了呢，现在在医患关系非常紧张，医护人员和病人家属很容易就因为一点儿事情协商不妥而吵起来的。

　　她没有怎么在意，等走近一瞧，才发现这闹事的根本就在巍巍的病房里，林琰琰心惊，大步走上前。

　　林巍巍的病房门口一直有警察守着，此时警察都当劝架人员，而两名护士正拉着一名大吵大闹的妇人出来，那名妇人还一直拼命挣扎拼命哭喊："你还我儿子，你还我儿子！"

　　妇人旁边有两三个人也一起指责医护人员，看起来像是亲友。

　　那名妇人不是别人，正是王禹智的妈妈王太太。

　　林琰琰一看这场面就知道发生了什么事，愣在当场。而医护人员发现了林琰琰，就喊："林小姐你回来了，快来阻止这些人，这些人打扰到病人休息了！"

　　还没等护士说完，王太太转头发现了林琰琰，立刻把怒火转移向林琰琰。

　　王太太大步走上来，举起皮包朝林琰琰身上一下一下地砸，一边砸一边哭喊："你还我儿子！你还我儿子！"

　　林琰琰很痛，每砸一下都觉得疼得头昏脑涨，但是她不敢反抗，只是愧疚地不断说："对不起……"

　　王太太气愤地冲上来就揪住她的头发，幸好周围有人及时把王太太拉出去了。然而王太太依然歇斯底里大喊："你还我儿子，你还我儿子……"

　　场面越演越烈十分轰动，警察没法，也只能把王太太暂时请走了。

　　这场骂战大约持续了十几分钟，除王阿姨一直维护林巍巍以外，林琰琰始终在旁边低着头安静地站着，连头发被王太太揪乱了她也没有梳理。王太太终于走了，围观的人却还没有散去，远远看着指指点点。她并不觉得多么丢脸，只是觉得悲哀，她弟弟做出这种坏事，毁了人家的儿子，她只觉得愧疚和悲伤。

是她不对，是她教导无方才导致这一结果的，她对不起王禹智一家。

王阿姨见围观的人太多，就拉着林琰琰进病房，转身死死关上门。

"这是什么人啊，太无礼了！不是说是贵妇，也是胡厅长的妹妹吗，怎么这么没教养！"王阿姨一边拍打林琰琰身上被王太太揪乱的衣服一边生气地抱怨。

林琰琰却没有说话。胡厅长是穷苦人家出身，经过几十年的奋斗才爬上今天的位置的，他妹妹即便后来经过胡厅长做媒嫁给了富商，可依然保留其泼辣本性。况且王太太就这么一个儿子，平时把儿子宝贝得无法无天了，儿子忽然遭遇不测，王太太怎么能控制住自己的脾气，一定要找仇人报仇了。

见王阿姨一直为自己愤愤不平，林琰琰感激地低声说："王阿姨，谢谢您。"

王阿姨愣了一下，随即劝慰她："这种人太无礼了，巍巍有什么错，法庭上解决就好了，何必上门闹事？琰琰你没事吧，刚刚被打了一下，没有伤着哪里吧？"

林琰琰摇摇头："我没事。"

她一直盯着林巍巍，如果林巍巍醒来，她一定会收拾林巍巍一顿的，哪怕她平时很疼爱这个弟弟，但是犯下如此不可饶恕的错误，她也一定不会纵容！

既然王家已经上门闹事了，林琰琰觉得，她不亲自登门拜访给王家道歉就是不对的。虽然她上次已经去医院道歉王太太没接受，可是现在王禹智已经死了，不论如何她都要再上门一次，一定要诚挚地给人家道歉的，哪怕会被人家泼一盆水赶出来，她也应该去。

她并不指望王家人能因为她的道歉而对林巍巍网开一面，但是她还是必须这么做，至少自己心里会好受一些……

下定决心之后，林琰琰跟王阿姨说一声就出去了。

她本来希望请高进陪她一起去的，可是高进到现在都没有回复她短信。林琰琰也不好意思一直打扰人家，她只能壮着胆，自己一个人过去了。

第十五章
她没有什么不能答应的，
她已经走投无路了。

王禹智的丧礼在殡仪馆举行，林琰琰本来想着去葬礼现场，但是一想到她的出现一定会惹来王家更大的不快，而且在葬礼现场道歉一定惹来众怒，就放弃了。她打听王禹智家所在的别墅区，就一直在别墅区门口等着。

她从下午等到晚上，期间想起白玫答应会回复她电话，但是一直没有打来。林琰琰给白玫打电话，白玫没有接，之后两次甚至直接按掉了她的电话。她很失望，只能自我安慰这种事情应该不能一蹴而就吧，她大概还要多找几次白玫，再多做一点儿思想工作，也许白玫才会答应。

林琰琰迎着寒风在别墅区门口等着，她不知道王家的车是哪一辆，可是她跟门口的保安说了，要是王家的车开回来了，保安会知会她一声的。

冬天的夜晚十分寒冷，风吹得透骨凉，林琰琰缩在墙角等着，不断搓搓手跳两下，活动僵硬的手脚。

别墅区门口小车来来往往，林琰琰对每一辆路过的车都期盼着，但是保安都没有召唤她。

大约又过去了20多分钟，林琰琰远远看到有一支轿车车队朝别墅区驶来。看到这么豪华的车队她瞬间激动了，会不会是王家的车从丧礼现场回来了呢？

正揣测间，她看到排在第一位的宾利轿车开到小区门口，而保安也没有叫她的意思，她便失望了，正低头间，保安亭里的另外一个保安不住地朝她招手呼唤。

因为隔着窗户，林琰琰没听到保安说什么，只见他的手指了指车队，她终于明白了，这真的是王家的车队啊！

林琰琰赶紧站起来，拿着礼盒走到岗亭处。

她趁着司机摇下车窗打卡的瞬间，便想上去争取与王家人见面的机会，然而走近一看，居然看到了非常眼熟的司机。

这位司机姓刘，是一直在陆家做事的老司机，陆莘透上高中时一直是这位司机接送上下学的。以前林琰琰追求陆莘透，对这位司机非常有印象，没想到多年后，她居然在这里碰到了他。

刘司机看到林琰琰，也很惊讶，他也还记得她，就睁大眼睛说："林……林小姐？您怎么在这儿，有什么事吗？"

伴随着司机的说话，后座的车窗也徐徐摇了下来，林琰琰看到了正襟危坐俊朗不凡的陆莘透，而他的旁边居然是公安厅的胡厅长！

林琰琰下意识地后退一步，第一反应是自己认错车队了，可是胡厅长为什么在陆莘透的车上呢？

见前车一直停着不动，宾利车后的第二辆车上有人摇下车窗问："怎么回事啊？"

是坐在后车后座上的一个中年男人，很陌生，面容比胡厅长长得还严肃，看起来就知道是个威严的人。

林琰琰隐约听到司机称呼他"王先生"，立刻猜到那个人是谁了，这位先生应该就是她要找的人——王禹智的父亲王大坤。

王先生一看到林琰琰，唰地立刻把车窗摇上了，根本不给林琰琰机会。

林琰琰咬咬牙给自己打气，直接奔上去轻敲了一下后座车窗，诚恳地请求："王先生您好，我知道您不想见我，但是我是怀着十分诚恳的心情来给您道歉的，您能否给我一点儿时间，就一点点时间可以吗？"

车上的人没理会，她隐约看到王先生面色难看地催促司机快走，然而碍于前方陆莘透的车还没开走，被卡在中间进退两难，于是不得不继续忍受林琰琰的

"骚扰"。

林琰琰看不到车窗里面的人，可她知道车里面的人一定能看到她诚挚鞠躬的模样，就一直在说："王先生，求您能给我一次机会吗？王先生，拜托您了！"

陆莘透在前面的宾利车上，虽然没有回头，但他的车窗一直开着，听得到林琰琰焦急地低声下气地请求，抓住最后一根救命稻草一样不断地求着车上的人。

这个女人的骄傲自尊去哪儿了，过去即便他怎么羞辱她都不低头，像是打不死的小强；可是现在，为了林巍巍的事，可以这般毫无尊严地低声下气。

本来他以为看到林琰琰这样，他的心情应该很不错，但是不知道为什么，陆莘透觉得窒息一样地难受，觉得车里的空气很闷，闷得他都要坐不住。他忍不住烦躁地松了松颈间的领带。

最终，陆莘透还是没忍住，望了旁边的胡厅长一眼，询问："厅长，您怎么看？"

胡厅长淡淡地望他一眼，脸上表情不动如山，在仕途混了许多年，混到厅长的位置，察言观色的本事比一般人要更强。胡厅长抬了抬手，对坐在副驾驶上的秘书吩咐了几句。

秘书点点头下车，走到王先生的座驾旁敲敲窗玻璃，车窗摇下了一点点，秘书凑过去对着那条缝轻声说了几句。车里面沉默了片刻，终于王先生摇下车窗，冷若冰霜地对着林琰琰说："你跟我到家里去谈！"

这句话让林琰琰激动得差点儿泪奔。

王家的车队终于开进小区了，车队开得很快，丝毫没有理会林琰琰。

林琰琰追了几步，根本没法追上，她虽然知道王先生故意给她甩脸色看，但是人家好歹给她一次机会了，她就算跟不上也要拼命跟上。

车队拐了几个路口，林琰琰就追不上了，她咬牙拼命往前跑，直到看到一条分岔路，她扶着膝盖弯腰直喘粗气，在分辨不出方向的时候，幸好王家的管家出来接她了，一路把她引到王家。

这一片别墅区虽然不是最豪华的，但是楼层设计得很好，小区规划得非常漂亮，里头的别墅有大有小，王家所在的别墅便是很大的一幢，几百平方米，前后带有独立院落，还有泳池等等。

林琰琰跟随管家从大门走进去，便见小洋房里灯火辉煌，路上拐过王家的花园，陆陆续续碰到一些仆人，这种感觉很久没有了，小时候她也是住在这样的别墅里面的啊，如今隔了差不多十年，她再次踏入这种地方居然很紧张。

王家的客厅里聚集了很多人，有王禹智的爸爸和爷爷奶奶，还有王家的其他亲朋好友和胡厅长，林琰琰甚至还看到一直盯着她表情莫测的陆莘透，他们应该都是一起从丧礼上回来的，数数十多个人，齐齐带着各种情绪盯着她，她紧张得不由得深呼吸几口。

然而很奇怪，王太太不在。林琰琰也不知该失落还是该高兴，失落的是因为不能给王家的所有人道歉，高兴的是她清楚王太太肯定非常不想见到她，如果王太太在的话她连进王家门的机会都没有了。

面对这么多恨着她的人，而她又是一个人过来的，手里提着花尽自己所有能力买来的三件礼盒，看着王家金碧辉煌的大厅，她觉得手里用自己几个月工资买来的礼盒寒酸得不值一提。

然而挫折总是要面对的，生活总是要继续的，这一道坎儿，她必须迈过去。

林琰琰咬了一下下唇，艰难地移动步子走到那伙人面前，弯腰鞠躬低声说：
"王先生，我是来给您道歉的，我知道我说什么您可能都不会接受了，但是为了不让我自己良心不安，也为了我弟弟所犯下的错误而深深自责，我还是必须给您道歉的。我是诚恳地、发自内心地，不管您原谅与否，都希望您收下我的东西，给我一个道歉的机会可以吗？我对不起你们，对不起王禹智，深深地对不起你们……"

林琰琰说到最后都语无伦次了，平时语言能力还可以的她，这时候觉得只有朴素的发自内心的言语，才能代表自己深深的愧疚和歉意。

王家的人个个沉默愤怒地看着她，最终王禹智年迈的爷爷奶奶经受不住丧孙的打击，哭着被下人搀扶进房去了。

等她说完，一直铁青着脸的王先生站起来指着林琰琰说："你这些举动能挽回我儿子吗？能缓解我丧子的心痛吗？我王大坤平时不主动害别人，但是别人伤害了我儿子，我一定让他碎尸万段，一定让他碎尸万段！你那个弟弟，林巍巍，我要让他下地狱！就算他死了，也抵不上我儿子一条命！"

林琰琰听着这些字字刻着恨的话，心里难受又恐惧地发抖，但又必须面对，就像明明知道前方是狂风暴雨，她仍旧必须迎上去一样。

她只是一个无力的女人，她身边只有弟弟一个亲人了，不论弟弟犯了什么错，她都要竭尽全力地维护着，弟弟承担不了她就要替他承担着，她只是一个不愿意放弃唯一至亲、不愿意变成孤苦伶仃一个人的可怜女人而已！

林琰琰听着王先生激动地指着她的鼻子骂着，眼泪滴落了下来。她愧疚地扑通一声跪下，哭泣着说："王先生，我给您跪下来行吗？王先生，我求您了，我弟弟真的错了，我求您能稍微原谅他……"

陆莘透的表情微变，他深沉地望着跪在地上泣不成声的林琰琰，心底闪过一丝钝钝的痛。

所有人都很震惊，他们是王禹智的长辈，可是伤害王禹智的是眼前这个女人的弟弟而并不是她，他们还有一点儿理智，内心里知道不应该这么苛责这个女人的，而是应该去苛责女人的弟弟。所以看到林琰琰跪下，一些亲戚觉得受不住便站了起来。

王先生却依旧怒火中烧，尤其是看到林琰琰哭着跪下，十分不想看到这样的场面，激动地对管家吩咐："把这个女人弄走，轰出去，不要让她进王家一步！"

管家和仆人上来请林琰琰了，林琰琰被迫起来，但是她还是向王先生哭求。王先生干脆背过身去。林琰琰就转向胡厅长，对胡厅长哭求："胡厅长，我求您，您能帮忙说句话吗……我弟弟他有错，但是他内心里也不希望造成如此结果，他知道错了，以后也会补偿和悔改，您能给他一次机会吗？求您了……"

千万不要让巍巍下地狱，那是她唯一的弟弟，千万不要！林琰琰在内心里呐喊，只求王家能接受她的道歉，稍微宽容宽容。

胡厅长轻轻叹息摇摇头。

"求您……"

胡厅长看了又腰背过身去的王先生一眼，叹息说："孩子，你回去吧，这件事就交给法律解决，该怎么处置就怎么处置，犯了错就应该受到惩罚，没法逃脱的！"

"胡厅长……"林琰琰的眼泪吧嗒往下流，模糊了视线。

王家的电话响了，王家的管家去接了后走过来说："先生，太太的车回来了！"说完，还悄悄扫了林琰琰一眼。

王太太是因为在葬礼上伤心过度，晕倒了临时被送去医院了。如今在医院躺了半天，终于回来了。

连管家都知道王太太见到林琰琰一定又要气晕过去，更何况十分了解自己妻子的王先生了。王先生看都没有看林琰琰一眼，暴躁地对管家吩咐："轰出去，别让太太看见！"

林琰琰最终被请出去了，她垂死挣扎般地喊了几声："王先生……王先生……"可是没人理她，连她带来的礼品，也被王家全部丢了出来。

被轰出去以后林琰琰并没有离开，默默守在王家院墙外，她看到王太太的轿车回来了，也看到其他亲戚陆陆续续离开王家的别墅。

天色渐晚，王家熄灯了，可她依然站在门外。

夜里下起了小雪，林琰琰流着泪默默地站着、望着，最后眼泪都流干了，脸上是不是还在流泪她都不知道了，因为脸已经被冻得失去知觉。

很久之后，她的身后有人走来，一个熟悉的低沉声音响起："你打算站到什么时候呢？"

林琰琰回头，风雪中她看到一个穿着黑色风衣身材极高的男人。她一对上那双异常深邃的眼时，立即下意识地低下头。

她抹了一把脸上的泪，才发现泪水已经干涸了，混着风雪犹如刀割一般在脸上纵横，眼睛也哭肿了，十分难受。

她知道她现在的样子很狼狈，被他看到还不知道又要怎么落井下石，就背过身去，抬起已经僵硬的脚，踉踉跄跄走了。

陆莘透心中一窒，想也没想就上前拉住她的手："你去哪儿？"

林琰琰甩开他。她还能去哪儿？她只是要离开而已，祈求原谅已经失败了，她如此狼狈，不想再这样面对陆莘透。

看着她单薄的身影走进风雪里，好像一阵风都能把她吹倒，陆莘透的声音微微透着隐怒："林琰琰！"

林琰琰没有回头，整个人麻木前行，就像一个木偶。

陆莘透咬咬牙，他恨透了她这副模样，不管他对她是冷是热她都置之不理。他也很懊恼自己对她的感觉，不知道何时起他开始注意这个女人，关注她的一举一动，会为她的开心而开心，会为她的难受而难受。

以前整治她，每当看到她因为他生气抓狂，他的确有过高兴，因为这样至少比她漠视他要好；但是当他看到她受伤难过时，心里却感觉阵阵窒息，好像他也跟着受伤一样。

这些年他从来没有忘记这个女人，从她失踪开始他就一直打听她的消息，终于知道她回到A市，那种心情简直像寻到宝一样。

他想要接近她，一开始他以为他只是为了报仇，直到他被她的情绪左右，因她的难过而难过时，就知道事情并不是他想的那样……就像现在，他看到她因为弟弟的事情如此低声下气地求别人，他就无法置之不理。

其实从王家出来，他就回自己的别墅了。他的别墅就在王家附近，上了二楼，通过落地窗就可以看到王家的大门。因与王家相邻，平时也有些交情，陆莘透今天才会去参加王禹智的葬礼，并跟随王家一起回来了，他没想到会碰到林琰琰。

后来，他看着这个女人一直守候在王家门口，风雪越来越大也一动不动，她在风雪中站了多久，他就在窗前焦躁地站了多久。最终他还是没忍住走下来，撑着一把伞去接她。

到底自己为什么会做出如此举动，是心疼？还是不忍？陆莘透想不清楚，也不愿意去想。

此刻，他看着林琰琰冷漠地向前走，终于没忍住说出来："假如我有法子，你不求我？"

林琰琰停住了脚步，脸上的表情呆滞而悲痛，但是她清清楚楚听到陆莘透这句话了。

陆莘透有法子，是真的吗？她能信吗？他会帮助她吗？是不是又有别的要求……她苦笑摇摇头，不敢相信陆莘透的好心，跟跄着继续往前走。

见她无动于衷，陆莘透咬咬牙又说："我和王家一起回来的，我和胡厅长有交情，难道你不打算争取一下？"

林琰琰终于缓缓回头，风雪中她见陆莘透笔挺地站着，黑色风衣包裹着有力又修长的身材，还是那张熟悉的英俊如刀刻般的脸。这还是8年前欺负她的学长？这是那个让她又爱又恨的人？

林琰琰保持着警惕的心理说："你有什么条件？"

陆莘透在心里自嘲一笑，第一次没有尖酸刻薄而是平静地问："如果我真的有条件你就不打算争取吗？"

这是他第一次没有开口就嘲讽或者说些尖酸刻薄伤害她的话，林琰琰反而有些不适应了，她站在冷风中，一双眼睛静静地望着他，沉默半晌。

是啊，如果他有条件难道她就不争取了吗，这是她唯一一次机会啊。如果连这次机会都没有了那她的巍巍就更惨了，所以哪怕这次机会必须上刀山下油锅，她也要争取！

林琰琰低下头，最终接受命运的安排……

她跟随陆莘透来到陆莘透的别墅，在进院门口的时候林琰琰还迟疑了一下，八年前，她跪在陆家大宅门口祈求他原谅，那时候她是那么喜欢他，以为这辈子可以为他付出一切……如今，她将再次踏进陆莘透的家门，虽然不是陆家的大宅了，但是林琰琰心里依然有阴影。

眼见她没有跟上来，陆莘透回头问她："为何不进来？"

林琰琰没有说话，闭了闭眼告诉自己赶紧忘掉过去，默然走进去。

陆家灯光明亮，与王家的璀璨不同，陆莘透的小别墅装修得很温馨。林琰琰入门时只匆忙扫了一眼，便低下头。

陆莘透亲自为她倒上一杯热咖啡，然后坐在沙发上望着她。

林琰琰双手捧着咖啡贪婪地汲取杯身上的温暖，小口小口啜饮着温热的咖啡，觉得身体在逐渐恢复知觉。

陆莘透一直在想要怎么开口才合适，其实内心里他不想与她时刻保持剑拔弩张的状态。

"林巍巍的事是从什么时候开始的？"最终他问。

以前陆莘透只知道林琰琰的弟弟出车祸了她要请假，并不知道事情的真相。今天参加了王禹智的丧礼，才知林巍巍不仅出了车祸还打人了，而且还把人打死了，那个人还不是一般的子弟。林巍巍果真不让人省心，难怪这个女人这几天这么焦头烂额，工作状态也完全丢了。

林琰琰浅尝了一口咖啡，语气平静地开口："你有什么条件？"

她不想与陆莘透废话。

见她还是这样一副冷漠的态度，陆莘透有些隐怒，他好声好气的时候，她还是要这么保持距离？难道一定要像以前那样才能交流？！

于是他冷笑一声，扬唇道："是不是只要我帮助林巍巍，你做什么都可以？"

林琰琰闻言皱眉："你要什么条件？"她知道她妥协的可能性比较大，一切都是为了林巍巍，只要不是让她死，她大概没有什么不能答应的，她已经走投无路了。

陆莘透望着她，目光冷清，那层冰寒之下其实隐藏着心伤。他忽然起身走到她身后，双手压到她沙发的两边，形成环抱着她的姿势说："你知道的，我一直都很讨厌你，看到你难过我应该开心，可是现在，你弟弟出了这样的事我却愿意给你机会，大概我不希望你倒下得太快，怕以后没人陪我玩了吧。"

明明心里不是这样的想法，但他还是说出了口不对心的话。

他的右手搭上林琰琰的肩膀："所以，你最好对我的态度好一些。"

林琰琰的表情有一瞬间很压抑，沉默不言。

陆莘透忽然按住她的双肩将她往沙发靠背带，迫使她抬起头，他从上方俯视她警惕的眼，眯眼笑着说："你有多讨厌我？"

林琰琰不知道他要干什么，也是头一次见他这样的态度，不由得心生恐慌。

"说话，嗯？"

沉默。

"你很喜欢景辰是吗？"

林琰琰依旧沉默，瞳孔有一瞬放大，她不明白这时候他提景辰是什么目的。

见她终于有了些表情，陆莘透的笑容越发凛冽了："很好，那你就做我的女人吧！你越是讨厌我，我越是要把你留在身边；你越是喜欢景辰，我越是不让你们在一起！"

林琰琰终于慌乱地挣脱他从沙发上起身，几步走到离他两米远的地方，警惕又恐惧地瞪着他。

看到她这样明显地抗拒，陆莘透心里越有捏死她的冲动。他那种变态的欲望又升上来了，他就是要拆散他们，她不是喜欢景辰吗，不是讨厌他讨厌得不得了吗？她让他难受了，所以他也要让她不好过！

他扯了扯嘴角，轻松地绕过沙发扶手，坐下，问："怎么，你不答应？你不是已经为了你弟弟留下来了吗？既然留下来了，就应该有心理准备我会要求你怎么做，难道你还指望着我供着你？"

林琰琰拳头握紧，咬牙切齿地盯着他，如果她的眼神是刀，陆莘透现在一定已经体无完肤了："如果你提出这样的条件，我……我需要考虑一下。"

陆莘透慢慢地将她喝过的咖啡杯端起，闻了闻，忽然就着她喝过的痕迹啜一口，直让林琰琰觉得毛骨悚然，这个家伙今天是中邪了吗，平时嫌弃她嫌弃得跟路边的狗似的，现在……居然喝她喝过的咖啡。

看着她那样的表情，陆莘透心里冷笑几声，表情和动作都十分优雅，语气自信而慵懒："好啊，那你就好好考虑一下。给你一晚上的时间，就今天晚上。过期我的话收回来，以后你就没有机会了！"

林琰琰的心里是难过的，但她隐忍着装作淡定地说："谢谢你的咖啡，告辞了！"

她逃也似的奔出陆莘透的家门。外面已经下着鹅毛大雪，她穿着很单薄，可她也顾不上许多了。她想起临出门时陆莘透喊的那句话："记得把伞带上，我可不希望我的女人第一天来我家就冻着了，以后怎么伺候我呢？"

这句话让她不由得抖了几下。这对林琰琰来说简直是侮辱，她终于控制不住自己的眼泪夺眶而出，咬了咬牙，便冒着风雪出去了，不再回头。

陆莘透好像还喊了句什么，她已经听不清楚了。

第十六章
她很想找一个依靠，
很想很想寻求一个温暖安全的怀抱。

　　回到市区，在看到医院的大门时，林琰琰忽然一点儿都不想进去，她很想逃离这个世界，逃离这个让她压抑伤心的地方。

　　她疲惫地给王阿姨打了个电话，确认林巍巍没事后，就在医院附近的公园里找了张椅子坐下了，四周很冷，风雪依旧，她戴着帽子抱着冻僵的身体，就是不想回去。

　　想了想，她又摸出手机给高进打电话，然而高进依然不接。足足一整天了，高进不可能都没时间接电话吧，就算没时间，看到她的这么多未接电话和短信，也不可能不回复一下吧，所以，这段刚刚建立起来的恋情，恐怕又吹了。

　　她不由得苦笑，没有谁会为谁海枯石烂天荒地老，尤其是她面临着这么大的困难，没有感情基础的高进，怎么可能会为她付出时间和精力？明明刚开始她是不期待这段感情的，现在高进离开了，她反而失落了？大概她不喜欢被抛弃的感觉吧，她总是被抛弃，总是被迫孤独……

　　想到这里，林琰琰又黯然流下眼泪。就在她擦眼泪的时候，她注意到前方慢慢走来一个人，然后那个人在她面前站定了。

　　林琰琰抬起头来，在昏黄的路灯下，她居然看到了她日思夜想却从不敢奢求的人，那个人高高存在，如今却冒着风雪站在她的面前。她没忍住心慌和惊喜，慢慢站了起来。

景辰肩上落了许多雪花，黑的风衣衬着白的雪十分明显，他的发丝有些许凌乱，面色被冻得僵硬，可依然保持其温润如玉的姿态。

很显然，他是冒着风雪赶来的。

林琰琰不知道他为什么会出现在这里，十分意外，一时惊愕呆呆地看着他，忘了言语。

景辰温和地开口："我一直在找你。"

他的话很温暖，有些焦心，也很关切。

林琰琰这才想起自己的处境，顿时尴尬，擦了擦眼泪低着头说："我……我……"

她觉得很不好意思，为什么总是让景辰看到她的窘态呢？这个世界上，她最不想被景辰知道她落魄的处境。她下意识地用双手搓了搓僵硬的手臂，企图摩擦出一点儿温暖，也掩饰自己的无措。

景辰盯着她已经冻得发青的手，又看看她穿得这么单薄，毫不犹豫地脱下风衣温柔地披到她肩上。

林琰琰心里大惊，下意识地想脱下风衣还给景辰，却被景辰伸手拦住了，他说："我不冷，你披着吧。"

林琰琰裹在还残留着他体温的风衣里，满满的都是他干净清爽的气味，像有一股暖流淌过她的心底，让她忍不住颤抖。

她不明白他为什么对自己这么好，一时惶恐又不知所措，低头的时候眼泪就掉到地上，热热的浸得她眼眶痒痒的。这时候，不论是谁，哪怕是一个陌生人对她稍露关心她都会十分感动啊，更何况是她的心上人。

景辰盯着她，怜惜地开口："今天我受邀参加了王先生儿子的葬礼，才听说了你弟弟和王公子的事情，原来这段时间你……一直都是这么艰难。"

林琰琰的头压得更低了。

"我问了公安局的朋友，了解了事情的经过。后来我又咨询了律师，我想，我可以帮你，这个案子还有许多疑点。"

林琰琰抬起头来，震惊又感激地看着景辰。

景辰冲她笑笑，想了一下又说："以后，如果你想到王家去，我可以陪你去，或许比你单独过去要好些。"他说话很小心，生怕刺激到她。

可是林琰琰仍是瑟缩了一下，想起今天的狼狈劲儿，她实在很难为情，也实在不想再让景辰看到她的狼狈。虽然她知道她与景辰不可能，但她也想把她最好的一面留给他。

"景总，谢谢您的好意，只是我……我不敢麻烦您。"她何德何能，怎么能求助景总的帮助。

"你就当是我自愿帮助你的吧。"看到她哭得眼睛红肿不已，景辰十分心疼。

她与他本来没有牵扯的，但是他忍不住就想要去关注她，看到她落难他根本没法置之不理，这种冲动其实让他自己也吃惊不已。

景辰看她孤身一人，忍不住问她："你男朋友呢？"

林琰琰才想起高进，高进已经一整天没有联系她了，估计真的没戏了。林琰琰苦笑："景总，我没有男朋友。"

景辰惊讶，刚想说什么，林琰琰又抬头解释："上次那位先生，是我相亲认识的，因为是我邻居阿姨的侄子，抹不开面子就答应见面了，本来想着如果可以，就处下去吧，可是很显然……人家看不上我的。"

林琰琰因为鼻尖痒，抹了一下鼻子，这模样颇有几分委屈像个撒娇的小女孩儿。

景辰看到她这个模样，莫名想笑。他只觉得心头舒畅了，五脏六腑好像被打通了一般，心头的顾虑都被卸下了，他忽然觉得很惬意。

"原来是这样，不过男朋友，还是要好好找的，林小姐不必着急。"他相信喜欢她的人不会少的，就像他忍不住被她吸引了。

林琰琰羞涩地笑了笑，她知道景辰是好心想帮她，但是她实在没法领这份情，她不能随便接受一个人的好意。虽然景辰不是施舍只是好心想帮她，可在她看来，这就是，特别是对景辰，她更不想得到他的同情和怜悯。

擦了擦鼻子，林琰琰把风衣从肩头脱下来，递给景辰说："景总，您是好人，我感激您，但是，这件事我真的不敢麻烦您的。您说这个案子有疑点，我会和我的律师尽力去把它找出来。"顿了一下，她忍下所有委屈和难过，轻声说，"谢谢您，风雪大，您请回去吧！"

她最终还是把他的好意推掉了。

景辰的手僵在半空，都不知道怎么开口。

这个无比要强的姑娘，哪怕到了这样的窘境都不肯接受他的帮助，他不知道要欣赏她还是拿她无奈。他真的很心疼她，很想帮助她，但是她要是觉得他在施舍，就很难办了，毕竟他也不希望她的自尊心受伤。

景辰跟上去小心翼翼地说："林小姐，这个案子，出于人道主义精神，我想没有人会无动于衷的，我只是……纯粹地想帮你，我有这个能力，所以对我来说也不会太麻烦。你不用觉得麻烦到我，如果你真的觉得愧疚，那你就当作一个人情，以后还了也可以。"

说实在的，林琰琰确实心动，陆莘透已经把她逼到窘境上了，如果今天晚上她没有更好的办法……要么就放弃救林巍巍，要么……就真的委身于陆莘透……可是不论是哪个都不是她愿意的。她已经被现实逼折了腰，已经开始向没有爱情的婚姻屈服，可是她要继续放弃自己的尊严接受别人的施舍吗？

林琰琰不想，那个人还是景辰，更是她不想的。

所以她仍是坚定地摇头谢绝："谢谢景总的好意。"

景辰很无奈，叹息一声望着远方说："林小姐，这个案子比你想象中的复杂，因为我涉及的层面广，接触的人多，知道这个案子，可能不是光凭你和你的律师就可以摆平的。"

林琰琰终于停下脚步望着他。

景辰转过身来与她对视，目光真诚："真的，我可以帮你。"

也许林琰琰不清楚这个案子背后牵涉的背景关系，很多真相并不是有理有据就能够说服，这当中还牵扯许多人际关系和复杂的背景。林琰琰也明显能感觉到李律师的力不从心，白玫也不愿出面帮巍巍，这个案子怎么可能那么轻松能打赢？

困难就像一座大山，压得她喘不过气，她就要崩溃了。她很想找一个依靠，很想很想寻求一个温暖安全的怀抱。

林琰琰的眼泪又吧嗒吧嗒掉下来，她强压住悲恸，开口说："景总，我可以……我可以……抱一下您吗？"

闻言，景辰一脸意外的表情，但听到这句话他心底竟然也生出无数的欢喜。

林琰琰哽咽着，声音也小小的："您别误会，我只是……只是想感激一下您，因为没有哪一个人，像您这么好，我真的很感激您！"

景辰叹息一声，没等林琰琰行动，就上前一步主动拥住了她。

她身高挺高，他抱住她的时候她的鼻息刚好刮过他的颈部，令他冰冷的肌肤也拂过一丝痒痒的感觉，那一瞬间景辰想到她的唇，必定也如樱桃般唯美。她的头发有香味，幽幽侵入他鼻息，令他心神安定……这一刻一切都变得美好了，他很享受拥她入怀的这一刻。

她的身躯娇弱纤细，完全不是她身高应该有的重量，这令他无比心疼，忍不住将她更紧地抱住。

北风冰凉，但是他心底一片温暖，他忽然觉得这个女孩儿在他心里的分量越来越重了，已然超过他之前认为的友情范畴。

而林琰琰在靠近他怀里的那一刻，感受着他的体温，不由得酸了鼻子。那一刻她不仅仅感激他，还藏有她自己的私心，那掩埋在心底的暗恋似冬日里的暖泉肆无忌惮地从泉眼里流淌出来，热热的暖暖的，令她身心舒透。她的求而不得，好像在这一刻终于圆满了，她不敢奢求再多了。

林琰琰只靠了一会儿就满足又羞涩地轻轻推开了他，不好意思地说："景总对不起，我只是……真的情绪失控了，谢谢您！"

娇躯从他的怀抱中离开的一刹那，景辰觉得像是忽然失去了什么，心里的不舍念头越加清晰地浮现。

景辰笑笑，温和地说："我理解你的心情，你不必觉得愧疚。"

林琰琰忽然看到他领子上似乎有水痕，那是她眷恋地靠上去的时候留下的，她觉得很不好意思，他的衣服一定很贵，她不应该把他的衣服弄脏的。她脸颊发烫，犹豫了一下还是说："景总，不好意思，我把您衣服弄脏了，我帮您擦一下吧。"

她手忙脚乱地拿着纸巾上前，景辰这才发现领口的确有些亮晶晶的液体，他也很尴尬，无奈一笑说："没关系，我拿回去干洗就好了。"

"还是擦一下吧，万一您的未婚妻看到了就不好了。"林琰琰坚持。

景辰愣了一下，备感意外地说："我没有未婚妻，你不用紧张。"

他没有未婚妻？！林琰琰的手僵在半空中，又惊又喜地愣住了。

景辰怎么会没有未婚妻呢？她之前不是常常看到那位与他出双入对的女孩儿吗？而且陆莘透也数次说过景辰有门当户对的未婚妻，还是市长千金。

也许看出她眼里的疑惑，景辰又笑着强调："我没有未婚妻，真的。"他说得很坦然，毫无掩饰。

林琰琰放下手小声地说："我听陆总说您……您有一位市长千金未婚妻的，而我也曾经……看到您和一名女子挽着手出双入对……就真的以为您有未婚妻呢。"

景辰哑然失笑："家长们有这样的提议的，可还没有确定。陆总曾撞见我与市长及他的千金吃饭，可能误会了。至于你看到的那位女子，应该是我堂妹景心。"顿了一下，景辰又说，"我堂妹有男朋友了，就是上次在餐厅里你见到过的，我的一个美国朋友。"

景辰解释得很仔细，其实他完全没有必要对一个外人说得这么清楚，然而他私心里却不想让林琰琰误会。

林琰琰也有一点儿印象了，上次她和高进去吃饭，的确看到景辰和那位美女以及一个金发碧眼的外国人一起吃饭的，女子年纪轻轻可妩媚万分，原来如此啊，那两位才是货真价实的一对。

林琰琰忽然就笑了，兴许是意识到自己笑得很莫名其妙，就很不好意思地低下头，显得越加娇羞惹人怜爱。她心里那么欣喜，笑容是怎么也掩饰不住的。

看到她笑，景辰也笑了。

景辰忽然觉得他之前的订婚就是个错误，他与市长千金见过面，没有很喜欢也没有很讨厌，当时他觉得若妻子品行可以，又门当户对，没有什么不能接受的，他并不会轻易忤逆家长的决定；可是现在，他忽然觉得婚姻还是要有爱情为基础的好，他同意景心的话了，婚姻不应该将就。而他，也是这个时候，暗暗下了决心。

"天气很冷，我们还是找个地方躲一躲吧。我能去医院看望你弟弟吗？"景辰问，也是担心林琰琰穿得单薄在外面站得太久而感冒了。

林琰琰看看飘扬的雪花，远没有停的趋势，就点点头，带景辰去医院了。

最近一段时间都是王阿姨帮林琰琰守着林巍巍的，只要她去上班或者外出办事，王阿姨就主动过来，还给她带饭。林琰琰心底非常感激王阿姨，可是以她的近况又暂时无以为报，只能铭记恩人的恩情将来有机会再报答了。

林琰琰带景辰走进林巍巍的病房之前，回头对景辰说了病房里有一位她的邻居阿姨，景辰点头，可就在两人说话的空当，王阿姨忽然一脸惊喜地从病房里跑出来了。

"医生，医生！"王阿姨一边跑一边大喊。

林琰琰心下一沉，快步走上去："王阿姨，巍巍怎么了？"

王阿姨一见林琰琰回来了，立即抓住她的手惊喜得老泪纵横："琰琰，你回来了啊，我刚刚还想给你打电话呢，巍巍醒了，巍巍醒了啊！"

林琰琰激动得拔腿就奔到病房里面。

林巍巍戴着氧气罩，蹙着眉，微微睁眼，看似毫无生气，但是的确是醒了。

这真是天大的惊喜，林巍巍昏迷了差不多半个月，如今居然醒过来了！这半个月她心力交瘁，简直像经历了一轮生死一般，不论是王禹智死了，还是林巍巍将来会怎样，都比不上林巍巍可能成为植物人给她的打击沉重！如今她弟弟醒了，不会成为植物人了！林琰琰看到林巍巍睁眼的一刻，激动得眼泪滚滚而落。

她几步上前，看到弟弟安静地躺在床上脆弱的模样，她怕吓到他，哽咽着轻声说："巍巍，你醒了吗？巍巍，姐姐来看你了。"

林巍巍目光呆滞地转向林琰琰，没有说话，又虚弱地闭上眼睛了。

医生和护士很快过来了，并请所有的家属出去，他们要给林巍巍做全面检查。

林琰琰情绪激动地走到门外，忍不住就抹起了眼泪。

景辰看到她这样，很心疼，但是又不好过分亲昵，只能劝她："不哭了，病人醒过来就是最大的好事了。"

"是啊，只要他能醒，我就觉得……我没什么好怕的了，哪怕天塌下来，他还活着，我就没有这么担心。"她实在害怕老天爷再从她身边夺走她的亲人。

景辰很想给林琰琰一个拥抱，但是他不能冒昧，只能轻拍她的背以示安慰。

一旁的王阿姨瞧着两人好久，总觉得这个陌生男子对林琰琰好像太关心了些，就好奇地走过来问："这位是？"

林琰琰给王阿姨介绍之后，王阿姨点点头，但还是忍不住上下打量景辰，并且心里有了一番思量，就说："我侄儿怎么不在你身边？"

林琰琰苦笑，当着景辰的面儿又不好说话，就说："他昨天来看过巍巍了，估计太累了，今天都在休息。"

王阿姨皱了一下眉头，心里有百般疑虑但也不好过问，就对林琰琰说："今天巍巍醒过来一次了，是在他同学来看他后才醒过来的，后来又昏迷不醒了，直到今晚才真正醒过来。真是奇迹啊！"

林琰琰抓住王阿姨话里的重点了，立刻警觉地问："来看望他的同学叫什么名字？"

王阿姨努力想了一下，说："叫什么名字我不记得了，是一个女孩子，长得挺漂亮挺白净的一个小姑娘。"

林琰琰立刻知道是谁了，是白玫！她赶紧追问："小姑娘做了什么或者和巍巍说了什么吗？"

"就来坐了一会儿，说些学校里的事情，比如说又上了什么课，同学之间玩了什么，后来我去打水，回来她就不在了，然后我就看到巍巍醒了，把我激动得哟，赶紧叫医生，可是医生过来后巍巍又昏迷过去了，直到刚才才醒来。"

林琰琰依然觉得蹊跷，白玫不肯联系她怎么又偷偷背着她来看望巍巍呢？难道她真的做了什么对不起巍巍的事?

没一会儿医生出来了,告诉林琰琰说林巍巍的确醒过来了,目前检查没什么大碍,让他好好休息,不受刺激病情会慢慢好转。

林琰琰高兴地和景辰对视一眼,眼里散发着藏不住的感动光芒。她觉得景辰就是她的福星,有他出现林巍巍就醒过来了!

病床上,林巍巍依然戴着氧气罩一动不动,眼睛微微开启,直直地望着天花板,目光却无比空洞。

林琰琰坐到他床边小声问:"巍巍,你醒了吗?"

林巍巍仍旧一动不动。

林琰琰轻轻牵住他的手,又忍不住哽咽道:"巍巍,你睡了好久,姐姐担心你,只要你醒过来姐姐就放心了,不论发生何事,姐姐都不会放弃你的。"

林巍巍还是一动不动。

"巍巍,你听到姐姐说话吗?"

林巍巍沉默。

"巍巍?"

……

林琰琰终于觉得他不对劲了,她伸手在他眼睛前晃了晃,可是他除了会微不可察地眨眼外,完全不像一个清醒的人。

"巍巍,你听到姐姐说话吗?"

依然没有回答。林琰琰疑惑地回头望了王阿姨和景辰一眼,王阿姨也觉得林巍巍的反应很奇怪,就对林琰琰说:"要不要再叫医生?"

林琰琰却回过头来望着林巍巍,她觉得他是能听见她说话的,也应该记得她是谁,但是为什么不愿意说话呢,到底是因为受到了刺激,还是刚刚醒过来有点儿蒙?

林琰琰尽量心平气和地说:"巍巍,我不管你做了什么,或者你心里有什么想法,你现在不想对姐姐说话也好,但是姐姐还是要和你说。自从你出车祸住院,姐姐一直没有放弃你,我们家的情况你清楚,姐姐一个人……要救你太困难太困难了，但是我一直没有放弃你，哪怕你几次生死攸关，姐姐都没有撒手。

"你惹上了官司，姐姐请律师代理，你闯下的祸，姐姐替你赎罪，就算将来你锒铛入狱了，姐姐也会等你，不会放弃你。姐姐说这么多，只是让你知道，不论你犯多大的错误，哪怕你成了全天下的罪人，你都是我弟弟，是血浓于水的手足亲人，姐姐永远不会放弃你。所以也希望你坚强，不要自责和自闭，要坚强和振作起来，不要让姐姐失望好吗？"

林巍巍眼睛连眨了几下，但是没有其他反应。

林琰琰放下他的手叹息道："你长大了，有自己的想法了，你可以为你所爱的人冲动，但是姐姐真的希望，你心里也有姐姐的位置。因为妈妈去了以后，我们家里就剩我们两个人了，如果你不依赖姐姐还能依赖谁呢，姐姐不依赖你，还能依赖别人？姐姐为你殚精竭虑，劳苦奔波，希望我付出的这些，对你都有点儿效果啊。我希望你……看在姐姐为你做这些事情的份上，赶快好转起来，为你自己，也为了姐姐，好吗？"

与此同时，林巍巍的眼泪落了下来。

王阿姨也看到了，赶紧高兴地示意林琰琰再接再厉。

林琰琰又说："我听说今天白玫来看你了，我不知道白玫和你聊了什么，但是一定是白玫把你劝醒的，这个女孩子对你很重要是吗？但是这些都过去了，不管你爱她也好，她伤害了你也好，这些都过去了，你不要往心里去，快点儿好起来。"

林巍巍的眼泪越流越多，也许林琰琰真的说到他的心坎里。他终于开口说话，声音虚弱："姐，我累了，想休息。"

见他这些天来终于第一次回应她，林琰琰禁不住热泪盈眶，但是她不好强求，只好点头说："好，那你休息，姐姐不打扰你了。"

林琰琰把王阿姨和景辰都请了出来，又靠在林巍巍病房门上不住抹眼泪。

林巍巍应该是有心事的，肯定跟白玫有关，有可能白玫今天对他说了什么才刺激得他醒过来，可是为什么不告诉她呢？

她很明显地感觉到林巍巍的变化，之前活泼好动的人儿一下子变得这么沉默忧郁，林琰琰一时间无法接受，担心他会憋出什么心理疾病。

见她忧心忡忡的样子，景辰上前安抚道："你弟弟能醒过来问题就好办许多，明天我让律师事务所的人与你接洽一下，他们会委派人过来协助你和李律师打官司的，我相信有他们的帮助你弟弟这个案子会很快完结。"

林琰琰都不知道该怎么谢谢景辰，也不知道就这么接受人家的好意对不对，一时间手足无措。

景辰又说："我的团队会比你和李律师单打独斗好很多的，他们也很有经验。"

林琰琰感激地给他深深鞠躬："我只能……谢谢景总了，如果景总以后有什么需要我帮忙的，我一定拼尽全力，报答您。"

"你说得太客气了，帮助你是我自愿的，你不用有负担。"景辰扶起她，笑了笑，沉吟片刻，他觉得他应该说点儿让她安心的理由，就微笑着补充，"你把工作做好就可以了。"

本来只是景辰随口的一句话，景辰自己都未必当真，林琰琰却是十分认真，景辰如此尽心帮助她，那她一定不能辜负景总的期待。她当下咬了咬下唇点点头："我明白的，我一定把工作做好，不让景总为难。"

林琰琰觉得她还应该说点儿什么的，可是那一瞬间她也找不到话题，但目光又舍不得从景辰身上离开。她只想贪恋地多看他一眼，平时她见他不容易，更何况景辰现在已经不在公司了；可是她又那么想念他，见不到他就总想他，所以他出现在她面前时她就忍不住想多看几眼。

景辰也是如此，他已经没什么好吩咐的了，可是双眼也像着了魔一样定在林琰琰身上，挪不开。

王阿姨在旁边看着，觉得两人之间的气流不太对劲，这两人毫无察觉般地如此对视，让外人看了真是……

王阿姨忍不住故意咳了咳。林琰琰顿时不好意思地低下了头，景辰也觉得是时候离开了，于是低头掏出一张名片，拿出笔在上面写了一串号码，递给林琰琰："这是我的名片，上面新加上的是我的私人号码，如果你有什么事可以打我的电话，私人号码我都会接的。"

林琰琰感动地接过名片，她想了一下，便也掏出自己的名片害羞地递给他："景总，这是我的名片，IV集团统一印制的，上面只有一个号码，也是我唯一的号码。"

景辰欣然收下："那，明天律师会联系你的，我先回去了，如果你有什么事可以给我打电话。我就……先回去了。"

林琰琰看了一下时间确实很晚了，她耽搁了人家这么长时间，实在很不好意思，就道谢并送他离去了。

景辰走后，林琰琰还望着电梯发呆，魂丢了三分可又注满了甜蜜，她低头看着景辰的名片，上面有他手写的字体，苍劲挺拔，就像他的人一样俊秀。林琰琰爱不释手，小心把名片收藏好才走回来了。

王阿姨见她嘴角挂着甜蜜的笑，越来越觉得不对劲了，也为自己的侄儿担忧起来，赶紧问她："琰琰啊，阿姨问你个问题，你不要觉得不好意思，也不要有心理负担，就如实回答好了。"

"嗯，什么问题？"林琰琰疑惑地看着王阿姨。

"你是不是……不喜欢我们家侄儿？"

说到高进，林琰琰心里也不知道是什么滋味，坦白地跟王阿姨说："王阿姨，我知道您一直想撮合我和高进，我之前……也试着接受高进的，但是现在高进他不联系我了，我觉得他可能看不上我了吧。"林琰琰低下头，现在提起被高进抛弃，她没觉得那么难过了，可能景辰愿意帮助她以后，她就觉得自己不是孤独一人了吧。

王阿姨闻言皱眉："他为什么不联系你了呢？他不是人已经来到A市了吗？"

林琰琰点头："是的，他周五过来了，晚上陪我去看了看王禹智，然后我把他送去酒店休息，他今天一整天都不联系我了，打他电话他也不接。"

"怎么会这样，你等着啊，我打电话问问他，看怎么回事。"王阿姨似乎很着急。

"现在已经很晚了，阿姨，我看算了吧，明天再说吧。"

"那不行！"王阿姨很坚持。

林琰琰看她摸出手机了，也就没多说了，其实高进对她是什么态度她也无所谓了，之前会失落会难过，并不是因为她喜欢高进，而是不喜欢这种被抛弃的感觉，既然他不喜欢她，那她也没必要争取了。

她任由王阿姨打电话，自己先回病房了。

王阿姨最终也没打通高进的电话，现在快凌晨一点钟了，可能高进睡觉了，又或者真的已经回B市了。

第十七章
不敢相信，
就这样与景辰成为朋友了？！

第二天清早，虽说是周末，但林琰琰还是很快接到了律师的电话，景辰委派来帮助她的是陈律师，乃是与景辉集团合作的律师事务所中的资深律师，除了他以外，还有两名助理一起跟随。

林琰琰很高兴，约上李律师以后，早早就出门准备见几位律师了。

她昨天晚上没怎么睡，就等着巍巍什么时候醒来，她好问他一些事，希望能整合出新的证据，可是巍巍醒来了两次都不说话，听她提问就又借口想睡，让林琰琰很担心。

与陈律师见面之后，林琰琰才感受到专业的律师团队办事效率是怎么样的，的确非常厉害，见解很犀利很独到，比她和李律师打官司强多了。

陈律师人至中年，据说在这一行业里非常有名，连李律师见到他都激动地上前和他握手，觉得荣幸之极。可见景辰是很有诚意的，派出来这么好的律师帮助她。

聊了一上午，陈律师确定这个案子很可能当事人隐藏了部分真相，甚至几个学生在警察局做笔录都联合撒谎了，因为他们的口供不缜密，虽然听起来天衣无缝，仔细推敲就有许多蹊跷之处，一些时间点根本合不上。所以他们打算从学生的口供上找突破口。

林琰琰听到这个分析，整个人被狠狠一击，觉得世界都黑暗了。

其实刚开始她和李律师也怀疑学生们是不是撒谎了，他们也试着找证据，但五个学生的律师团队比他们都厉害，他们打不开突破口。而且林琰琰也不相信平时和巍巍这好的一群学生，关键时候竟然联手暗算巍巍。如果巍巍知道这个真相，怎么接受得了？

陈律师说："要从五个学生身上打开突破口很难了，因为很显然，他们也有律师保护。唯一的缺口，就在女学生白玫身上，这个女学生应该知道点儿什么的。"

林琰琰连连点头："白玫经常背着我来看望巍巍，应该是心怀愧疚的。可是我找她，她又避而不见，很明显她是不想见我。"

"她不是不想见你，而是不敢面对你，这件事情只能由林小姐去完成了，你看你怎么约她出来，做做思想工作，即便她不愿意出庭，哪怕让她说出点儿什么也好，我们也好收集证据。"陈律师强调。

林琰琰立刻点头："我明白了。"

和律师们辞别之后，林琰琰决定当即去找白玫，过两天就要开庭二审了，而且今天是周末，她也没什么事，就还是尽快把事情落实吧。

出了咖啡厅，林琰琰习惯性地查看手机，才发现这一个早上不得了，陆莘透居然打过她电话，而且一打就是三个，最后还发来一条短信："你考虑得怎么样了，今天早上必须给出回复，这是你唯一的机会。"

林琰琰冷笑着删掉这条信息。她现在浑身充满了干劲，不会再受陆莘透拿捏。

与此同时，景辰也给她发来一条短信，话语还是那么温暖："事情谈得怎么样？"

林琰琰想立刻给景辰打电话，报告消息，但是一想，又觉得她这么兴师动众地打扰他恐怕不好吧，他这么忙怎么有空接她的电话呢，而且他都只是发短信过来问候，她还是以短信回复更礼貌些。于是她回复道："谈得很顺利，陈律师非常厉害，非常感谢景总。"

没想到景辰也很快回复："顺利就好。老陈在这一领域很有经验了，他能帮到你的。"

"嗯是的，感觉得出来，谢谢景总。"

"加油。"景辰还在字后加了一个表情。

林琰琰看着加油两个字和表情，又好笑又感动，忽然觉得景总也很可爱呢。她内心里充满了温暖，来回抚摸着那两个字，仿佛景辰给了她一个拥抱，让她流连忘返，让她对生活充满了勇气。

鉴于白玫一直避而不见她，林琰琰觉得，她要想正面找到白玫就应该要突袭，所以她决定直接到学校堵白玫。

她才刚上了公交车拿公交卡刷卡的空当，手机就响了，林琰琰手忙脚乱翻出手机后下意识地想接，然而一看是陆莘透打来的，她便止住了动作，咬咬牙，直接断掉了电话。

她没有保存陆莘透的电话号码，因为根本不需要，她永远不会主动找他的，可是陆莘透几次给她打电话和发短信，以至于她都记住了那个令她痛恨的号码了，看到陌生又熟悉的数字，她就知道是他打来的。

另一边，电话被挂掉数次，陆莘透已经恼火得不行了，他昨天晚上就通过多方人脉打听清楚了林巍巍案子的情况，并联系了律师咨询相关法律问题。从昨天晚上至今天早上他都在忙林巍巍的案子，最终确信自己有办法帮林琰琰摆脱这个困难，才打电话给她。

不管他是怀着什么样的心情逼迫她做他的女朋友，但是他真心想帮林琰琰摆脱困难，他确实于心不忍看她这么痛苦。

可是今天早上给她打电话，她不接，短信也不回，后来还直接挂掉了他的电话，这让陆莘透很不满。他费心费力为她寻找破解方法，可她这是什么态度？！

虽然恼火万分，但陆莘透想着也许那个女人还没想清楚呢，那他就再给她一点儿时间，待会儿再给她打电话问问。他相信她是没有办法拒绝他的，因为除了接受他的条件，她别无选择。

林琰琰到白玫学校的时候刚好放学，她等了一会儿就瞧见白玫走出来，正准备迎上去，谁知白玫却忽然拐弯走向另外一条路去了，她只能赶紧跟上去。

白玫走得挺快，七拐八拐地就远离学校走到另一条道上了，这里学生不是很多了，白玫很谨慎地东张西望一阵后，就走进一家奶茶店里。

林琰琰觉得奇怪，难道白玫今天有人约吗？她决定先不露面探探看。

奶茶店不是很大，她还细心观察了一下，这家奶茶店只有一个出口，白玫一定还会从这个门出来，所以她决定在门口等着。

大约过了十几分钟，白玫出来了，跟她一起出来的还有一个男孩子。那个男孩子又高又壮，一脸严肃令人生畏，刚出来他就搂过白玫的腰身，白玫也没有反抗，反而乖顺温柔地偎依在他怀里，两人俨然情侣模样。

一见此人，林琰琰不禁大吃一惊，因为这个男孩子居然是商权！而白玫穿的让她一直眼熟的耐克运动鞋，商权也穿了一双一模一样的，这本来就是情侣款。一定是商权之前在医院里的时候穿过，林琰琰才这般印象深刻！

一瞬间，林琰琰什么都明白了，但是她又觉得实在想不明白。商权被拘留了一段时间，因为他不是主犯，而且律师团队也比较给力，所以一审过后就被释放了。这个案子主要的问题都被推到林巍巍头上，因此二审也主要是审核林巍巍和王禹智的纷争。

林琰琰不能理解的是，商权跟白玫是早已经在一起，还是刚刚在一起的呢？要是刚刚在一起，怎么林巍巍出事的时候，他们两人已经穿上了情侣运动鞋？要是很早在一起，林巍巍怎么还傻帽地为白玫打架？

林琰琰拿出手机，偷拍下了两人在一起的亲昵照，不管两人有没有对不起她的巍巍，这些照片一定有用处的。如果两人真的对不起巍巍，这些照片就能成为证据了。

商权和白玫牵着手说了会儿话，便依依不舍地分开了。白玫似乎很失落，一直注视着商权所坐的轿车离去，直到他走远了，她才回头朝自己家的方向走去。

林琰琰便是这时候堵在她的面前，白玫很惊讶，下意识地顿住脚步想转身逃跑。

林琰琰看白玫这般恐慌，便知道白玫心里一定有鬼了，但她还是尽量心平气和地说："白玫你等下，姐姐找你有点儿事儿。"

白玫低着头，双手在抖："姐姐，您上次找我，我和我父母申请过了的，他们不同意，他们不愿意我惹上官司。您别怪我自私，我也没有办法，您……您上次也看了我写给您的信了，我的家境不好，我没办法，不敢惹上王家那样的人家，您放过我吧，您就原谅我吧！"

林琰琰皱着眉头盯着女孩子清纯的脸，想不明白为什么如此美好的女孩子竟然有一颗这样扭曲的心。她很失望也很生气，她的语调明显严肃许多："白玫，你是担心得罪王家？还是担心你出庭说了真相，会影响到商权的前途？"

虽然说得这么斩钉截铁，但是其实林琰琰也只是猜测的，她想看看白玫的反应。

果然，这番话让白玫抬头惊恐地看向她，抖得更厉害了。

林琰琰的心越来越失望："白玫，巍巍对你很好，我知道他从来没有这么用心地、热情地去追求过一个女孩子，他为了你甚至可以打架可以犯法，可是你能为他做什么呢？姐姐不想强迫你，但是姐姐真心地希望你别昧着良心。如果你实在不配合，很抱歉，恐怕我会把今天拍到的你和商权见面的相片交给律师的。"

"什么……姐姐您都看到了……"白玫惊得甚至没法掩饰自己的情绪了。

稍作平静，林琰琰又说："包庇是犯法的，更何况王禹智死了，这么大的案子，白玫你认为你可以承受得住吗？你真的不会让你的家人担心吗？我希望你能认真考虑清楚。我等你的回复。"

白玫忽然就急哭了，直到林琰琰走出很远，都还能看见她不知所措地站在那里哭得稀里哗啦。

林琰琰把拿到新证据相片之事打电话跟陈律师汇报情况，陈律师建议她试着找刘意涵谈一谈，因为只有从这些心软的同学身上才能打开突破口。

林琰琰就给刘意涵打了个电话，刘意涵接通后，林琰琰说："意涵，姐姐今天去见白玫了，白玫把所有事情都告诉我了，我知道你对巍巍还是有情谊的，你把巍巍当作朋友是吗？所以姐姐也想从你这儿听到真相。"

刘意涵震惊得久久说不出话。

林琰琰又劝说："这个案子，你是罪责最轻的人员了，你几乎不会获刑，但是如果你犯了包庇罪，就难说了。你认为商权给你的承诺足以让你瞒天过海，一辈子不受刑法或者摆脱良心的谴责吗？"

刘意涵还是不敢吭声。

林琰琰真的替巍巍伤心，明明巍巍对这些孩子掏心掏肺，尤其是商权，之前巍巍受学校处罚，很多事件都是替商权受的，可是商权把巍巍当作朋友吗？还是当巍巍是个傻子，是个顶罪的小跟班？而其余的四个人呢，都是畏惧商权家的势力而替商权瞒天过海，一同欺负真心对他们的朋友吗？

这一切只因为巍巍家境不好，只因为巍巍一贯仗义，比较好说话？

林琰琰这样想着，心中难免泛起苦涩，黯然流下眼泪。如果她的家庭没有破裂，如果妈妈还活着，他们家还好好的，巍巍一定不会遭受这些罪，她也不用。

她擦了擦眼泪，话语中却无法掩饰因为情绪激动的哽咽："意涵，姐姐已经重新请了律师团队，并掌握了新的证据，巍巍的胜算很大，不论你帮助商权还是帮助巍巍，你都不会受到惩罚。所以姐姐拜托你好好想一想，到底要不要说出真相，姐姐不逼你，姐姐给你一点儿时间，二审那天，姐姐希望你给出一个正确的答案，可以吗？"

见电话那头还是没有吭声，林琰琰心灰意冷准备挂电话了，这时刘意涵在那边哽咽着轻声说："姐姐，我对不起你们。"

她需要的根本不是一句道歉，所以她当作没听见就挂了电话。泪水决堤涌出，她努力平复好自己的情绪，就回家去了。

王阿姨一直坚持留在医院照顾巍巍，所以林琰琰就回家给他们做饭。既然巍巍醒了，她就要做点儿有营养易吸收的食物给他。

送晚餐去医院的路上，林琰琰意外地接到了景辰的电话。林琰琰看到他是用他的私人号码打来的，心里忍不住悸动，很快就接上了。

"事情解决了吗？"景辰问她。

林琰琰笑着回答："嗯，算是解决了，白玫没问题了，刘意涵那边应该问题也不大，这个孩子比较善良，在我们没有找到突破口的时候他自己都觉得愧疚几次跟我道歉了，我想他会做出正确的选择的。"

"解决了就好，看到你解决问题了，我很替你开心。"景辰在电话那边欣慰地笑了。

"谢谢景总。"

两人聊到这里本来好像就没什么聊了的，可是很显然两人都不舍得挂电话，因此在短暂沉默之后，景辰主动问她："那现在在做什么呢？"

林琰琰低头看了看手上的食盒，说："我做了晚餐送去医院给巍巍和王阿姨吃。"

"都有些什么呢？"

"骨头粥和鸡汤，这些是巍巍的，有助于他伤口的愈合，还有王阿姨爱吃的小菜。"顿了一下，林琰琰很有倾诉欲地说，"我今天试着做了一道咕噜肉，王阿姨爱吃这个，不过我小番茄放多了，不知道王阿姨会不会吃不惯。"

景辰忽然哈哈笑了下，声音难得地爽朗。

林琰琰疑惑："景总，您笑什么呢？"

"咕噜肉，我忽然想起我留学的时候做过这道菜，也犯了和你一样的错误。这道菜在唐人街可受欢迎了，很多外国朋友都喜欢中国留学生做这一道菜，认为我们做得正宗，很可惜我们都是半吊子……"

景辰同样很有倾诉欲，话匣子一打开，就讲了许多他留学期间的趣事，让林琰琰笑声连连。两人之间不知不觉就亲近了。

"改天我应该尝一尝你做的咕噜肉，是不是比我做的还酸。"景辰很愉悦地说。

林琰琰不好不答应："好啊，景总帮了我这么大的忙，我应该请景总吃饭的。"

"吃饭就……不必要下馆子了,你若有心思,亲自下厨,更显得有诚意些。"

"好啊,只是……我怕我做得不合景总的胃口。"

"没关系,我在留学的时候什么样的菜没吃过呢,我的同学、舍友很多手艺都未必如你呢。"

"那就恭敬不如从命了。"

两人说说笑笑,不知不觉也渐渐感觉气氛有些暧昧,景辰想他还是要给林琰琰一个借口,不至于让她怀疑两人之间忽然过于亲近,就坦然地说:"你不必觉得有压力,如果可以,把我当成朋友就可以了。"

林琰琰既心惊又欣喜,有些语无伦次地说:"把景总当成朋友,我……我……我……"

"我在美国的时候,与很多人都成为朋友,大家都是普通人,你不用觉得有压力,况且我已经不是你的领导了呢,你就把我……当成你的朋友就可以了。"

"我能交到景总这样的朋友,是我的万分荣幸!"林琰琰的确有点儿激动。

"那就这么说好了,改天约,试试你的手艺。"

两人又说了一会儿话,才恋恋不舍地挂了电话。

林琰琰捂了捂自己的脸,好烫!一颗心也扑通扑通震天响,她有点儿不敢相信,就这样与景辰成为朋友了?!

另一边,景辰挂了电话,嘴角都扬起笑意,摘下墨镜眯眼看着阳光,伸伸懒腰。他在自家泳池边躺椅上晒太阳,手中捧着手提电脑浏览新闻和回复邮件,这是他周末里最惬意的时候了。

景心轻手轻脚过来,忽地冒出来想吓他一下。但是景辰不为所动平静地翻着笔记本,语气慵懒地说:"我早就知道你过来了,小淘气!"

景心无趣,也在他旁边的躺椅坐下,趴在扶手上凑近他眨眨眼说:"哥,刚刚和谁打电话?我看你表情这么愉悦,心里有鬼啊!"

景辰只是笑笑,在键盘上敲字,不回应。

　　景心的八卦之心更兴奋了："哥，你在追女孩子是不是？"

　　景辰的嘴角扬起，反而将她一军："你和Joe吵架了，所以跑回了家里？"

　　景心立刻皱眉拍了他一下："哎，你少提我和他的事，我和他需要冷静冷静，我现在在说你的事儿呢，你在追女孩子吧？那个人不会是你送围巾的那一位？"

　　景辰敲字敲得很快，眉毛生动地挑了一下，笑意更深。

　　"行啊哥，你都三十一了，除了高中时的那位初恋，这十年来我就没见你对哪个女孩子真正上过心，我以为你对婚姻失望了呢，现在找回热情了，重燃起对爱情的希望啦？不要怕，我支持你！"

　　景心把他搁在桌上的红酒一口气干了，慢悠悠有点儿慵懒地说："我大伯和伯母总是想给你安排门当户对的妻子，但我想啊，没有感情，门当户对有什么用，那不是行尸走肉的婚姻吗？我觉得你就应该反抗，勇于追求自己的幸福！也不能像我二哥那样，女朋友换了一茬又一茬，从女模特到女明星、女秘书到小职员，还有女老师和卖花的小妹妹，这样真是祸害人家。像你这么'禁欲'哪个女人都不沾的，大伯父和伯母会认为你有毛病的！"

　　景辰放下工作很无奈地扭头看她："你从哪里学来这些词语，没大没小的。"

　　"我这不是劝你吗？哎，那姑娘叫什么名字？"

　　景辰拍拍她的头，抓过果汁喝了一口就起身走了。

　　"哥，哥？"

　　景心笑了，撑着下巴眼睛闪着狡黠的光。哥哥看来真的在追女孩子了，难得啊！他不说名字她也会去查，难得他对一个女人上心！她倒是想看看是什么样的女人。

第十八章
你这么恨我也还是得依靠我，
所以，你注定还是得受我压迫！

去到医院的时候，林琰琰没想到高进也在。

王阿姨嘿嘿解释说："他一早就过来了，你前脚刚出门他后脚就过来，一直等你等到现在呢。他待会儿就要回B市了，说怎么也得见你一面再走。"

林琰琰看了高进一眼，见高进也在看着她，表情严肃。她放下食盒话不着边际地说："我不知道你要过来，晚饭做少了，抱歉。"

"没关系，我已经在外面吃过了。"高进解释，但语气冷冷的。

王阿姨用手肘捅了他一下，冲他使眼色。

林琰琰当没看到，望着病床上的巍巍问王阿姨："王阿姨，巍巍今天醒来过吗？"

"醒了的，这会儿才刚刚睡下呢。"王阿姨拿起自己的午餐盒说，"我到外面吃饭，你们俩聊会儿啊！"

等王阿姨一走，病房里的气氛就尴尬了，林琰琰望着林巍巍，背对高进也不打算说话。

高进站在窗边，沉默地看着她，好长一会儿才说："听说你前任上司帮你请律师解决巍巍的案子？"

他的语气里有审问的意味。

林琰琰轻皱眉，语气平静地回复："嗯，他愿意帮我，我欠他的人情，将来再还。"

　　高进立刻嗤笑："你这个前任上司，对下属真够体恤的，都已经不做领导了还这么关心下属的家事呢！"

　　林琰琰很不高兴他的冒犯，尤其还是对着景辰。但是她也并不想和高进生气，因为她确实也欠高进一些人情，所以只能就事论事说："高进，前几天我很感谢你的帮助，我知道你对我寄予很大的希望，可惜我让你失望了，因为我家里情况的确比较麻烦。昨天你一整天不接我电话，可能有其他事，又或者你已经不想见我了。不管是什么原因，我想说昨天是我最困难的时候，在我最困难的时候你不在，景总却帮助了我，景总就是我的恩人，我很感激他，希望你不要在我面前冒犯景总！"

　　"你这是指责我嫌贫爱富，不和你同进退了？"

　　"我没有这个意思，怎么选择是你的权利，哪怕你今早就回B市了，从此不再联系我，我也无话可说。"

　　高进冷笑一声："有了高富帅帮忙你就看不上我了吧？其实真正嫌贫爱富的人是你，要是你那个什么景总不是富家公子出身，不是仪表堂堂，你恐怕不会这么看我不顺眼吧？说什么我回B市你也不觉得可惜，你是认为自己勾搭上高富帅有后路了，开始嫌弃我这个备胎了吧？可惜高富帅只娶门当户对的，对你也只会是玩玩，你小心别期待越高摔得越惨！"

　　见他言辞如此难听，林琰琰怒了，站起来回身说："高进你是不是脑子有毛病了？我是你女朋友了吗？我说我嫌弃你了吗？是谁一开始追求我的，是谁一开始说不嫌弃我的身世的？可又是谁一遇到困难就退缩躲着不见的？如今眼见我摆脱困境了你却出来冷嘲热讽了？我跟你什么关系啊，你凭什么来指责我？你这种态度我还好声好气和你说话全凭着王阿姨，若是一个陌生人我早就……"

　　林琰琰还没有说完，王阿姨就进来了，王阿姨大概听到了一些，愣在当场，扫了两人一眼，很尴尬地说："我来……来倒杯水喝。"

　　高进脸上怒意越盛，嘲讽地说："没关系，就让你得意一会儿吧，到最后你能求的人只有我了。因为除了我，还有谁会娶你，你以为高富帅真会看上你？也不看看自己的处境，真当自己是灰姑娘啊！"

"你……"林琰琰还想说什么，高进已经拿了外套走了。

王阿姨慌了，追出去几步："进儿，进儿！"

林琰琰生气地一屁股坐回自己的椅子上。

王阿姨追不到人，回来纳闷地问林琰琰："你们……你们这是怎么回事啊？"

林琰琰忍着汹涌的情绪道："王阿姨，我对不起您，我和高进真的不合适！"

"怎么不合适？多好的一对啊，你们多配啊，怎么就不能好好说话呢，这……这真是……"

配吗？她只能配高进这样的吗？她从不嫌弃男方的出身条件相貌，但是像高进这么自负没礼貌的，她真的不能接受！

这时，林巍巍忽然咳嗽了一声，林琰琰看到他睁开眼了，就暂时抛开因高进带来的郁闷情绪，赶紧凑过去轻声问："巍巍，巍巍，你醒了吗？"

王阿姨看到林巍巍醒了，也不敢抱怨了，怕影响到他的情绪。

林巍巍睁开眼，沙哑着嗓音说："姐，我想喝水。"

林琰琰小心地伺候他喝下水，又拿了粥和鸡汤，勉强喂他吃了一些。

见林巍巍精神渐好，林琰琰觉得还是得问问他当时案发的真相，因为马上要二次开庭了，她要掌握更多的有力证据。

"巍巍，姐姐想问一些事儿。"

谁知她刚开口，林巍巍又虚弱地闭上眼睛："姐，我累了，想睡觉。"

林琰琰皱眉，如果第一次他这样说她还能体谅，但是一次又一次躲避，她就真的不相信了。

"巍巍，你是在躲避吗？"她开门见山地问林巍巍。就要开庭了，她不希望他的弟弟还是这样的状态，到底他有什么顾虑，为何不肯跟她说？

林巍巍干脆闭上了眼睛，无论林琰琰说什么他都不回应。

林琰琰叹了口气，她知道这时候再说什么林巍巍都会装聋作哑的。

林琰琰虽然心塞，但也不能真正跟他发脾气，只能轻声问他："是因为白玫对你说了什么吗？"

林巍巍还是沉默。

林琰琰叹息："巍巍，你还小，虽然你可能认为你长大了，可是人的一生很长，十几岁的年纪在整个人生里都算不上成熟。你不明白什么是真正的爱情。真正的爱情是要心里有对方，相互关注，相互体谅，相互扶持，而不是单方面地付出。单方面地付出只能是单恋，这样的单恋很苦很苦。而且有些人，也不值得你这样。"

说到这里，她看到林巍巍的睫毛动了一下，赶紧继续："我想，白玫对你怎样，你比我清楚；姐姐对你是怎样的，你也明白，姐姐做了这么多都是为了你，希望你不要自暴自弃，不要辜负姐姐的期望。过两天就又要开庭了，这关系到你的命运，姐姐也不希望，我们之间还有分离。"

林琰琰不再说话了，也生怕刺激到林巍巍，她想，与其她多劝，还不如让林巍巍自己想明白。

第二天，林琰琰就去上班了。

因为林巍巍的病情逐渐好转，她在医院里也能多睡一会儿，加上案情进展比较顺利，她的精神状态也好一些了。

许多同事看见她，都热情地和她打招呼："琰琰，最近精神不错，家里的事情还顺利吧？"

"谢谢，挺好的。"

"真好，看见你有笑容了真让人开心。"

林琰琰微笑地点头，她心里的大石头落下了，当然轻松一点儿了。今天陈律师还会去医院找林巍巍谈话，她虽然不在，但是她相信以陈律师的专业能力，是能让林巍巍开口的。

林琰琰和同事笑谈着走进办公室的时候，陆莘透恰巧经过，走在她们后面，听到了她们的谈话。

他心中顿觉奇怪，林巍巍这个案子，以林琰琰的能力是没法解决的，她唯一的法子也只能求助他了，只是看林琰琰精神状态还挺不错，难道事情真的解决了吗？她怎么解决的？正因为解决了，所以她才不回复他电话？

陆莘透皱了皱眉，有点儿生气，他经过林琰琰的办公室，看到她打开电脑，喝了一口咖啡，做了个自我鼓励的动作，然后立刻投入工作，更让他气不打一处来。

他板着脸回到自己的办公室，本想叫林琰琰过来谈一谈，谁知电话刚抓起来，杨秘书就通知他9:30有一场会议，陆莘透只能愤愤地忍下所有不快先去开会。

林琰琰好不容易整理清楚工作的进度，发现落下一大堆。眼看马上要年底了，看来她除了照顾林巍巍，也要加班加点工作了，否则工作完成不了，辜负景辰的期待，也让陆莘透更有理由为难她。

办公室里电话不断，临时的琐事也挺多，这会儿许多同事纷纷找上来，她的工作没法展开，林琰琰心情挺着急的。

中午饭时间，同事们都出去吃饭了，林琰琰对林岚说："岚姐，你帮我买饭吧，我就不出去吃了，我趁着这会儿没人，把手头的工作赶紧做一做。"

林岚今天自己带了饭的，就热情地说："没事，你跟我一起吃吧，我今天带饭了，老公煮得多，带得也挺多的，够两个人吃了。"

"这……不好吧，好歹是你老公给你做的便当，我怎么能跟你分享呢？"

"正因为是我老公做的，我才更要跟你分享了，因为这还是托你的福，你知道我老公是谁吗？"

"是谁？"

"刘祯啊！"

林琰琰一惊："刘祯……难道你老公是律师？"陈律师身边带着的两个助理一男一女，男的三十出头，也是叫刘祯的。

林岚欢喜地点点头，直接把林琰琰拉到休息室一起吃饭了。

跟林岚一聊，林琰琰才知道林岚的老公真的是帮助林巍巍打官司的律师之一。也正因为陈律师今早要去医院探望林巍巍，不用去公司报到，刘祯才有空给妻子做便当。

"我真的没想到，你家里是这么复杂的情况，难怪你最近很憔悴，也无心工作了，要是换了我，我可能已经崩溃了。"林岚说。

林琰琰低着头默默吃饭，她没有跟任何同事提起过她的家境，要不是林岚的老公恰巧是陈律师的助理，林岚也不可能知晓。

林岚是真心当林琰琰是朋友，职场的友情来之不易，虽然她和林琰琰并不是同属于一家公司，但专业相似共同话题也多，经过这阵子接触，林岚觉得林琰琰人不错，便有意识把她当成朋友了。

"在工作上我会尽量帮你的，让你多腾出一点儿时间关心你弟弟。"林岚又说。

林琰琰很感激："我现在……我弟弟的案子已经找到突破口了，没关系的，你不用刻意帮助我。"

"琰琰，如果不介意的话，你把我当成姐姐就好了，我们都姓林呢，我是真心觉得你这个妹妹不错，我想帮助你的。"

林琰琰笑笑，点点头，不答话。

"这次多亏了景总了。"说起景辰，林岚感慨地笑了，"景总真是一个好人，好上司。你知道吗，在我们集团，离职率都非常低，我从进入景辉集团到现在五六年了，就没想过离职。景总是一个非常有人格魅力的领导，有他在，公司各项制度都会比较人性化，我们也很安心，愿意誓死追随他。"

林岚四顾看看，压低声音说："IV刚接手景辉风投的时候，很多中高层领导都离职了，甚至普通职员也离职了。我偷偷跟你说，这些人大部分都回了景辉集团，或者竞聘进入景辉集团的其他子公司。因为什么呢，因为景总，这些人都是被景总领导过的，都习惯了景总的领导风格，也比较喜欢景总，所以都回去了。这话你别说出去，因为我听说你们现在的老板还挺可怕，就我来的这半个月里没少见他骂人呢。"

林琰琰忍不住扑哧笑了。现在的老板，不就是陆莘透吗，陆莘透的脾气是挺坏的，他比较讲究效率和进度，为了结果可以不择手段，有时候真的把手底下的人逼得喘不过气来。

如果景辰是魅力型的领导，那陆莘透一定是独裁型的领导。相比较起来，景辰就更易让人接受。景辰除了讲究效率和结果，还更多地讲究人文关怀，对下属比较体恤，因此他更能赢得人心。

员工会因为愧疚和自责自发地完成好工作，因为不想给景总造成麻烦，比如她。林琰琰相信很多人也是一样的。所以景辰并不需要刻意压迫下属，下属也会为了他而完成好工作，这就是领导的魅力了。

"你一定很奇怪景总为什么帮你，但是景总这样帮助过的下属，可不算少数了，我们已经见怪不怪了。"林岚又说。

林琰琰愣怔："景总经常帮助别人吗？"

林岚吃了一口便当，点头说："对啊，只要他知道的，能帮上忙的一定会帮，只不过这一次他帮你也让我挺意外的，毕竟他已经不是你的领导了嘛，而且你跟景总接触得也很少，可是以景总的为人来思考，他愿意帮你也属正常，不算太奇怪。"

"哦……"林琰琰慢慢吃着饭，心中莫名有些失落，她以为景辰对她是不同的，但原来他只是太好心，习惯顺手帮助人罢了。

两人正说着话，陆莘透忽然走进来了，他只穿了一件衬衫，西装外套没穿，领带也被他拉松了。现在是冬天，虽然办公室里都有中央空调，可陆莘透这样穿未免也太清爽了些，加上他脸色很不好，看起来像只炸毛的猫。

林琰琰知道陆莘透早上开过会，难道在会议上发脾气了吗？

陆莘透走进来时林岚明显紧张了一下，林岚虽然不是陆莘透的下属，但是看到陆莘透她也还是敬畏和害怕的。林琰琰也不说话了，尽量小声吃着饭，让陆莘透把她们当作透明人。

陆莘透想冲咖啡，可是咖啡机怎么也打不开，他一恼火把杯子扔回桌子上，对林琰琰吩咐："你过来，把咖啡冲好，送到我办公室里去！"

林琰琰和林岚都蒙了，可是陆莘透扔下话以后，看都没看她们一眼，就风风火火地走了。

林岚弱弱地说："这……不是吃了炸药了吧？"

林琰琰看了看手表，12:37，很显然陆莘透刚结束会议，没吃上饭，也不知道怎么发这么大的火。杨秘书不在，他就找上她了？可是她真的很难说服自己去单独与陆莘透碰面。

"你说我们刚刚说的话，陆总没听见吧？"林岚紧张地问。休息室虽然关着门，可是隔音效果不太好，她们以为大伙儿都出去吃饭了，才放肆地谈话呢。

林琰琰叹息一声，起身给陆莘透泡咖啡。她虽然不乐意，但这会儿还是不要逆龙鳞的好。

林琰琰把咖啡送到陆莘透的办公室，还没有敲门，就听到里面传来骂人的声音，唬得她都愣住了。

又是几声狠厉的责骂之后，终于有人出来，是财务部的何经理。

都说财务部是公司的管家，领导再怎么生气也不会轻易拿财务部开涮，更何况财务经理还是个女人，可是陆莘透骂得这么不留情面，令林琰琰颇感吃惊。

何经理出来的时候脸色灰败，见到林琰琰端着咖啡守在门口很尴尬。

林琰琰若无其事地跟她打招呼后，财务经理就佯装镇定地冲林琰琰点点头潇洒地走了。

林琰琰忽然想起IV刚接手景辉风投时，公司办晚宴，财务经理为了逗IV的领导开心，不惜把蛋糕抹到自己的头发上当小丑，还陪领导唱歌喝酒，一个结了婚生了孩子的女人，为了职业也是蛮拼的……结果陆莘透不吃这一套啊，做错了事，还是被骂得狗血淋头。

林琰琰心想，公司里的女领导，城府都极深的。她最好把今天碰到的事当作没看见，也别乱说话！

她轻敲了一下办公室的门，陆莘透的声音透过大门传来，听上去火气依然很大："进来！"

林琰琰小心翼翼地把咖啡放到桌上说："陆总，咖啡给您送来了。"

她等了一下，见陆莘透没有反应，正觉得万幸，赶紧说："若没什么事，我先回去了！"

她刚走到门口，陆莘透冰冷的声音就从身后传来："把门关上。"

林琰琰停顿了一下，侥幸地想陆莘透是让她出去后把门关上吗？她正要装傻地打开门走出去，陆莘透忽然厉声吩咐："过来！"

林琰琰没法，只能走到他面前，感觉心里一点点烦躁起来。可是念在陆莘透刚发脾气的份上，她就不去硬碰硬了。

陆莘透见她低头装傻，就开门见山地问："我前天要你考虑的事，你昨天怎么不回复我？"

林琰琰冷淡地说："抱歉，这不属于我的工作范围之内，我有权利不回答。"

该来的还是会来，她之前还侥幸地想陆莘透不找她麻烦是把这件事不当回事了呢，结果他还是没放过她。

陆莘透冷笑："有景辰帮你，所以你就不稀罕了？"

林琰琰惊讶地抬头，看来陆莘透听到她和林岚的对话了。

"我说你怎么忽然摆起这么高的架子，原来是另有选择。景总对你真是不一般！"

林琰琰忽然想起林岚的话：景辰因为体恤员工让人心悦诚服，陆莘透却只懂得用压迫的手段逼人折服。

她只觉得很压抑，深呼一口气才能让自己平静："陆总若是能像景总一样多体恤员工，或许公司里的离职率就不会这么高了。"

"我要的是对公司有用的人，而不需要公司同情的人！还有，怎么当一名领导需要林小姐来指点我吗？在你们心里，景辰是什么领导，魅力型领导？"陆莘透嘲弄地笑了一下，"你们一定认为我独裁、专权、霸道，是个很可恶的领导。可是景辉集团发展多年，如今才多大，IV上市才多久，便已经是国内甚至国际上有影响力的集团，你们所敬仰的景总，领导力真是好呢！"

陆莘透站起来，目光阴沉，走到林琰琰面前停下，刻意打量她："说我缺少人文关怀，可是上次你的报告，若是没有我批准，你到现在还在发愁你弟弟的医药费问题呢！你心里一定觉得我压迫你，而景辰处处帮助你，可是你怎么不离职投入景辉集团的怀抱呢？因为你舍不得这份工作，而景辉集团也未必接纳你，说到底，你这么恨我，也还是得依靠我，在我手底下做事。所以，你注定还是得受我压迫！"

他忽然伸手捏住林琰琰的下巴，迫使她与自己视线相交，语气嘲弄又暧昧地说："我给你机会，是我还仁慈，不想你就这么死了，可是你不但拒绝我，还摆出这么清高的姿态，明明不得不依赖我生存却还要佯装贞烈，真让人厌恶！你的清白留给谁呢？景辰吗，可是景辰要吗？"他顿了顿，眼睛里透着浓浓的危险，"我的机会不是白白给的，既然你拒绝了，那么以后也要有本事不后悔！"

下巴上传来的痛如此强烈，林琰琰感觉都要脱臼了，她努力仰着头质问他："看着我难受你就这么高兴，你的生活就是以整我为目的？可是你整治到了我对你有什么好处呢？我难过了受伤了，甚至我死了，你能从中谋取到一点点好处吗？陆莘透，我承认八年前我对不起林子说，可是我并没有得罪你，你为什么就不能放过我呢？"

她那含着眼泪委屈与愤怒的嘶吼，一瞬间刺痛陆莘透的心，可是他心底残留的恨意还是恨不得捏死她，这个该死的女人怎可对他视若无睹！他有心帮她她却不放在心上，甚至连一句感谢都没有；而景辰无论做什么都是及时雨都让她感恩戴德，这种强烈的对比，更令他愤怒！

"我放过你的时候你也没有珍惜，瞧，我给你机会你还不是拒绝了？"陆莘透咬牙切齿。

"你这算是给我机会？陆总的机会就是建立在践踏别人的尊严之上吗？"林琰琰隐忍的泪水掉了下来，她努力灼灼直视他，毫不示弱，"也许在你看来，我曾经伤害了林子说，我罪该万死，我不值得同情，我就应该被你践踏，所以我的清白我的感情也可以被你愚弄。但是我是个人，我也有感情，我为何明知道你在羞辱我我还要答应你的条件？你怎么会认为这样的方式是给了我机会，陆总裁？"

"难道你接受景辰的好意就是高尚的，他帮你和我帮你有何不同，景辰帮助你的方式难道不是施舍，难道不也在羞辱你的尊严？"

"景总哪怕施舍我也绝对不是在羞辱我！"林琰琰吼完之后只觉得陆莘透恶心变态，她语气冷硬地说，"以前我没有离开，是不甘心这么不明不白地走了，可是现在我看明白了，陆总如此睚眦必报我又何必苦守在这里。你放心，我预支工资的欠款一定尽快还上，还上了就离职，不会再出现影响陆总裁的视野！"

林琰琰说完，用力掰开陆莘透的手就准备出去。

她要走了？没有他的允许她敢像八年前一样不明不白地消失？陆莘透很生气很愤怒，同时更多的是担心她这么走了他以后再也找不到她，他无法忍受见不着她的日子，哪怕她出现每天与他争吵，也比不声不响地离开从此没有音讯强。

陆莘透急忙上前两步扣住她的手，语气恨恨的："谁准许你离职了？"

林琰琰被他拽住挣不开，抬头冷笑："陆总，你不是觉得我碍着你视线，很讨厌我吗，怎么连我准备走了你也不打算放过吗？"

陆莘透冷冷盯着她，表情越加凛冽，他忽然说："是不是我像景辰一样，只帮你不提条件，或者以后我不再刁难你，你就没这么讨厌我？"

林琰琰心里猛地一震，这是从陆莘透嘴里说出的话？！实在太令人不敢相信了！他怎么会……

陆莘透也很震惊于自己说出这样的话，他只是想把她留在身边而已，不管用什么手段，哪怕把她扣住，也决不让她逃离，不让她消失在他无法掌控的地方！他……似乎对这个女人产生了占有欲。

林琰琰不可置信地讽刺道："你又何必说这种话来逗弄我，你以为我会上当，眼巴巴地感激你？"

陆莘透嗤笑了一下，忽然一把将她揽到自己怀里，再次扣住她的下巴一字一顿道："我真是恨死你的伶牙俐齿了，有时候甚至就想这么掐死你，可是，又莫名其妙觉得你如果就这么走了，我会少很多乐趣！你喜欢景辰，那我更不可能让你离开了，我还没有玩到厌倦的时候呢，怎么会让你离开？"

　　陆莘透说出这句话时，心里是有点儿后悔的，他并没有想要用这种激烈的方式和林琰琰决裂，相反，他想让这个女人亲近他，想让他们之间的关系不那么疏离，可是嘴上说出来的话总是南辕北辙。

　　他近来发现自己面对林琰琰时格外口是心非，每每他心里想与她示好时，可总是说出相反的话来，尤其是最近，越来越厉害了。他为他说出的每一句话心痛后悔，可是该死的自尊和自傲，让他没法放低姿态去道歉去挽救，只能任由他们的关系继续恶化。

　　果然，林琰琰听到这句话之后拼命推开他，她气得颤抖，咬牙切齿道："陆莘透，你真是个人渣！你越是这样我越不会让你得逞，没有谁可以控制我的自由！你恨我和景总在一起？嘀……陆总，容我给你纠正一下，景总他没有女朋友，我乐意和他亲近！"

　　林琰琰说完，转身朝门口飞奔而去。

　　"林琰琰！"陆莘透厉声喊，生气的同时他居然还有些紧张害怕，生怕他这一激，她真的跑到景辰身边去了。

　　陆莘透又忍气吞声走到落地窗边，烦躁地解开领带甩到一边，大口喘息借此发泄自己的情绪。

　　他后悔了，他明明可以心平气和地和她说话，之前数次把她吓走，为什么还如此该死的不知悔改……

　　林琰琰回办公室的时候双眼还是湿润的，虽然她佯装什么事也没发生，可林岚还是注意到她情绪的不同寻常，于是在QQ上悄悄问她："你怎么了？"

　　林琰琰回复："没事。"

　　"难道你送了一杯咖啡，他就把火撒到你头上了？"

　　"没有。"

　　"我觉得你在这里工作一点儿都不开心，我们集团薪酬组过完年有人准备离职了，到时候有岗位空缺，需不需要我给上级推荐一下你呢，我觉得你的能力还是不错的。"

　　林琰琰打字的手停滞了一下，看着林岚的话发呆。如果她成功跳槽去景辉集团是不是不用忍受陆莘透的刁难，也能天天见到景辰了呢？这是一个很好的机会，可惜她一时还不上欠公司的债务，巍巍的医药费需要支出，她捉襟见肘，恐怕到时候机会来了她也走不了吧。

　　林琰琰只好回复林岚："谢谢你的推荐，此事以后再说吧。"

　　她要先尽快想办法还上欠公司的钱，才可以。

第十九章
这一群少年，
被迫集体出卖了林巍巍……

周二就是林巍巍案情再次开庭的时间，林琰琰又请了一天假。Miss李对她越来越不满意，但也只能隐忍着不发作。因为她没摸清陆总的脾气，不好继续对林琰琰开刀了。

而林琰琰根本顾不了这么多，她家里只有她一个人，她无法三头六臂做到面面俱到。

早上她和陈律师整理证据和辩证的思路，这一次他们掌握的证据不少，除了她从白玫和刘意涵那儿偷来的录音，陈律师还从五名同学的笔录以及上次开庭的供词中挖出了漏洞，这些都会成为他们突围的突破点的。

林琰琰对二次开庭抱以很大的希望，这是巍巍翻盘的一局。

林巍巍对这些事一点儿都不知晓，除了陈律师找他谈话，他知道姐姐重新请了一位律师以外，再也不知其他事情了。

这些是林琰琰有意隐瞒的，因为她觉得林巍巍醒来后的种种反应都不正常，很有可能是白玫对他说了什么。小孩子不懂事，以为哥们儿义气和爱情能当饭吃，可林琰琰怎么还能看着自己弟弟继续犯傻，所以她和陈律师准备对商权白玫等人做什么，她不想让林巍巍知晓。

林巍巍醒过来了，这次就必须出庭了。当天林琰琰扶他坐上轮椅，推着他和陈律师、李律师，以及两名律师助理一起出庭。

与上次不同的是，警察带来了撞伤林巍巍肇事逃逸的司机，因为司机是证人也是被告，与本案有千丝万缕的联系，法院就一起审了。

林琰琰一行人去得挺早，过了一会儿，商权等人也陆陆续续到来了。林琰琰一看，他们带的都还是之前的律师，商权的律师团队依然庞大，除此之外，他身旁还有不少家属陪同。

商权等人虽与本案有关，但自从拘留结束被放出来以后他们就没有受到监控了，因为上次开庭的时候他们赢得太漂亮了，几乎要摆脱罪名了，眼下马上要二次开庭，他们应该也做了万全之策，争取这次之后就能完全脱身吧。

商权看到林巍巍震惊了一下，立刻撇开他的陪行团走过来，他愣愣地望了巍巍好久，才说："巍巍，你醒了啊？你好了吗，现在还有没有觉得哪里不舒服？抱歉，我不知道你醒了，所以都没有及时去看你。"

其他同学也跟过来了，这些人之前都是跟林巍巍玩得比较好的，也都关切地嘘寒问暖。

看着这和谐美好的一幕，林琰琰真不敢相信这一群少年，为了势利都集体出卖林巍巍。

林巍巍低着头没有说话，不论商权和其他同学怎么跟他嘘寒问暖他都没有说话。唯有刘意涵激动地抱住他哭的时候，他才迟钝地回抱一下。

马上要开庭了，这些人也都散去。林琰琰再看林巍巍时，他依然低着头，林琰琰忽然觉得心口很闷很难过，就像塞了铅块一样，十分沉重。

庭审的过程让林琰琰心惊胆战，陈律师当然是强大的，商权的团队也不遑多让，还有王家的律师团，更是顶尖中的顶尖。

这次涉及的层面比上次开庭还要更复杂，因为林琰琰有白玫的信件以及和她的谈话录音，信件里指责了王禹智对她有性骚扰，而从录音中则很明显听得出来白玫与商权是男女朋友关系。最主要的是，林琰琰还偷拍到了白玫和商权在一起举止亲昵的照片。而这一切，林巍巍都是被蒙在鼓里，一直被当枪使。所以这件打架案极有可能是商权鼓动的。

刘意涵的供述里也描述了部分事情经过，透露出一些真相。

几大律师团的辩论从最初的为自己辩护人推卸责任，到后来都围绕着林巍巍和商权谁才是主犯争论开了，吵得不可开交，中场休息了两次都没有结果。最后法官宣布休庭两日，两日过后再开庭。

本来感情还挺好的几个同学，从法院里出来，气氛就很不对劲了，犹似决裂一般，相互之间再也没有人走动嘘寒问暖。

商权也只是远远看了林巍巍一眼，就跟随自家的团队上车走了。

林巍巍始终安静地坐在轮椅上，低着头。从庭审开始到现在他就一直是这样的状态，林琰琰都忍不住担心了，会不会是她瞒着他收集了这么多证据，忽然在他面前摊开，他接受不了了呢？毕竟这些证据，每一件对他来说都是伤害，是关乎友情和爱情遭遇背叛的伤害，如今都毁灭了，对他的打击和伤害肯定非常大。

林琰琰想请陈律师等人吃饭，但是陈律师说："案子还没有结束，等案子彻底打赢了再庆功吧。"

林琰琰点头，又问："陈律师觉得，我们赢的胜算有多少呢？"

"至少有70%，虽然对方的律师团很强大，但是他们毕竟不占理，我们已经掌握了最有利的证据了，除非他们还有什么对巍巍更不利的证据，否则我们铁定赢！"陈律师说的时候，意味深长地看了林巍巍一眼。

那天陈律师找林巍巍谈话，林巍巍还是很少讲话，陈律师没有把握那天林巍巍是否把所有知道的都告诉他了。对于一名律师而言，如果不知道自己辩护人的所有案情真相，就无法提防对手还有什么后招，因为对手很有可能在他不知道的点挖掘出其他难以预料的突破点的。

林琰琰和陈律师道别后，就把林巍巍送回医院了。在路上他们都十分沉默，等到了医院，她看林巍巍还是失魂的样子，终于说："巍巍，你怪姐姐吗？怪我背地里搜集了这么多证据都没有告诉你，等到开庭的时候才让你知道？"

林巍巍躺在床上打吊针，望着天花板，目光痴痴，没回应。

"白玫是个势利的女孩儿，和你在一起又偷偷和商权有牵扯，商权还联合其他朋友背叛你，我知道你很难过，但这些你都要面对的，不面对怎么看清楚他们是否值得你付出，不受挫折怎么成长？"

"姐姐在你这个年纪，也受过挫折。"她决定还是要把当年一直隐瞒林巍巍的事情告诉他，关于母亲的死，关于她和林子说、冯清还有陆莘透。

"你一定很奇怪你上小学的时候，有一段时间家里为何把你转学到姥姥家所在的城市，并且很长一段时间都不让你回来，而等你回来的时候妈妈重病不治离我们而去，爸爸也忽然另娶重新组建了家庭，我们的家境也忽然一落千丈，一无所有。

"你小时候一直问我为什么，问爸爸还会不会回来，我也从来不正面回答你的问题，因为你还小，我不想让你知道。"

林琰琰深深地望了他一眼，发现林巍巍也正转头望着她，似乎很想知道答案。

"现在你长大了，也应该承担一定的责任和挫折了，所以姐姐告诉你。事实上我们的妈妈不是病死的。而是跳楼自杀，这一切，都是因为我们的爸爸出轨，他现在的老婆不是光明正大娶来的，而是在背叛我们母亲的基础上，抛弃了我们姐弟俩才娶来的。那位冯阿姨其实是小三，而你同父异母的姐姐，是小三的女儿。

"林子说只比姐姐小几个月，比你大了好几岁，你知道这意味着什么？"林琰琰不用把事情说全，但是答案不言而喻。

他们的爸爸，在林琰琰刚出生不久，林巍巍还没有出生的时候就出轨了，甚至可以说，刚结婚的那一刻就出轨，所以私生女才跟林琰琰差不多大。这些事实不是冯清用多少借口诋毁他们的母亲就可以为自己洗白的。

不管他们的母亲有没有过错，林行远出轨、冯清破坏别人的家庭，并且逼死了原配，这就是最大的罪过。

林巍巍完全蒙了，瞪大眼睛看着林琰琰。

"我们的母亲在发现父亲出轨的时候，林子说都上高中了，他们居然瞒了十几年，这十几年他们没有哪一刻不是背叛母亲的。母亲当然想维护自己的家庭，可是冯清很厉害呢，被发现勾引别人老公，还不知收敛，甚至带着女儿上门闹事，并且非要林子说和姐姐上同一所高中，整天硌硬母亲。母亲找过她谈判，她理直气壮甚至指责母亲破坏她和林行远的爱情。"

林琰琰说到这里，觉得又气又可笑，虽然事情过去很多年了，然而回忆起那些细节她依然能气得肝疼，冯清的嘴脸太霸道太可恶了。曾经他们的母亲走投无路之下跪下来求她，她还是高高在上的样子，以为自己才是有理的，以为自己是全天下的女王。

所以这么多年来林琰琰才会这么恨冯清，恨到每一次想起冯清，她都恨不得与冯清同归于尽。

"后来母亲自杀了，我曾经去找过爸爸，但是你以为可以依靠的爸爸，却异常冷漠地对我说从此以后，他跟我们都没有关系了。所以这么多年，不论我们姐弟俩过得怎么样，他从来不出现，与小三母女俩平静地毫无愧疚地过着他们自认为幸福的生活。甚至连妈妈的葬礼，他都没有出现过，更别说有一句道歉，有一点点愧疚的举动了。"

她看着林巍巍，表情是那种藏不住的讽刺："你一定也看到了最近爸爸很关心你，找到你所在的学校，为你向老师求情，知道你出车祸了还及时来看望你，并为你支付医药费，时刻关注你的安危。可你知道为什么吗？因为林子说生病了，她肾衰竭，她急需亲属给她移植一个肾脏！而你和林子说是同一血型！"

林巍巍震惊了，他看着林琰琰的双眼，不寒而栗，仍似不敢想象般喃喃问："姐，你是在开玩笑吗？"

"你觉得姐姐像是开玩笑吗？"林琰琰每一个字都说得很慢，很沉重，"姐姐会拿自己的家庭、自己的幸福来开玩笑吗？"

也许这样沉重的事实，在没有经历过的人听了，都觉得像是开玩笑吧。

林巍巍小时候不懂事，真的不明白家里发生了什么，然而随着年龄的增长他也看出了蛛丝马迹，比如妈妈是病死的，当时她病重住院家里人都不让他回来看看，等到妈妈的葬礼他才能出现；比如爸爸另娶居然在妈妈死后没几天，而且从此不再管他们姐弟俩。

　　他曾经很想探究原因，可是姐姐都不告诉他，他心里也有过恐慌和猜疑，也曾经想到过爸爸可能出轨了，然而他不愿意相信这样的事实。所以没有人告诉他答案的时候，他还是保留着心中最纯真的想法，把一切都尽量想象得美好。

　　"这些挫折，都是姐姐顶过来的，而姐姐当年的年纪，只跟你现在差不多，这么大的挫折姐姐都熬过来了，你难道就不能跨过这一道坎儿吗？"

　　林巍巍眼眶湿润，又委屈又埋怨地说："你当初为什么不告诉我？"

　　"因为不想你受到伤害。"

　　"那为什么现在又告诉我，为何不让我一辈子蒙在鼓里，我不想听到这些。"

　　林琰琰悲哀地望着他，又说："你现在长大了，是时候承担一些责任和挫折了。"

　　林巍巍忽然很心酸，没忍住流下眼泪，他立即背过身去，以此来掩饰。

　　"如果你也经历了那些事，白玫和商权对你的背叛又算得了什么？"

　　一个是他自作多情的爱情，一个是他自以为是的友情，对比起遭遇亲情的背叛和家人的死亡，那些算得了什么呢？

　　"姐姐费尽心机地帮你是希望你渡过难关，那你就不会再拖姐姐后腿了。姐姐不是所有的挫折都可以忍受的，万一哪一天姐姐也倒了，你怎么办？"

　　林巍巍还是背对着她不说话。

　　林琰琰觉得该说的她都已经说了，能不能明白，就让他自己去消化吧。所以她起身出去。

　　林巍巍听见脚步声，悄悄回头看着她，见她的背影瘦削，脚步踉跄，似乎很累很痛苦。

　　他的姐姐还很年轻，有时候却被逼得像个老太婆，而这一切都是他造成的，他忽然感到心酸和后悔。

　　林琰琰去医院的食堂买晚餐，临出门时发现外面下雨了，她只能回去取伞，然而走到林巍巍的病房门口，她又发现了不速之客——白玫。

　　白玫总是趁她不在的时候偷偷找林巍巍，也许每一次白玫都在旁边观察好久，确认她不在了才敢过来的吧，这一次恰巧被林琰琰逮着了。

　　林琰琰想进去看白玫说什么，然而还没有推开房门就听到白玫在里面哭。

　　"巍巍，我对不起你，我知道你恨我，但是这一次求求你帮助商权，商权之前犯过法，有记录在案的，这一次若是再判刑，那他以后就完了！"

　　"白玫，我现在很难受，我不想听你说这些，可否让我好好养病？"

　　林巍巍虽然这么说，但白玫还是不依不饶地苦求着他："巍巍，我没有办法了，我真的不希望商权坐牢啊！而你的案底是干净的，你若是能主动帮助商权分担一些责任，商权的罪责就轻一些，也许不用坐牢了，而你也不会受到多么严厉的处罚啊！"

　　"白玫，你口口声声替商权求情，你和我在一起的感情都是假的吗？"

　　"巍巍，我对不起你，以后我一定偿还，可是商权等不了，他需要你的帮助，他是你的好哥们儿啊，你不能眼睁睁地看着他受苦受难！"

　　林巍巍怒了，冷声道："他是我的好哥们儿却背后让我戴绿帽子？是哥们儿还煽动其他的朋友替他做伪证一起背叛我？白玫你有没有为我想过？"

　　白玫哭着摇摇头，仍是求他。

　　林巍巍又说："你是不是从来没有爱过我，既然不爱我当初又为什么答应我的追求？"

　　白玫摇摇头说："当初我是喜欢你的，可是……可是商权对我好，我爸爸病了，他一直替我爸出医药费，而这些……这些，你都没法为我办到……"

　　"说到底你还是爱他的臭钱！"

　　"不是这样子的巍巍，不是这样子的，你别这么说我，你不要跟别人一样……也这么说我，我会很难过！"

　　"那是为了什么，难道你不是虚荣自私自利？！我当初为你做了那么多事，甚至因为你的求情，我还把与王禹智的所有仇恨都揽下来了，没想到你和商权在背后中伤我……如果不是我醒过来，我都不知道你们做了这些！"

　　"巍巍，你别说了，求你别说了。求你帮助商权，如果不是你姐偷偷录音了，商权根本不会这样子！"

"你心里只想着商权，如果商权没有这个样子，我就完了，这个案子就要我一个人全部承担！"林巍巍很激动很难过地质问她，"你有没有为我想过？"

"巍巍……"

"你出去，我以后再不想见到你们，什么恩怨什么仇恨，法庭上一起说清楚吧，我会说出我知道的所有真相，也请你和商权好自为之！"林巍巍彻底凉心了，当然也可能是心伤至死了。

白玫哭得梨花带雨楚楚可怜，摇摇头说："巍巍，你以前说了，可以为我付出一切的，巍巍，你怎么……现在我苦苦地求你你却不帮我了呢？如果不是你姐姐偷拍了我和商权的照片，不是她偷偷录音，商权也不会这样啊，你们做得有点儿过分，商权是你的好朋友啊……"

林巍巍双眼湿润通红，却冷笑："我姐姐做得对，她就应该这样做。如果不是她我可能都没法认清你们！就算为了我姐姐，我也要把事情说清楚，我同情你，就等于害我姐姐受苦！我怎么能害得我姐姐受苦？"

林琰琰守在门外，低下头，眼泪就溢了出来，滴落到地上。

她忽然觉得她做了这么多，能换来林巍巍这一句话，真的值得了，她欣慰了！

林琰琰觉得她没有走进去的必要了，本来她是要阻止白玫对林巍巍的鼓动的，生怕林巍巍耳根软又听了白玫的说辞。可是现在，林巍巍能自己醒悟，她就应该放手让林巍巍自己处理了，她这个当姐姐的，终于可以卸掉一点儿负担。

林琰琰擦了擦眼泪，默默离开了。

第二十章
时光带着奶茶味，香甜梦幻，
她希望时间走得慢一些。

门外下着雨，她就站在医院的大厅前等着，看着雨珠成线地落到台阶上，看着天际越来越暗，她就这么站着，以至于发愣出神。要不是她的电话响了，她可能就这么站着，直到雨停。

林琰琰拿出手机，发现是景辰打的，一看到景辰的电话她的心里就异常温暖，赶紧拿起电话接了。

"喂？"两人异口同声，说完之后，两人都愣了，林琰琰微微笑了一下。

景辰说："今天开庭，情况怎么样了呢？"

"还好。"

"我正在二院附近，今天下午来见一个客户，到现在才结束。"顿了一下，景辰又解释，"可能离你只有一条街吧，我看导航仪显示，只有一公里多。你……吃过晚饭了吗？"

林琰琰听出景辰话语里的目的，即便她吃过晚饭她也会答应的，更何况她还没有吃过呢。

"没有。"她说。

景辰的语气便欢快许多："我正在找地方吃饭，你对附近熟吗，要不帮我推荐推荐？"

林琰琰想了一下，她在附近看到过几家格局不错的餐厅，高进也曾经带她出入一些饭店，有一家还是挺不错的，就说："有，不过餐厅比较小，而且是湘菜馆，不知道是否合景总的口味。"

景辰笑着回答："我什么菜都可以吃，不然我去医院接你，你帮我带路，咱们顺便一起聊聊林巍巍的案子吧。"

景辰想约女孩子，借口找得相当充足，既不唐突，也合情合理。他现在是有意识地接近林琰琰了，正像他妹妹所说，他和谈了七八年的初恋女友分手后，空窗多年，家人都快怀疑他的性取向有问题了，他如果再找不到心动的女孩子，家里人该着急了。

他是出国留学的时候，因为异地分离，女朋友主动和他分手的，他曾经很痛苦，也以为这辈子不会找到令他心动的女孩子了，没想到碰见林琰琰后，他竟然找回了这种久违的感觉。

他一开始对林琰琰只是好奇，觉得这个女孩子怎么会有这么多面，跟很多人不一样，然而观察越久他越无法自拔，甚至在见不到她的时候，偶尔想起她，然后忍俊不禁。这种感情称不上强烈，但只要有这种心理，慢慢培养必然成为无可替代的分量。他也愿意给自己机会，重新去尝试一份新的爱情，所以也就顺其自然，帮助林琰琰处理她弟弟的案子，也趁机接近她了。

林琰琰不知道景辰的心思，只觉得景总最近好像真的把她当朋友了，时不时与她电话短信联系，关心她的日常。如果景总找她约会，哪怕只是朋友之约，她也很乐意的，因为能与景总相处一分钟，她就能高兴一整天。

林琰琰很快答应了，但她说要先到食堂给林巍巍买饭。景辰说："巍巍身体好些了吗，能否一起出去吃？"

林琰琰说："他现在还在打吊针，而且医生随时检查，恐怕去不了了。"

"那我们回来给他带一些吧。"

"我怕他等不了。"

"也是，他是病人，应该正常饮食，那你先给他吃点儿吧，我在楼下等你，你慢慢来，出来了call我就可以了。"

林琰琰甜蜜地挂了电话，然后冒雨快速去食堂给林巍巍打饭。

等林琰琰收拾妥当出门，天幕已经完全黑了。林琰琰淋了一点儿小雨，头发还有点儿湿，景辰开车前来接她看到她这样，就问："为什么淋雨了呢，现在是冬天，感冒了就不好了。"

景辰今天开的是白色奥迪车，车上应该时常做清洁，有淡淡的香味。林琰琰生怕自己湿润的头发弄脏了景辰的车，都不敢用力后靠。

她伸手往后摸索安全带，可是左边的扣子陷进去了，她一时拔不上来。

景辰见到她摸索了很久，就侧过身来帮她拉上扣住了。

一下子，景辰离她这么近，林琰琰都能闻到他身上的香水味。他很高，即便侧着身子低着头，也几乎与她平起平坐，林琰琰稍抬头就看到他的眉毛和睫毛，还有鼻梁，如此英俊如此迷人……她从没有这么近距离观察过景辰，一时间呼吸都不顺畅了。

景辰帮她扣好之后，抬头对她笑笑，又若无其事地坐回自己的位置。

一瞬间，林琰琰的脸忽然红了，她赶紧别过脸去，生怕景辰看到。

"那个餐厅在哪里呢？"景辰问她。

林琰琰结巴了一下，才正常回答："在……东河路上，景总要先把车开出这条道，再左拐。"

景辰掉转方向盘。夜幕降临，街上的灯陆陆续续亮了，天下着小雨，行人打着雨伞匆匆赶路，雨刷不住地刷着，露出唯一清晰的视线。

车内很安静，完全听不到雨声，林琰琰忽然觉得，她和景辰处在独立的空间里，外面的人进不来，他们也出不去，这是属于他们俩的空间。她很喜欢这种感觉，也很享受这一刻难得的静谧。

景辰转头看了看林琰琰，说："你头发还很湿，车上有纸巾，先擦一擦吧，免得感冒了。"

林琰琰乖巧地应了声，抽出抽纸慢慢地擦。

景辰闻到她头发散发出的淡淡香味，嘴角忍不住扬起一抹笑意，他也很享受和林琰琰独处的感觉。

等车开到林琰琰说的餐厅，景辰要去地下停车场泊车，就把林琰琰提前放在餐厅门口，他则开车出去了。

林琰琰提着包守在门外，服务员上前问她："小姐，您有位吗？"

林琰琰摇摇头，"没有。"

"那您是几位？"

"两位。"

"好的，您跟我来吧。"服务员小姐请她进去，林琰琰便也先进去了。

她找了一个靠窗的二人桌坐下，服务员给她倒茶，送上菜单。她先随意地翻看了一下，慢慢等候景辰的到来。忽然觉得，她和景辰好像在约会，这种感觉难道不是情侣出来约会，一起吃饭的感觉吗？

服务员见她可能在等人，就说让她先点，待会儿再过来拿菜单。林琰琰同意了，慢慢喝着茶等候。

景辰要去的停车场离这家餐厅还要拐一个弯，所以来得晚一些。他对林琰琰道了句抱歉之后，压了压西装的扣子坐下来，问她："你点菜了吗？"

林琰琰支着下巴说："还没，等着景总过来。"

她这种无意间露出的小女生动作，落在景辰眼里显得无比娇憨。他笑笑道："不在公司里，就不必以上下级称呼了，如果不介意，你可以叫我的英文名——Wiliam，当然，也可以叫我景辰。"

林琰琰微微吃惊，稍微犹豫了一下，还是叫他："Wiliam。"

景辰就笑了："以后我是否可以称呼你为琰琰了呢？"

林琰琰心里跟灌了蜜一样甜，脸上很自然道："当然可以。"

景辰笑着点头："你对这家餐厅比较熟悉，你来点菜吧，我没有很忌口的东西。"

林琰琰把菜单递给他："还是景总来点吧。"

"嗯？"景辰挑眉。

林琰琰愣了一下才反应过来，挠挠头，羞涩地说："Wiliam。"

此时她再佯装镇定，好像也难以掩饰心中的悸动和欢喜了。

景辰看到她害羞的样子觉得很满足，她对他也并非全然无感觉啊，如果都是你情我愿，那关系就更容易发展了。大概自己给自己吃了定心丸，景辰备感舒心，也很放心地施展小手段继续与她亲近了："我对这家餐厅不熟悉，你来点菜更合适些，别怕，你点什么，哪怕是多奇怪的东西我都吃，一定捧场。"

他见林琰琰无辜地望着他，一双杏眼圆润如浸了水的蜜桃，有点儿迷糊还有点儿犹豫，实在可爱，就忍不住对她眨眨眼："没关系的。"

那神态，林琰琰想到他曾经回复她短信时后面跟的那个表情，立刻逗笑了。

她真的实在没想到景总也有这么放松的一面，忍不住捂嘴笑了，两眼弯弯："景总您……您真是，我没想到您……也有这么一面。"

景辰耸了一下肩说："我在美国的时候都是这样子的，和朋友在一起就要放松，所以你不必拘谨，你来点菜就好了。"

林琰琰终于不再拘谨了，拉过菜单来点菜。她点的菜都比较辣，在点的过程中她一再询问景辰可否吃辣，景辰都点头，她就放心地点了。然而上菜后，她发现景辰吃辣很少，甚至大部分都在喝汤和喝茶，即便吃菜也避开那些辣椒来吃。

刚开始林琰琰并没有发现，因为景辰的动作很礼貌也很刻意隐藏，不让同桌的人怀疑，然而一顿饭下来，林琰琰还是发现了，于是小心翼翼地问他："景总，您不吃辣吗？"

景辰见瞒不住了，也只是笑说："我能吃辣，只不过今天的胃口比较偏向于清淡的东西。"他去了美国几年，回来就不爱吃辣了，比较喜欢酸甜的东西。

"啊……可我却点了这么多道辣的，真不好意思。"林琰琰很愧疚。

"没关系，我也吃饱了，这家餐厅确实不错，谢谢你带路。"

林琰琰还是觉得很不好意思，等结账的时候她抢着付账，却被景辰按住："难得出来一次，你却主动结了，让我脸面往哪儿搁呀？"

林琰琰说："我欠景总人情，您帮了我这么大忙，我应该请您吃饭的。"

"你不是说亲自下厨做给我吃吗？所以这一餐我先请了。别闹了，不然别人都看我们笑话了。"景辰很温柔地哄她，林琰琰就不强求了。

付完账出餐厅，雨已经停了。景辰看了看手表，才8点多，他不舍得林琰琰这么早回去，就提议："听说附近的江边音乐喷泉9点有一场，我们要不要去看看？这会儿赶过去，刚刚合适呢。"

他怕他一下子邀请林琰琰去看电影，太突兀会吓坏她，所以还是顺其自然，附近有什么就玩什么，只要能和她多相处，看什么都是一样的。

林琰琰其实觉得挺晚的，她应该回去守着林巍巍了吧，然而景辰难得邀请她，这一次之后还不知道何时才有机会呢，她十分舍不得，考虑了一下，最终还是答应了。

她给林巍巍打了个电话，吩咐他早点儿休息，然后上了景辰的车，去江边。

景辰对这一带其实不是很熟，林琰琰除了医院和医院附近，也没有经常到处跑，那个音乐喷泉离这里没有想象中的近，所以兜兜转转找了好一会儿才找到。

林琰琰坐在车上看景辰开车的时候，忽然想到，景总今天下午既然来见客户，难道不应该和客户一起吃饭的吗，为什么还有时间和她一起吃饭呢？

然而这个疑虑她也只是压在心里没有问出来。她和景辰相处，时光都是带着奶茶味的，香甜梦幻，她希望时间走得慢一些。

好不容易到了音乐喷泉观景台，喷泉已经开始了，水柱飞升几十米高，配合灯光音乐，还有水柱装饰出来的特效，特别壮观。

音乐喷泉不是多么稀奇的东西，可是如果身边是所爱之人陪伴，那感觉就不一样了。林琰琰没有谈过恋爱，中学情感朦胧时期喜欢陆莘透，倒追了陆莘透三年到最后还被伤害了；大学的时候，家境一落千丈，让她曾经自卑，为生活所累，也不敢谈恋爱，所以一直都不知道谈恋爱的滋味是什么样子的。今天景辰让她体验到了。

两人趴在观景台的栏杆上，景辰侧头看了看林琰琰，见她眼里忽然有闪动的泪光，惊讶紧张地问："你怎么了？"

林琰琰低头擦了下眼泪说："没什么，我好久……没有这么看喷泉了。"

其实不是看喷泉，而是静下心来看美好的东西，她已经很长时间没法享受这样美好的事物了，包括过年的时候人家在广场上放烟花，她路过也没有多少时间和精力驻足多看一会儿呢。

景辰莫名地心疼，可他又不能对她怎么样，只能努力安慰她："最近我经常要到这边见客户，你如果在医院里，也有空的话，我可以经常陪你出来看看。"

"怎么能劳烦景总呢？"

景辰又笑了："你怎么又称呼我景总了，不是说了叫我William就可以了吗？"

林琰琰擦了擦眼泪说："对不起，我习惯了，我觉得这样称呼您更顺口一些。"

景辰知道他还是太着急了，这种关系需要循序渐进，如果一下子让她改变称呼是不可能的，要等到她心理上真正转变他们两人的身份才可以，所以也不强求了："好吧，那么你喜欢怎么称呼就怎么称呼吧，我都可以的。不过我大概不会叫你林小姐，显得很疏远呢。"

林琰琰抬头，见他笑了，牙齿洁白笑容迷人，十分好看。

她低下头来，心里如小鹿乱撞。

两人又一起看了一会儿喷泉，喷泉结束了，就该回去了。

因为车子停在比较远的地方，这会儿还要穿过一个广场才能回去，晚上八九点的广场上正是热闹的时候，大妈大爷们正在跳广场舞呢，也有不少年轻人参加；另外一边，有商家搭舞台搞商业演出，还有青少年们正滑动着溜冰鞋学习各种花样，各种小贩也推着车子在边角卖夜宵。

景辰问林琰琰："肚子饿了吗，想吃点儿什么吗？"

林琰琰摇摇头："不是很饿呢。"

"我看到有烤牡蛎，想吃呢。"

林琰琰疑惑地看着他："景总……也吃街边摊烧烤吗？"

景辰笑："景总也是人，怎么不吃烧烤呢？"

"我以为您……"她以为像景辰这样高大上的人物，不会吃街边的东西的。

"走，一起去看看，说不定有你喜欢吃的。"

要去烧烤摊得穿过跳舞的人群，这是直线距离也是最快的了，穿过舞群的时候大爷大妈们跳得正欢，景辰拉着林琰琰的手，怕她走散了。

林琰琰很意外景辰会拉着她的手，也许只是为了保护她才这样，但是她还是心动不已。

他的手很温暖，比她掌心暖得多，被他一握她都觉得不那么寒冷了。

等他们穿过舞群的时候，忽然有两个年轻人匆匆跑来拦在他们面前："先生美女可否等一等？我们影楼正在搞活动，待会儿有个节目，路过的情侣只要上台走秀，并且搭配恩爱的动作，我们的摄影师在下面拍照，如果哪一对情侣拍得好，我们会赠送价值1000元的礼品哦！"

年轻人指着身后的舞台，林琰琰回头望了一眼，见模特穿着旗袍、婚纱，还有古装正在上面走秀，下面也围了不少观众，纷纷拍照。

她下意识地说："对不起，我们不是……"

可是景辰忽然更紧地牵住她的手，俨然情侣一般，问他说："这个活动，只需要上去走走秀就可以了是吗？1000元的礼品是什么礼品呢？"

年轻人说："是的，只要走走秀就可以了，很快的。我们搞活动嘛，也是为了给公司做宣传，像先生和小姐这么郎才女貌的，如果走上去一定会引起轰动，我们很欢迎呢。1000元的礼品是一套情侣写真集，包括外景和内景，有3套服装和造型可更换。这是我们的一等奖，另外还有888元和588元的写真奖品。中奖率很高，像先生和小姐形象气质出众，又这么登对的，我相信你们能拿我们公司的大奖的！"

林琰琰还是想解释："我们……"

可是景辰却答应了："好，我们参加！"

林琰琰霎时惊愕了，抬头看着景辰。

景辰低头怂恿她："时间还早，我们玩一下吧，也就是走秀而已。"

"不是，我是担心……"

"没必要担心的，还是说你不太想玩？"景辰的表情有一点点失落。

林琅琅是担心给景辰造成麻烦啊，她无所谓，她甚至很想和景辰留下点儿美好的回忆，但就是怕影响到他。

见景辰有点儿失望，林琅琅赶紧说："好的，如果您不介意，我们就玩一下。"

景辰牵着她的手过去了，台下已经聚集了不少情侣了。等模特走秀结束，主持人上台造势，终于迎来所谓的情侣走秀时间了。

景辰和林琅琅排着队上前，他们比众人都高，当然也有不少个子比较高的情侣，但是个子有他们高的没有他们帅和靓丽，长得比他们好看的，身材没有他们好，所以他们往人群里一站就是最出众的，简直是金童玉女，男才女貌。

等轮到两人上台时，景辰和林琅琅牵着手出现，走到舞台最前方，景辰忽然抱住林琅琅，并让她的身子半弯，摆了一个舞蹈动作，而后拉着她起来，让她转圈圈，最后带着她一起回去。

林琅琅没想到景辰刚刚会抱住她呢，可是他抱住她的瞬间，她就很默契地知道他要做什么动作了，于是很自然地配合他，简直是完美得天衣无缝，好像提前设计好了动作一样。

她以为就这么结束了，结果走到半场，景辰又圈住她的腰，带着她一起回头，两人对着镜头温馨而灿烂地合了一张影。

台下的观众反应很热烈，这一对不论外形和表现都很出彩，尤其景辰很有贵公子范儿，林琅琅虽然穿着朴素，但是身材和长相都不差，与景辰站在一起就像是灰姑娘与王子，他们两人比明星走台还要惹眼。

下了台之后，刚刚那个业务员又围上来了，激动得脸都红了，不住地对他们竖起大拇指，说："你们表现得太好了，要不然你们再走一次吧，当作压轴。只要你们再走一次，我保证，今晚的一等奖就是你们的了！"

景辰看了林琅琅一眼，问："还要走一走吗？"

林琅琅没有点头也没有拒绝。

景辰主动帮她决定："那就再走一走吧，一等奖就是你的了。"

林琅琅笑了。

他们作为压轴再出场的时候，林琰琰以为观众会觉得他们很奇怪呢，结果观众的情绪比她想象中的高涨，好像特别欢迎她和景辰出场似的。

等走秀完了，主持人公布结果，他们两人果然拿了一等奖。

林琰琰和景辰到后台领取奖品，其实就是一张代金券，工作人员登记了他们的姓名和电话号码，同时向他们推销他们家的婚纱写真产品。

景辰要求看一下活动照片，业务员很热情地带他们到电脑前看了。

那些照片，实在比林琰琰想象中好多了，她以为她在台上害羞，可是摄影师抓拍的都是她表情最自然也最幸福的瞬间，景辰自始至终都笑得很灿烂，好像很享受这个过程，每一张照片都没问题。

景辰把照片反复看了之后，目光停在一张他轻轻揽着林琰琰的腰而林琰琰微靠在他怀里微笑的照片。那是他们走到半场时，景辰忽然揽着她回头拍的：林琰琰嘴角微扬，幸福中带点儿羞怯，而景辰笑得很大方很灿烂，照片上两人的动作和表情都非常协调，俨然一对幸福的小夫妻。

陪他们看照片的修图师都说："这张照片拍得太好了，可以成为我们的广告了。"

景辰似乎也不太介意，就问他们："我们可以把这张照片拿走吗？"

"当然了。"修图师还蛮热情的，大概是难得见到拍得这么好的照片，而且客人都没介意他们打算拿来做广告呢，岂能连一张照片都不给"最佳情侣"？

林琰琰很惊讶，但是景辰还是用手机拷走了那张照片，还发给林琰琰，然后牵着她的手出了后台。

等回到广场上，景辰自然地松开了她的手，问她："刚才玩得开心吗？"

林琰琰面颊发红，微微挽了一下头发以掩饰自己的窘迫，笑笑说："谢谢景总，帮我赢得这个礼物，只是这套写真，要情侣档拍摄的，我……大概用不上。"

景辰说："没关系，他们限制一年时间内，一年中有很多变数，你还有机会。"他不可能说他陪着她拍，虽然他心里是有这样的想法，可是现在说出来不是时候，就暂且不提了。

林琰琰还是笑笑，拿着代金券，心里很甜。虽然这东西一年内也未必用得

上，白白浪费了，可是今晚她已经很开心，很满足了。

确实比较晚了，景辰也不好耽搁她，就说："我送你回去吧。"

回到医院，景辰问她："你晚上都住在医院吗？"

林琰琰点头："我在巍巍病房里摆了一张小床，晚上就在这儿陪他了。因为巍巍时刻需要人照顾，我不能离开。"

景辰微微皱眉，想到她半个月都是这样过的，挺心疼的，又问她："家里完全没有其他人了？"

林琰琰很轻地点了一下头，然后低下头，顿了一下又说："一直是邻居的阿姨帮忙照顾。"

"可以请个护工的。"

林琰琰想，她有时候连医药费都付不起，哪里来的闲钱请护工呢？

见她没有回答，景辰也知道她的难处了，只好安慰她："所幸你弟弟醒了，官司也进展顺利，肇事司机被抓住了，他会赔偿林巍巍的各项费用，你以后就不用这么辛苦了，会越走越顺的。"

提到这里，林琰琰才舒心地点头："是的，应该以后会越来越好了吧，还得谢谢景总帮助。"

她现在是拨开云雾见月明了，渡过了这一次难关，她会放松许多的。

景辰笑说："不客气，举手之劳。"

两人告别之后，林琰琰目送他的汽车走远，才转身上楼。林巍巍已经睡着了，她特意去护士站问了护士，也说林巍巍很正常没什么意外，她也就放心了。

夜深人静的时候，她拿出她和景辰的合照，百般抚摸和欣赏。虽然她不清楚景辰为什么留着他们的合照，但是她和景辰的关系越来越近了，也许景辰并没有她想象中那么高高在上，她还是可以够得着他的。

忽然间，她心里又充满了信念。

第二十一章
室外的温度很低，
依然吹不熄陆莘透心中燃烧的愤怒。

第二天，林琰琰去上了一天班，这大概是她上班以来上得最轻松的一天了，因为她的工作都完成了！

几个月为此失眠为此担忧，压力巨大差点儿精神失常，现在她终于完成了！

幸而有林岚的帮助，否则她这半个月经常请假怎么可能完成得了，林岚是真心当她朋友的！

林琰琰非常感激林岚。

临下班前，林岚回身趴在林琰琰的办公桌围栏上说："你整理一下，给上级汇报工作结果，就OK了。我觉得不会有什么问题的，就算要改动也不是很大了。"

"嗯嗯，我去趟卫生间回来再整理！"林琰琰说完，就飞奔出去了。

工作太忙，大家连喝水上洗手间的时间都没有。

就在林琰琰出去后，她搁在办公桌上的手机亮了。

林琰琰调的静音，不会影响到其他同事，可因为林岚站着看得格外清楚，而且林岚觉得林琰琰手机上的来电显示名很奇怪，居然是"景总"。

林岚皱了皱眉，以为自己看错了，就更近距离看了一下，真的是景总的电话。

她想不明白景总怎么会亲自给林琰琰打电话呢？景总这么大的领导，而且已经不是林琰琰的领导，如果要寻找林琰琰应该是通过李经理的，就算真的很着急必须亲自打过来也应该是打公司的座机电话，为什么是直接打林琰琰的手机？再联想景总最近很莫名其妙地做出违反常规的决定，比如派她来这里驻场帮助林琰琰完成工作，比如关心林琰琰的家世，甚至连自己的律师团队都请出来帮助林琰琰处理家里的事情，这一系列举止难道不说明什么吗？

林岚不动声色地坐回自己的位子。

林琰琰很快回来了，她没发现未接电话，又继续工作。

终于，她的报告发出去后，可以按时下班了，她松了一口气，伸懒腰对林岚说："岚姐，今天晚上我请你吃饭吧！"

林岚惊奇了一下，回头说："啊，怎么来这么一出，你不急着回医院陪你弟弟了？"

"不用，他现在挺好了。我想谢谢你！"

林岚笑了说："谢什么呀，我也是工作。"顿了一下，大概怕林琰琰失望，就说，"不过你这么热情邀请，我也恭敬不如从命了！"

林琰琰终于笑了，收拾东西，与林岚手挽手出公司。

林岚觉得林琰琰不论行为表情都像是被爱情滋润的女人，难道真的与景总有关吗？如果林琰琰真的跟景总有关系的话，林岚反而觉得有点儿不可能。

景辰是他们集团的总裁，景辉集团董事长只有两个儿子，大儿子是景辰，二儿子是景逸，但是二公子真的没出息，是个纨绔子弟，整天只知道玩，挂着公司的头衔没一天干正经事，景董事长很头疼。

景辰就不一样了，他年轻有为，又有华尔街工作经验，回国后也把公司管理得井井有条，董事会都对他很服气，所以大伙儿都默认景总一定是景辉集团未来的董事长的。

如果林琰琰真的跟景辰在一起……可是，他们都知道景总与市长千金门当户对，极有可能订婚的，林琰琰这又算什么呢？

林岚很担心林琰琰，在出了电梯之后，还是按捺不住问出来："琰琰，姐问你个事儿。你刚刚去卫生间的时候有一个未接电话，我不小心看见了，是景总打来的。"

林琰琰心下一惊，刚刚下班的时候她习惯性地看了看手机，也看到电话了，但因为林岚在场她不好回，就回了一条短信，然而景辰一直没有回复。她没想到林岚竟然看见了。

林岚观察着林琰琰的表情，又试探着问："你跟姐说实话啊，你最近是不是经常跟景总有往来？"

陆莘透此时刚刚从安全出口走下来，36层全程走楼梯。因为下班时间电梯总是很满，他不喜欢挤电梯，就宁可走下来了。

他刚刚准备拐出出口，就听到林岚神秘兮兮地问林琰琰，而且一问就是重点，以至于他都不得不停住脚步。

林琰琰真的很惊讶，她不想让外人知晓她与景总的接触，可是林岚已经发现了，再则林岚对她是真的不错，她可以当林岚是姐姐是朋友。所以，斟酌了一下，她还是坦诚地点头："嗯，因为景总帮我处理林巍巍的案子，所以我最近经常跟他联系。"

"只是这样吗？你……没有别的想法？"

林琰琰摇摇头，但又垂下眼帘，避开了林岚的目光。

林岚很犀利地探问："景总最近经常联系你？"

林岚没有说是林琰琰联系景辰，因为林岚知道林琰琰不是看到大树就往上攀的女孩子，再加上景辰这么帮着林琰琰，所以她相信是景总主动联系林琰琰的。

女人的直觉，一向很准。

林琰琰又点头了。

陆莘透在门后屏气凝神地偷听着，虽然他看不到林琰琰的表情，但林琰琰迟迟不回答一定是默认。该死的景辰！他握住了拳头。

林岚终于笑了："好了，姐姐不问了，你能对我坦诚说明你对我真够朋友，姐姐以后就认你这个妹妹了，走，一起吃饭去！"

两人走了，陆莘透阴沉着脸走出来，眉头皱起，表情严肃得可怕，他盯着前面那一双背影轻快地走出去好远，才慢慢回身往车库走去。

　　林岚还是不太放心，所以路上还在小心劝说："如果你跟景总真的有什么的话，我是又喜又忧的，景总的人品当然没有问题，但是景总的家世……大概不是常人能驾驭得了的，我们都是普通人，你明白姐姐的话吗？"

　　林琰琰很理解林岚的意思，点点头，笑说："岚姐，你想多了，我和景总之间真的没什么的，他至多是我的恩人，我没有别的想法。"

　　可是说完这句话，林琰琰心里闪过一丝淡淡的落寞。

　　"我们都听说董事长有意安排景总和市长千金在一起，他们两家都已经到了谈婚论嫁的程度，但不知道订婚了没有。"

　　林琰琰又点点头，心中难过，只能敷衍地应付林岚。

　　景辰跟她说他没有未婚妻，想来应该是没有订婚的，可是家里的安排，如果他没有异议的话应该会水到渠成的。他又为什么会有异议呢，两人如此门当户对，凑成一对对两个家族都有利。

　　后来林岚再多说两句就聊到别的了，林琰琰好像没有怎么放到心里，实则心情是很难过的，所以和林岚吃饭的时候她的情绪不怎么高，只是佯装笑脸陪伴朋友度过愉快的晚餐罢了。

　　陆莘透回到自己的别墅，天已经黑了，客厅是落地窗设计，外面的路灯照进来，投射在客厅的地板和沙发上，显得格外清幽。他把灯打开，一室明亮，越发显得空荡和寂寥了。

　　冯嫂请假了，家里只有他一人。

　　不过，他已经习惯了一个人的生活，习惯了这样的环境。

　　早年他父亲、继母和几个弟妹还在国内，后来，先是弟弟妹妹相继移民出国，然后父亲、继母也跟着出去了，国内只有爷爷奶奶和他。

　　工作之前，他们一大家子一起住在陆宅里，可随着父母出国，他跟家里老头子有嫌隙，便买了这幢别墅，自己搬出来住了。

　　犹记得他搬出来的时候，奶奶拉着他的手哭了半天，不明白他好端端的为什么搬出去。老头子则在一旁抽着烟秆，不吭一声，似乎陆莘透走不走与他都没有关系。

他安慰了奶奶之后，也没有跟老头子道别，就毅然搬出来了。

因为母亲的关系，他跟老头子感情从来不亲厚，母亲去世后父亲又再娶，并生了弟弟妹妹，他在家里便成了特立独行的人物，除了奶奶真正心疼他，家里的人谁真正在乎过他的感受呢？

自小如此，所以他习惯了孤独，习惯了冷漠。

现在他基本上都住在自己的小别墅里，只有过年过节，父母和弟妹们从国外回来探望老头子时，他才回家一趟，否则不轻易回去。即便奶奶召唤，他也是召五次回两次。

奶奶之前心疼他，还时常跑来他别墅看他，可今年年纪大了身体越来越不便，就很少来了。老头子身子倒是硬朗得很，都七十好几岁了还跟年轻人去打高尔夫球，可是，即便如此也从来没有探望他一次。

冯嫂是他的小姨冯清从老家招来的保姆，专门为他做饭打扫卫生，也算是他娘家的远房亲戚，所以他对冯嫂很优待。如果冯嫂要请假回老家看亲人，他都十天半个月地给她放假，工资照发；然而冯嫂一走，家里就没人，他只能自己到外面的餐厅吃饭，或者自己下面条了。

即便是这样孤独的境地，奶奶一个电话打过来叫他回大宅吃饭，他也不愿意回去。在他的心里，除非老头子死了，否则他不会把那个大宅当作家，因为他无法忘记老头子当年是怎么嫌弃她母亲的出身，最后和关家一起逼死他母亲的。

而所谓感情深厚的他的父亲，在母亲死后没几年就同意老头子的安排，娶了门当户对的新老婆，并且生了几个弟妹，如今真是家庭和睦了，可是有谁记得他的母亲呢？

好在IV集团中国分部的权力都掌握在他手中，老头子有股权，可是老头子老了不管事了，父亲出国后也主要管国外的生意了，几个弟妹还小，最大的也才刚刚准备大学毕业，他是家里的长子，现在兢兢业业管理着家族的企业，将来老头子的股权不传给他，恐怕也难以服众。因为董事会基本上都听他的，公司里主要中高层也都是他的人。

陆莘透把公文包往沙发上一扔，打开客厅空调，上楼换了一身便服后便下楼往厨房去做饭。

今晚就简单点儿下碗面吧，别的复杂的他也不会做。可是冰箱一打开，他自己都蒙了，居然只有半包面条了，连鸡蛋和青菜都没有，唯一能装扮的就是几片葱花。

冯嫂已经回家9天了，他的冰箱早就空了，可是平时因为忙，下班后也懒得动，冰箱就没有添新的东西。这么冷的天，让他现在出去买，他也懒得动了，将就着吃吧。

他取出半包面，原本想全部放到汤水里，可是想到明天万一又忘记买东西了呢，岂不是没得吃，又收回一小半，只煮了一半，然后将几片葱花洗了切碎，也放进去。

等面出来的时候，白花花的面上漂浮着几片葱花，这就是陆总裁今天的晚饭了。堂堂陆总裁吃得这么凄凉，他心里莫名觉得好笑又悲哀。

他把面端到书房，打开笔记本一边工作一边吃。这时候手机响了，一看居然有两个未接电话，都是张霄打来的。

可能是因为他刚刚在煮面没有接到，张霄还发来一条短信："陆哥，我们在环球1号开了个包厢，你来不来？"

陆莘透嗤笑一声，扔下手机，继续办公。

张霄不依不饶，又发来一条短信："陆哥，我点了两个美女，专门等你来哦，快来！"

陆莘透终于回了他一句："你留着自己用吧！"然后把手机调静音，开始专心工作了。

张霄是他的高中学弟，也是林琰琰的同学，这小子在中学时就是出了名的交际王，学校里稍微有点儿名气地位的，没有他不认识的，当年也是通过他，陆莘透和林琰琰才认识的。

林琰琰那时候家境比较好，活泼大胆，完全不像现在这么收敛沉默，她没少向他示好，张霄处在中间，就差没成媒婆了。

不过他对林琰琰始终冷漠，知道林子说转学来他们学校，他才与林子说联手演了那么一出戏……

那些往事给林琰琰造成的伤害，到现在陆莘透想起来都有一点点后悔，可是他从来都不是轻易认错低头的人。

自嘲地笑笑，他努力把陈年杂事抛诸脑后，开始专心工作，面条也忘了吃，等他处理完一茬事情，再看面条都已经冷了。食物不能浪费，这是奶奶教他的，所以即便再难吃，陆莘透还是三两口把碗里泡胀的面条全吃了。

吃完以后，陆莘透拿碗筷回厨房清洗干净，再擦干净，放进消毒柜。

他看了看时间，其实已经到了他的健身时间了。如果冯嫂在，这些家务事不用他做，一回来就有饭吃了，然后去书房办公，如果没有工作就看看杂志和报纸，休息够了，一到时间，他就准时去健身房健身。这是他每天必做的功课，早上起来健身一次，强度大一些，如跑步游泳等等，然后洗澡吃早餐去上班；下班如果没有应酬，回来也是重复这个规律，不过晚上的健身简单一些，目的只为了放松疲劳的身体，不做高强度的运动，而后洗澡再看会儿书，该睡觉了。

他的生活简单而有规律，从不混乱，但是因为比较紧密也比较忙，他并没有时间交女朋友。当初家里看他年纪到了曾经安排他相亲，相了几次他看不上人家，就不了了之。

他眼高于顶，娶妻子不是单纯看身材样貌和家世而已，最主要的得合他的心。父亲常说他功利又单纯，在事业上很功利，可在感情上又单纯，所有人看他做事的风格都认为他会为了事业娶门当户对然而没有感情的女人，可是他自己知道，他不会。

陆莘透决定还是去健身，就上书房把电脑关了，他习惯性地看了一下手机，这一看不得了，微信的消息提示都上百条了。

微信是他近两年才玩上的，以前他的交流工具只有MSN，而受众非常广的QQ他虽然早年注册了一个账号，可是半年都不会登录一次。

微信还是当初为了攻克一个客户注册的，那个客户很奇葩，跟下属、客户交流喜欢用微信和QQ，弄得他不得已也注册了一个，学着使用，通过微信交流才攻下那个客户。

他的微信号注册没两天，一大把认识不认识的人都纷纷加上来，弄得他好莫名其妙，后来还是张霄给他解答："陆哥，你不关闭搜索功能外人可通过手机号搜索微信号的功能，大伙儿当然都加上来了，谁叫你是金大腿呢。"

在张霄的帮助下他把那个搜索功能给关了，终于清静了。之后，他的微信号也很少登录，可是张霄他们好像很喜欢这东西，时不时通过微信喊他两声，以至于他想卸载这东西都不好卸载了。

如今，沉寂已久的微信号忽然爆发了，让陆莘透很意外，打开来一看，原来是张霄把他拉进自己的狐朋狗友的群里了。群里的人他大部分都认识，很多都是张霄的同学，也有其他班级的学弟学妹，还有学长学姐，算是外国语学校的一个群吧。

一大群人在里面很活跃，尤其是张霄，他一直在喊："琰姐，出来，出来，快出来！我们看到你的照片了！"

陆莘透惊了一下，难道林琰琰也在里面？

他赶紧找出张霄的微信号，喊他："张霄，林琰琰也在你的微信群里面？"

张霄很快回话："在啊，那个'远方的风景'就是她。"

不等陆莘透回答，张霄又继续说："我在群里发她的照片，她死活不出来。不知道这个微信号她还用不用了？这还是我们上次同学聚会我死活缠着她要的，然而加上了之后我没见她上过线，平时喊她她也不回话。"

"你们发她的什么照片？"陆莘透又问。

"陆哥你自己去看啊，全A市超级大新闻！"

陆莘透好奇地进入微信群，往回翻页面，结果真的有照片，而这些照片简直令他震惊了，惊得他差点儿把手机摔出去。

张霄不知道从哪儿搞来的影楼搞活动的照片，居然是景辰与林琰琰一起上台走秀，还秀出各种恩爱的姿势，有一些甚至两人都抱在一起了，十分亲昵。

陆莘透来回翻看了一下，一共5张，每一张两人都笑得很甜很灿烂，林琰琰明显无比欢喜表情幸福，而景辰也笑得很开怀。

下面一帮人询问："哪儿搞来的，怎么会有这些照片？"

张霄说："也不看看我是谁，我神通广大！我朋友开的影楼让我帮忙策划，我让她搞这个活动，然后她发了活动现场的照片给我看，结果，真是大跌眼镜啊！"

"林琰琰这么牛，勾搭上了景辉集团的大公子？景辰可是钻石王老五啊。"

"我看是假的吧，人家景大公子也不可能看上她吧？"

……

一大群人在疯狂刷屏，显然张霄这么一闹，全外国语学校的人都知道了。而这些人不乏混得好的，也有特别八卦的女生，可以想象，不久的将来，A市商业圈里都会传播和讨论景辰和林琰琰的关系了。

陆莘透盯着景辰搂着林琰琰的照片，黑色的眸子里闪着熊熊的怒火。林琰琰靠着景辰那羞涩又幸福的笑，对他来说，十分刺眼！

他生气地把手机狠狠往墙角甩去……

陆莘透恨得咬牙切齿，本来那个女人的感情生活应该与他无关的，可是看到那些照片他还是怒不可遏。

他气呼呼地发泄了一阵子，仍是无法平复自己的情绪，便回衣帽间换衣服，拿着车钥匙出门了。

此时已经很晚，室外的温度很低，可是依然吹不熄陆莘透心中燃烧的愤怒，他把车开得很快，离开了别墅群到了大马路上，一路飙车，很快赶到了林琰琰弟弟住院的医院。

他知道林琰琰一定在那儿，他要过去问问她，她心里到底是怎么想的！

第二十二章
为何找你，因为我要让你永远想不透，
却也逃不掉……

陆莘透到医院正好看到景辰的车停在楼下，他车还没有停稳，就看到景辰和林琰琰一同从住院部走出来了。

林琰琰低着头，双手交握着，表现得乖顺温柔，她送景辰到他的车旁，停住脚步不舍地望着他。

景辰回头，冲她温和一笑："回去吧，不用送了。"

林琰琰目露不舍，其实她心里有疑惑，可是不知道该不该问。

林岚说景辰将来会与市长千金订婚的，因为他的家世，配合高官之女是非常般配的，不可能为了她而耽误自己的前程。可是他今天晚上又来找她了，和她一起吃饭，之后去江边散步，回来的路上还给她买了一张更舒服的床，说这张床放在医院里，比她正在用的好许多，至少睡起来没那么累。

她很感激他，也能真真切切地感受到他的温柔……难道景辰对她真的没有不一样的感情吗？可是如果景辰对她没有一点儿意思，为什么表现得这么亲密，频频与她约会对她这么好呢？

林琰琰的内心无比纠结，一方面盼着能与景辰有发展，一方面又害怕如林岚所说到头来一场空……

最终，她还是压下心头的层层疑虑，冲景辰甜蜜一笑："谢谢景总今晚给买的床。"

"不用客气，举手之劳。"

这怎么会是小事呢？！景辰做的每一件事她都会多想，现在，她甚至都快控制不住自己了。如果景辰给了她希望，她就一定会陷下去，哪怕知道将来粉身碎骨，她也控制不住。

她很想很想问出来，然而"景总您喜欢我吗"这么简单的一句话，她最终还是无法开口，所以犹犹豫豫，纠结揪心了一阵子之后又压回了心里，她最终什么也没说。

景辰恋恋不舍地望了她一会儿，笑着吩咐："明天又要开庭了，早点儿休息，有结果记得打电话给我。"

"嗯。"林琰琰含笑点头。

这时，景辰忽然伸手替她理了一下衣领的绒毛，弹掉落叶。他手掌上的温度轻拂过她的脸庞，林琰琰吓了一跳，睁大眼睛望着他。

景辰笑笑："有一片叶子，你一直没有察觉，所以我帮你拿开了，抱歉。"

林琰琰看了看领子："哦，谢谢景总。"然后又低下头，不知道在想什么。

景辰实在找不到什么话题说了，见她大概也没别的话对他说了，只能依依不舍地告辞了。

林琰琰目送景辰的车走远后，转身打算回住院部。

陆莘透便是这时从暗处走出，一脸铁青地追上林琰琰拉着她的手便往外走。

林琰琰受到了惊吓，惊呼一声立刻挣扎，待回头看是陆莘透，更是震惊和愤怒，她怒道："陆莘透你干什么？！"

陆莘透二话不说，半拖半抱就拉着她往偏僻的地方去。

此时虽然是晚上，可住院部也有一些人走动，然而那些人听到林琰琰喊那人的名字，心想可能是认识的人呢，也不好多管闲事，所以犹豫了一下，就没有人管了。

陆莘透一把将林琰琰按到墙角，冷声问她："你跟景辰是怎么回事？"

他的表情因为愤怒而变得狰狞，声音也带着无限的恨，恨不得把她生吞下去。

林琰琰盯着他，一瞬间害怕了，继而腾起更大的愤怒："你干什么啊，你把我拖出来就是问这句话吗？我跟景总什么关系关你什么事？"

陆莘透忽然一掌拍在墙壁上，发出巨大而清脆的响声，吓得林琰琰不由得一缩。

他以自己的怀抱为笼，将她锁住，咬牙切齿地冷笑："你还想掩饰，你跟他的照片我都看到了。"

"什么照片？"林琰琰皱眉，十分警惕。

陆莘透忽然抬手捏着她的下巴让她被迫仰头："什么照片，你们情侣走秀的照片啊，你真是不知廉耻啊，景辰都快有未婚妻了你还巴着他，倒贴也不是这样贴的啊林琰琰！"

林琰琰心下一惊，她和景辰走秀的照片怎么会被他看到呢？即便影楼拿来当广告，当时也说好了只是放在活动宣传单里不做其他商业用途，陆莘透不至于看到啊？

倒贴？有这么侮辱人的吗？！

她狠狠打开他捏在她下巴上的手，冷声回击："景总有没有未婚妻，是你们外人说了算吗？再则我是不是和景总在一起，关你什么事？你大晚上跑来这里，只是为了发神经吗？那好，这里是医院，我不介意带路送你去看精神科！"

陆莘透哼哼冷笑，又抬手拍拍她的面颊："看来你真的倒贴了！"

林琰琰简直快被他气死了，她的自尊不是让他拿来糟蹋的！所以她狠狠打开他的手，就转身离去。

她不愿跟陆莘透再多说一句话，然而陆莘透却从背后强行抱住她，又把她按回墙角，不让她离去。

林琰琰拼命挣扎："陆莘透你干什么？"

有一个穿病号服在楼下散步的大伯大概看不下去了，走过来悄悄询问："小姐，你需要帮忙吗？"

陆莘透立刻呛他："帮什么忙，她是我女朋友！"

　　林琰琰又惊又恼，这个人真是太厚颜无耻了，居然这么胡说。她赶紧向大伯求助："大伯……"然而还没说完就被陆莘透捂住嘴巴。

　　见她还在挣扎，他干脆一不做二不休，低头冲着她的唇吻了下去，堵住了一切声响。

　　林琰琰拼命扭打挣扎，挣扎间她不小心把陆莘透的衬衣扯开……

　　医院并不明亮的路灯下，她模模糊糊地看见陆莘透左胸膛上方有一块青色刺青，隐隐有星月的边棱……

　　那熟悉的图案让她一瞬间大愣，一下子忘记了挣扎，陆莘透趁机狠狠把她圈进怀中，低头凶猛地吻住她……两唇相接处，林琰琰听到自己疯狂的心跳……

　　场面太惹火，大伯看得都脸红心跳吓一跳，摇摇头默默退开。

　　大伯走后，陆莘透松开她，一把将自己的衬衣扯正，看着完全惊蒙又气又怒说不出话的林琰琰，忽然伸手抚向她精致小巧的锁骨处，扬扬嘴角，挂着一丝狠厉又邪魅的笑，温柔地靠近她的耳畔，轻声呢喃："为何找你，因为我要让你永远想不透，却也逃不掉……"